中国书籍文学馆·小说林

沙城之恋

谢 挺——著

中国书籍出版社
China Book Press

图书在版编目（CIP）数据

沙城之恋 / 谢挺著. —北京：中国书籍出版社，2013.10
（中国书籍文学馆·小说林）
ISBN 978-7-5068-3863-4

Ⅰ.①沙… Ⅱ.①谢… Ⅲ.①中篇小说—小说集—中国—当代 Ⅳ.①I247.7

中国版本图书馆 CIP 数据核字（2013）第 284051 号

沙城之恋

谢挺 著

图书策划	武 斌 崔付建
特约编辑	陈 武
责任编辑	牛翠宇 卢安然
责任印制	孙马飞 马 芝
出版发行	中国书籍出版社
地 址	北京市丰台区三路居路 97 号（邮编：100073）
电 话	（010）52257143（总编室） （010）52257153（发行部）
电子邮箱	chinabp@vip.sina.com
经 销	全国新华书店
印 刷	三河市华东印刷有限公司
开 本	650 毫米 × 940 毫米 1/16
字 数	220 千字
印 张	17
版 次	2014 年 6 月第 1 版 2019 年 1 月第 2 次印刷
书 号	ISBN 978-7-5068-3863-4
定 价	52.00 元

版权所有 翻印必究

序

李敬泽

"中国书籍文学馆",这听上去像一个场所,在我的想象中,这个场所向所有爱书、爱文学的人开放,不管是白天还是夜晚,人们都可以在这里无所顾忌地读书——"文革"时有一论断叫做"读书无用论",说的是,上学读书皆于人生无益,有那工夫不如做工种地闹革命,这当然是坑死人的谬论。但说到读文学书,我也是主张"读书无用"的,读一本小说、一本诗,肯定是无法经世致用,若先存了一个要有用的心思,那不如不读,免得耽误了自己工夫,还把人家好好的小说、诗给读歪了。怀无用之心,方能读出文学之真趣,文学并不应许任何可以落实的利益,它所能予人的,不过是此心的宽敞、丰富。

实则,"中国书籍文学馆"并非一个场所,它是一套中国当代文学、当代小说的大型丛书。按照规划,这套丛书将主要收录当代名家和一批不那么著名,但颇具实力的作家的长篇小说、中短篇小说集和散文集等。"中国书籍文学馆"收入这批名家和实力作家的作品,就好比一座厅堂架起四梁八柱，这套丛书因此有了规模气象。

现在要说的是"中国书籍文学馆"这批实力派作家，这些人我大多熟悉，有的还是多年朋友。从前他们是各不相干的人，现在，"中国书籍文学馆"把他们放在一起，看到这个名单我忽然觉得，放在一起是有道理的，而且这道理中也显出了编者的眼光和见识。

当代文学，特别是纯文学的传播生态，大抵集中在两端：一端是赫赫有名的名家，十几人而已；另一端则是"新锐"青年。评论界和媒体对这两端都有热情，很舍得言辞和篇幅。而两端之间就颇为寂寞，一批作家不青年了，离庞然大物也还有距离，他们写了很多年，还在继续写下去，处在最难将息的文学中年，他们未能充分地进入公众视野。

但此中确有高手。如果一个作家在青年时期未能引起注意，那么原因大抵有这么几条：

一、他确实没有才华。

二、他的才华需要较长时间凝聚成形，他真正重要的作品尚待写出。

三、他的才华还没有被充分领会。

四、他的运气不佳，或者，由于种种原因，他的写作生涯不够专注不够持续，以至于我们未能看见他、记住他。

也许还能列出几条，仅就这几条而言，除了第一条令人无话可说之外，其他三条都使我们有足够的理由对这些作家深怀期待。实际上，中国当代文学的丰富性、可能性和创造契机，相当程度上就沉着地蕴藏在这些作家的笔下。

这里的每一位作者都是值得关注、值得期待的。"中国书籍文学馆"

收录展示这样一批作家,正体现了这套丛书的特色——它可能真的构成一个场所,在这个场所中,我们不仅鉴赏当代文学中那些最为引人注目的成果,而且,我们还怀着发现的惊喜,去寻访当代文学中那相对安静的区域,那里或许是曲径幽处,或许是别有洞天,或许是,众里寻他千百度,蓦然回首,那人却在,灯火阑珊处……

目 录

沙城之恋
001 ◀

陷　入
052 ◀

跟　上
118 ◀

扶贫札记
145 ◀

李明起有话要说
185 ◀

沙城之恋

第一章

一

　　林飞第一次去北京是在 1996 年 2 月,当时春节刚刚过去,早春的北京还被严寒笼罩着。对一个没有经历过北方冬天的人来说,这的确像一次冒险,毕竟零下 10 摄氏度的情形无法想像。如果换种理由,如果不是因为吴小蕾,林飞都不会选择这个时候去北京,但人说起来就是一种奇怪的动物,你可能畏首畏尾,怕热畏寒,但需要的时候这些东西都可以为更高的目标让步,何况他是为了爱情,拯救爱情,已经想不出比这更悲壮的理由了。

　　春节那段假期林飞是和吴小蕾一起回家度过的。当时吴小蕾已经借调到了部委,事后来看,那时候她就应当有了和他分手的念头,因为照他们的计划,春节本来是他们订婚的时间,但被吴小蕾以种种理由推迟了。如果这些能称为迹象,那么吴小蕾似乎又在掩盖这些迹象,她装作若无其事，甚至还趁大人们外出拜年时和他睡了一觉。这些对林飞来说自然已经超出了他能容忍的范围，他无法理解了，一个准备和你分道扬镳的人在分手的当口却和你睡了一觉！所以等春节后吴小蕾回北京，他回广东，吴小蕾在追身电话里支支吾吾告诉他想分手时，林飞所能感到的已经不是震惊，他开始怀疑自己的耳朵，开始怀疑那个和他说话的人究竟是不是吴小蕾。真相的确如此，随后的电话中他逐渐证实了这一点，吴小蕾也分批分步骤地交代了她和一个叫程天鹏的人的交往，那是她去年去北京出差时认识的，正是靠着这个叫程天鹏的人她才借调到了北京。

事情至此给人一种真相大白的感觉，换个人也许真会像吴小蕾希望的那样和气地分手，体面地退出，即使骂上几句也仅仅是为了出口恶气。但林飞却犯了混，他固执地认为他和吴小蕾的感情其实很有基础，只是吴小蕾糊涂了，才会做出这种错误的决定，她迟早都要为这个决定后悔的。那个星期他们光长途就打了近一千，反正吴小蕾后来什么样的绝情话都说出来了，但它们都对林飞无效，因为在他看来这些话其实都不真实，都是迫不得已的。他要拯救吴小蕾。

吴小蕾哭了，在电话里抽抽搭搭，让林飞替她着想，其实她也不想这样。林飞说，那你回来吧，我们就像从前一样，就当什么也没发生过。

问题是怎么可能呢？

去北京是他临时的主意，忽然间闪现的念头，却把吴小蕾吓坏了，何必呢？她说，打电话不是一样，我们不是都说清楚了？

林飞却猛然在那边悲愤起来，对着话筒大喊："我们五年了，五年了——总不能就这么随随便便几句话说完就完了吧？！"吴小蕾不说话，她故意沉默着，的确，想像不出这种时候这种情形下一个失恋的男人会在北京干出点什么。

后来为了缓和，林飞开玩笑说："至少我也应该去把那只钻戒拿回来吧，那可是我送给孩子他妈的。"这么说吴小蕾才无法阻拦，她有些无可奈何地说，那，来吧，你来吧。

　　林飞放下电话时头有些发晕。他就在这种眩晕的状态下开始去请假，买车票，买皮衣、毛衣，他甚至考虑到北京的天气，但又想只穿一次的东西，也不用买得太好。他在商店和店主讨价还价，说的理由也是只穿一次。他应当非常健康，即使这种情况下还能够不忘记讨价还价，还能不忘记钱的重要，那个"只穿一次"的说辞也把他潜意识里对这段感情的期望暴露无遗，因此对这次北京之行，对吴小蕾是否回心转意，包括能否抵御北京零摄氏度以下的寒风，他其实都没有把握。茫然中，他甚至希望这次北上其实是个没有终点的旅行，这样他将永远都在路上，他也就永远都不用去面对吴小蕾。

二

　　林飞和吴小蕾是通过朋友介绍认识的，当时林飞的一个好朋友正在和吴小蕾的好朋友恋爱，就把他们也撮合到一起。其实从一开始他们就不被看好，因为在别人，包括他们的介绍人看来林飞和吴小蕾从各方面都不登对，林飞无疑太弱，而吴小蕾蠢蠢欲动的性情也不像可以长久就范，所以他们的交往在别人眼里也许更像是一种增加阅历的游戏。但当事人的感受可能不尽一样，他们一下子就找到契合点，而且一气就相处了五年。一对不被看好的朋友能相处五年，这本身就应该算是奇迹，如果不是后来冒出个程天鹏，吴小蕾借调北京，他们也许就顺理成章地结婚生子。这世界上貌似不合理的存在原本也很多，人的眼睛未必能一下子找到更深刻的道理。

　　他们的父母亲同样对对方不满，林飞的母亲嫌吴小蕾虚荣，太自私；而吴小蕾的母亲又嫌林飞没出息，看不到前途，女儿迟早要吃亏。关于吃亏的说法，林飞从一开始就有些体会，那时候他还是一家小工厂的助理工程师，收入比吴小蕾略多，但男人的尊严也不是靠这几十块钱就随随便便建立起来，更何况吴小蕾正在她们局里飞快地走红，很难说哪天就发起紫来。所以和活泼可爱的吴小蕾在一起时，林飞心满意足的同时多多少少会有些自卑，这种不安全因素也不知从什么时候开始的，他担心的就是别人说他配不上吴小蕾，说吴小蕾和他在一起吃亏了。当时正在流行所谓的"一家两制"，所以林飞决定下海。

　　下海当然是一种模糊而动听的说法，因为做生意叫下海，到民企当副总也可以叫下海，像林飞这种条件下海却只能去替别人打工。用林飞的母亲的话，她儿子纯粹是为了吴小蕾才把铁饭碗丢掉的，纯是吴小蕾教唆的结果。那几天老人家哭天抹泪，想不通儿子为什么会放着好好的工作不干而要去替别人打工，在她看来儿子即将做的事和从前地主家的长工差不多，他的将来已经被毁掉了。林飞被他母亲一闹，一通眼泪鼻涕下来，也有些后悔，但他和吴小蕾商量时，吴小蕾却冷漠得不近人情，她说，随便你，你考虑吧。真正让林飞下决心去广东的还是他们的厂长，厂长说，噢，想走的时候走想来的时候来啊，你当我这里是什么了，没这么便当！结果回厂可以，得下车间扫三个月的地！当天晚上林飞就买了车票去了广东。他先在东莞找了家工厂做技术员，月薪七百，三个月后工资涨到一千，半年后他跳了一次槽，月薪三千，而且是港币，那已经是吴小蕾工资的十倍了。1996年，也就是吴小蕾借调北京时，他已经成了这家小工厂的股东，月薪近万，但这终究没让吴小蕾抵住程天鹏，抵住北京的诱惑。

　　在火车上那两天两夜的旅程中，林飞其实已经明白他正在做的是一件徒劳的事，这个北上迁移的过程一边折磨着他的神经，一边又让他痛苦地清醒——他很可能要永远地失去吴小蕾了。这种想法让他伤心，尤其车厢里放着周华健那首老歌，"爱到尽头覆水难收——"更让他有了感同身受的绝望。这首歌他在卡拉OK厅都不知唱了多少遍，他这时候好像终于明白了，为什么"你这样一个女人"会"让我欢喜让我忧"，不过，很快的，他又像所有的失意者一样，开始培植另一种希望：那就是吴小蕾见到他很可能会因为最后的一丝眷顾，而不顾一切地跟他回去。当然，这种想法又引来他的自嘲，他知道这不像吴小蕾能办到的。后来，他退了一万步，这么想，哪怕见见面也好吧！

  火车进入河南后，似乎也随之进入了荒野，灰黄色的土地朝着地平线的尽头平铺直去，没有绿色，树木枯干，只剩下纤弱的躯干，在没有春天的背景下原野袒露着荒芜。这一路甚至很少见到人，偶尔看到一位，也瑟缩着脖子，不知是老是少，背上驼着一捆柴，他前面那一堆，如果不蠕动的话，很可能就当成岩石了，但那是几只羊，羊正在慢慢地在田埂边寻找那些只有它们才能辨认的嫩草。羊倌终于转过身，是个孩子，他用一张憨厚的笑脸迎着正在与他擦肩而过的列车——林飞心里涌过一阵复杂的情绪，他想起怜悯这个词，却因为羊倌脸上灿烂的笑靥而无法办到，至少他无法确定他们俩谁更值得怜悯。

  他终于到了北京，裹在看不到首尾的人流中出了站，站在车站广场时他却有些茫然了，因为别人都在飞快地离去，目标明确地进入北京，他却不知道接下来该做什么。第一件事可能都出乎他自己的意料，林飞本来应当立即给吴小蕾打电话，他却没这么做，而是拦了辆出租车直奔天安门。去天安门，去天安门广场！尽管这是个临时决定，但为了这一天似乎等了很多年，所以一旦决定下来不仅不显得突兀，反而有种理所当然的痛快！也许与吴小蕾相比，天安门才更像一种急于兑现的情感。

  司机师傅显然和他开了个玩笑，拉着他一路往东，不时介绍一些景点给这位初来乍到的年轻人，然后掉头往北，绕二环路，也就是从前北京的老城墙狂奔起来。现在老城墙早已荡然无存了，但它仍然是一种界线，一边是老式的四合院，另一边才是越来越高的大楼。

  那个几乎完整的圆圈给林飞留下了一个北京最初也是最直观的印象。北京的巨大，宽敞的街道，尤其是北京用地的慷慨让他吃惊。他曾在南方几个大城市走动过，可那些地方与北京一比，都显得小气了。林飞的身体不自觉地在车座上转来转去，无论左边低矮的老城，还是右边林立的高楼都令他流连，这种对比在他脑子里留下异常强烈的印迹，仿佛如此才能承载更多的阳光，而他们前面那条路也像一条不曾拐弯的通衢大道，永远都走不到头——他有些走神了，以至司机师傅问他是不是头次到北京也没有太留意。等他离开时再来追索这句话的意义，林飞不禁哑然失笑，那时他的心境已不大相同，对这些顽劣的小动作倒不太在意，他甚至想，还有什么法子能一下子对北京有这样一个完整的印象呢，而了解北京，也就是了解了吴小蕾。

后来司机把车停在大会堂旁的一个车站上，等林飞付完钱，又让他朝前走几步。那时候，他已经看到天安门的红墙了，微微地斜着，只是因为日照的原因，而且不是照片或电视里看到的那种标准形象，他才没有意识到。这么茫然地走了几步，面前豁然一空，世界上那个最大，也是他有生以来最想看到的地方就这么完整地出现了。

那就像是一刹那间发生的事。林飞心里一点防备都没有，所以那时候他站在广场边，面对着天安门一动不动，鼻子竟不可思议地开始发酸。

三

林飞在广场上一直待到降旗仪式结束，奇怪的是就在他准备打电话时，吴小蕾又一次落选了，头一次她输给了天安门，这一次她输给了一个叫王岚的女人。

那时候天色已经转暗，太阳虽然还没有完全落下，但像一只鲜嫩慵懒的卵黄一样稳稳地挂在一排建筑物上。温度明显降低，风却大了，冲到鼻孔里隐隐生痛，林飞听到自己的肚子咕咕叫着，忙掏出通讯簿找电话亭打电话。的确，都这个时候了他还什么都没安排，他也因此有些着急。通讯簿上有他的体温，打开来，不是他的亲人就是朋友、同学，很多人已经很久没有联系了，他翻到吴小蕾那一页，上面有她在老家的电话，现在的电话，老电话没有被划去，当然即使划去他也背得出。电话占线，忙音。再拨还是忙音，就在他第七遍或第八遍拨号的时候看到了王岚的名字，林飞便犹豫了，要不要先给她打一个，或者打不通再跟吴小蕾联系？

王岚是他一位同事的同学，也是林飞在北京除了吴小蕾之外唯一可以建立联系的人。当初他和吴小蕾的事在公司里传开了，其实失恋这种事用不着当事人自己宣扬，那几天林飞都魂不守舍，一副落魄的样子，上班时不停地看表，打哈欠，只等着下班好去打电话，谁都会猜到些缘由。大家于是都挺同情他，而王岚呢，则是这种同情的副产品，他同事说，你到了找她吧，如果她没去美国的话，肯定会帮你的，至少找个住处应该没什么问题。

他开始给王岚拨电话，这次是通了没人接，铃声一直响着。林飞开始想一个人都找不到吗？老天爷要他一个人都找不到吗？好在就在他放弃之前终于有人来了，拿起听筒。

"喂，请问王岚在吗？我找王岚。"

"林飞吧？"林飞一直奇怪为什么王岚一下子就能猜到是他，这难道就是常说的那种直觉？

"到了是吧？肖洁上午给我打过电话了——那你现在，在天安门？那过来吧，你打个车吧，打面的，十块钱就够了——"又告诉他走的方向和地址。

林飞听到自己在噢噢地答应，心里悄悄地升起一股暖意，为女人可知可感的声音，在偌大的京城终于有了一个很实际的可以靠近的目标，他只能感动。也就在这一刻林飞觉得自己和北京忽然间亲近了，北京现在具体而微，刚才还是吴小蕾、长城、故宫、天安门，现在它只是一个叫王岚的女人。一辆黄色的长安车经过时，他很果断地扬起了手。

王岚家住在海淀，一幢15层高楼里，按她的说法这还不是最高的，顶上应当还有一层。他们的见面倒没遇到什么波折，很顺利，基本上是按电话里事先的约定，在离王岚家不远，一家大超市门前那个金属城雕下碰的头。那是个举鸽子的女人，高耸的银质胸脯上落满了尘埃。王岚领着林飞到家，换了鞋，才引着林飞参观了一下她的二居室。她的房间出乎意料的朴素，仅仅是整洁，连一点女孩喜欢的装饰品都没有，倒是房间里很热，坐两分钟外衣就穿不住了。林飞因为初来乍到，兴趣应当还在这幢楼的高度上，他到过一些饭店顶楼的旋转餐厅，却从没到过这么高的住家，于是忍不住把头贴到玻璃上去看外面的街景。王岚看他这样，便把他带到阳台上，从这儿据说还能隐隐地看到西山，甚至最后一线夕阳被灰色的云层吞没的情景也正在上演。过了会儿，林飞搓着手兴致勃勃地回来了，这是他高兴时最放肆的动作，"你住这么高，头不晕啊？"王岚愣了一下，不知道该怎么答这个问题，"咋个会啦？"她突然冒出一句方言，这一次轮到林飞愣了一下，两个人便一起笑起来。

对他们来说，还有一层容易亲近的关系，他们俩是老乡，都是他们那座小城市中的三百万分之一，用王岚后来的话，他们在老家都没遇上却在北京遇到了，这就是缘分。当然，王岚现在是正式的北京人，有住房和户口，所以他们不再用家乡话交谈，而是使用普通话，也只有细细分辨，才能找到她不正宗的儿话音。

这时候林飞注意到，他同事让他带给王岚的一个铁观音礼盒已经被她拆开了。王岚解释家里没茶叶了，她又不怎么喝茶，总忘记买。这个举动顿时让林飞有些不安，坐在这儿喝自己带来的茶，好像坐下去的理由都失掉了，所以他忙不迭地说，可惜，可惜。王岚则轻轻地笑了笑。

茶叶大多沉在杯底，需要二道水才能完全泡开，但不断上涌的气泡还是让茶汤慢慢地渗出些绿色。两个人这时候都看着茶杯，似乎真要从茶叶分解的过程研究出什么重要的道理。王岚先端起杯子，闻了闻，再喝了口，连赞味道不错，蛮好闻的，不过我也不太懂茶。林飞这时候也跟着喝了一口，然后装出很老练的样子说，如果是陶杯就更好了。

王岚又是一笑，她看了看林飞，肖洁在电话里介绍的那个小老乡，她想像中应当就是这个样子，他进门时的兴奋以及接下来的不知所措、莽撞、冒失，应该还是个孩子吧，也只有这样的人才会在大冬天，毫无预见地从广东跑到北京。甚至在林飞身上，王岚还看到她弟弟的影子，都是这种浓眉毛,细长眼,这是他们那儿的人共有的长相,刚才她下楼去接他时,他就这么站在寒风地里,鼻子里大声发着吸溜声,但皮衣却冲着风口敞着。

"你——"

"肖——"

这一次两个人几乎同时开口,于是他们又笑了。"肖洁怎么样,还好吧?"王岚等了等才开口。

"她不错,精着呢,才几个月,就是人事部主管了。"说到别人时,林飞的语气就顺畅了。都是这样,故事总是从不相干的人身上开始的。

"肖洁刚去的时候在门面上,每天都得开关卷闸门,开还好说,关的时候就费劲了,你知道肖洁的个子(王岚笑起来)——有一次我们老板去那儿办事,她就请他帮她做这做那——她不知道是老板。结果呢,老板就把她调到办公室去了。"两个人一起因为肖洁笑了会儿,林飞接着说,"肖洁说还是你混得好,嫁了个好老公,顺利的话很快就要去美国了。"

"我吗?"王岚沉吟地反问,却没有继续下去,她停了停,借倒水的功夫问林飞,准备玩多久,这一次准备在北京待儿天?

林飞想了想,这的确很难回答:"办完事吧,办完事就走。"显然这个事就是吴小蕾,但在他的猜测中吴小蕾不希望他来,自然也不想让他多待。

"那你住在楼下怎么样,我们楼下有家招待所,还不错。"

林飞笑了笑,他想起来,这件事他还没来得及安排,也许吴小蕾也会这么说的。

王岚显然误会了,忙说:"真的挺好的,不是地下室,我家来亲戚朋友也都住那儿的。"

他赶紧解释不是这个原因,他只是想起一点别的事。

吃饭前他们先去后面那家招待所把住处落实好。林飞只交了一天的房钱，因为他还是想第二天就搬到别的地方，尽管到什么地方他还没有想好，还只是个念头，但最起码应当离吴小蕾近些。登记时，王岚远远地在房门边站着，样子看上去像在读旅店的管理手册。林飞一个人很沉着地伏在窗口前的一张桌子上填那个复杂的表格。他的身份证还是老家的，所以要照实填，只是在填来京目的这一栏，他想了想，终于想到了出差，然后就胡乱地填上去。

四

给吴小蕾打电话是在他们在饭馆等着上菜的时候，有那么一段时间，似乎能说的话该说的话都已经讲完了，他们便隔着旁边那块巨大的落地玻璃墙看街景。外面的寒风中走过一对遛狗的夫妻，小狗在每一棵树下都颤动着鼻翼，流连忘返。街上快速地跑过去一排排车队，虽然只是一瞬间，林飞也能分辨出它们是凌志、宝马、奔驰或者奥迪——能做的事情都做完了，他必须做点什么来填补一下这突然间与天同大的寂寞。打电话，他必须打个电话了，一旦念头产生竟然就不可遏制，变得坐卧不宁了——他要知道吴小蕾在干什么，猜想中吴小蕾也在等他的电话，和他一样焦急却更加无助。幻象终于让林飞站起来，他做出一个非常有责任感的架势告诉王岚他要去打个电话。王岚点点头，指了指柜台，示意那儿就有部话机。

电话还是占着线，这时候是高峰期，经验告诉他这也是最不容易打进电话的时间。吴小蕾说过她住的宿舍走廊上有一部公共电话，但这时显然被人占着。林飞放下话筒，等了会儿打过去，仍然占线。林飞开始骂这个煲电话粥的，但他很快反应会不会是吴小蕾，吴小蕾正在给什么人通电话。他第三次拨号，电话终于通了，显然他骂对了，刚才的人一定不是吴小蕾。一个女人的声音替他召唤，"小吴，电话——"他听到那声音在走道里闷闷地传出去，接着，另一头似乎有人应答，不知道是不是吴小蕾。"你等着啊！"电话被搁下了。他当然只能等。

这段时间可太长了，长过了百年，他猜吴小蕾在做什么，方便还是化妆？这么猜着终于听到一阵高跟鞋声，是跑过来的，但也不急，平稳地跑过来。接着就是他再熟悉不过的那声："喂——"

他一激动就想不起说什么了，半天才说："是我——"

"你才到啊，不是下午的车？"他感到一股暖意，如果不在乎他，是用不着记住这些的。他只得说下午去了天安门，但随即又担心这种回答吴小蕾会不会责备。

"你住下了吗？"

"嗯。"

"吃了吗？"

"吃了。"他也不知道为什么要这样回答，他忽然害怕这时候吴小蕾提出要见他。但没有，吴小蕾只是说那就好。"等会儿，我得出去办点事儿——工作方面的。"后一句解释当然是通知他今天肯定不能见面了，但她没告诉他是哪种工作，又为什么选择这个时候。于是他又有些不甘，"那——"

"要不明天中午怎么样，上午你去故宫看看，中午你给我打电话，我们一起吃饭？"虽然是商量的口吻，他却没有选择的余地。

林飞放下电话回来时，菜已经上齐了。他坐下来时，脸色有些发灰，显然刚做的事并没让他满足。王岚问他打通了吗？也只是点点头。那吃饭吧！他把筷子拿起来，才发觉桌上只有三个菜，一个汤，便又放下筷子，重新拿起菜谱对王岚说，再加个菜吧，有一道菜，不知你吃过没有，我推荐给你。林飞笑着翻菜谱，他发觉这时候他就是想挥霍一下，找个理由多花些钱，王岚想拦阻都来不及。

那是家粤菜馆，老板是个中年胖子，听到他们要加一份脆皮乳鸽，毫不掩饰地欢喜，忙叫伙计抱着一只鸽子出来给他们查看。林飞却问："这是标本吧？""什么？"老板一时没弄明白，但还是听出话里的挑衅。林飞又说："等会端上来的肯定是它？"老板不高兴了，让林飞去厨房守着看他们开膛破肚，去毛下锅。王岚说："算了吧，你们这么活活地拿上来，还怎么忍心吃？"但林飞说："就它吧！"坚持让他们赶紧去开膛破肚，去毛下锅。这顿饭原本是他想做东的，但结果呢，却让王岚抢了先，她趁上洗手间的功夫抢先把账给结了。

他们出来时，风已经停了，北京的夜晚深邃、宁静，而寒冷又将这种感觉凝聚起来，使能够知觉的空间变得更阔更大。这时候大概是晚上九点来钟，可他们却有种夜半三更的错觉，林飞说在我们那儿大概最热闹的时候刚刚开始吧？王岚也说了她的印象，因为她刚来北京时，北京人休息得那么早她还不适应。这时候因为一方面时间还早，另一方面也因为该花的钱没花出去，在口袋里乱跳，所以林飞就提议去什么地方坐坐。王岚笑了，这半天她对林飞算有了些了解，知道不花些钱，他会一晚上都睡不着，所以就同意了。她摇了摇头说："我们那儿的人都耿直得要命。"耿直得要命，她又一次用了乡音。

他们选了一家酒店，在大厅夹层，也就是相当于二楼的一个偏僻的座位坐下来。林飞替王岚要了新榨的果汁，和一些开心果、话梅一类的零食，他自己则要了两瓶啤酒。林飞喜欢喝啤酒，用他的说法他的肚子都让啤酒给撑大了，王岚说那你吃饭时怎么不喝？林飞只好说忘了。也许是真忘了，当时他的确没顾及到。

大厅里一直在演奏一些舒缓的钢琴曲，不久又有一把小提琴或大提琴加入进来。林飞几口啤酒喝下去，心里就有了一股越来越强烈的倾诉欲望。那天他是不打自招的，王岚出于尊重倒没有刻意追问，但此情此景，尤其小提琴如泣如诉的声音响起时，他和吴小蕾五年的故事也在他脑子里活鲜鲜地蹦跳着。这时候坐在他对面的王岚，就像他的一位大姐，尽管他们刚刚认识不久，却让他信赖也让他依赖。他真的有点收刹不住了。

这也是林飞第一次向别人讲自己的故事，他和吴小蕾五年来聚少离多的交往过程，他的相思之苦，以及吴小蕾的薄情寡义，即使这样他还是在用词上选择那些听起来更柔和的。虽然王岚从她同学的电话中已经知道了一些细节，但那毕竟是最平静的语音讲的一个旁人的故事，只有一个大概，而现在才是最完整的呈现，叙述者的语调，抒情的音乐都在构成这个故事的背景。当然，它很普通，只是一个平常人的感情故事，也是很健康的故事，甚至没有晚报上随便一则故事那么曲折，但王岚还是感动了。尤其，到最后林飞的眼角已经溢出了泪花，她心里竟突然地痛了一下，于是王岚赶紧低下头去喝了口饮料，为的就是要避开这双眼睛。

其实每个人都一样，都认为自己的爱情最浪漫，最值得大书特书，是一部最最精彩的爱情小说，都是这样。所以等到王岚发表意见时，她说的是人各有志，恋爱这种事不能勉强这种再普通不过的道理，她不想站在林飞的角度再为他的感情推波助澜，其实从林飞的讲述，结局她已经看到了，她比他大几岁，经验这种东西自己会说话，所以她相信林飞其实也看到了，只是看他愿不愿意承认。林飞同意王岚的观点，他说是、是，但下一话题开始时，显然又把它抛在了一边，他仍然在自己的感情中沉溺着。

就在这时候响起了一个女歌手的歌声，是歌剧片段，《图兰朵》或者《蝴蝶夫人》。林飞对歌剧一知半解，但他和王岚几乎同时都被这明净高亢的歌声吸引住，他们把刚才的话题搁置一边，专心致志地开始听歌。这时候几乎整个大厅里促膝交谈的人都和他们一样停了下来，静静地欣赏这段与他们的生活不尽合拍的旋律。林飞在钢琴旁找到正在放歌的女歌手，她一袭白裙，一只手轻轻地搭在钢琴上。歌里的内容林飞显然听不懂，但他却被歌曲的气势征服了，那是首情歌吗？可它那么气派而骄傲，歌者的声音也是极天然的，没有麦克风，但却用一种最质朴的力量找到了直冲云霄的感觉，整个大厅，整个玻璃穹顶都在一瞬间充满了豪情，都在振动，它让每个人都放弃了窃窃私语，放下了自己。

林飞显然被感动了，他正在容易被感动的时期，所以不能例外，也不能自持，演唱一结束，他就迫不及待地鼓起掌来。大厅里于是响起他孤零零的掌声，只有他一个人在鼓掌，其他人一定都见过大场面，也比他克制。女歌手微微地欠身向他致意时，林飞才有些不好意思，他发现王岚饱含慰问的眼神正对着他，就说应该问问女歌手这首曲子的名字就好了。

这是个完美的夜晚，充满了悬念和奇迹，一段感情走向了尾声，于是又为另一段感情的开场做足了铺垫。有时候林飞会想其实老天爷是善待他的，他并不想让他灰心，并不想让他在感情的问题上从此一蹶不振，那叫补偿吗？或者拯救？

他们的故事是从午夜开始的，当时王岚吃惊地发现时间不知不觉中已经到了十一点，她说，坏了，坏了，得赶紧了，十一点半电梯就关了，爬楼可得爬死我。于是他们慌慌张张地结了账，赶紧打了个车往回赶。但他们注定是来不及了，也就是说他们今晚上注定要在搀扶和喘息中爬上15楼。到三环的时候他们遇上了零检，司机师傅突然回过头说："你们是认识的吧，赶紧问个名字！"他们还在糊涂时，车已经被拦下，车门两边分别站着两名警察，他们被请下来，然后被带到马路两边，一条宽阔的街道把他们隔离开来。

林飞一直记得那个长青春痘的小警察，他用一种喉咙底才能发出的声音，懒声懒气地问他哪儿的，来北京干什么？又问到他和王岚的关系。林飞一边掏着身份证，一边说："我们是老乡，是同学。"这当然是乱说了，但他偷偷地看马路对面的王岚，发觉她似乎更乱，她肯定没带身份证，所以在那儿胡乱地比划。她会不会忘了他的名字？最后他看到王岚在翻电话本，手提包却掉在地上，里面的东西落了一地，她应该是气极了，可又无可奈何。林飞忽然间想笑，因为王岚急起来竟也像小姑娘那样跺脚。尽管最后事情终究能搞清楚，但他们爬楼的命运却不可避免。

那天晚上林飞把王岚送到家里，果然电梯已经停运，他们一起爬了15层楼，然后林飞就在王岚家的客厅里住了下来。

吵醒他的是早晨八九点钟的阳光，一缕阳光从窗帘的缝隙中射入，然后准确地降落在他面前那个玻璃茶几上，经过几次反射，屋子的阳光层层叠叠，竟像爆炸一样辉煌。

第二章

一

王岚做着梦。有两种梦她非常爱做，一个是她小时候坐父亲的单车，不知怎么就从后座上掉下来，她父亲还浑然不觉，兀自朝前骑行，她便坐在地上，不哭也不闹地望着她父亲的背影。另一个显然和她在北京的经历有关系，和她住过的炮局那片大杂院有关系，因为总是一条连着一条，仿佛永远没有出口的胡同，都好像去过，都好像似曾相识，每一个转弯处总有一棵老槐树，老槐树下站着一个疯子，疯子冲着她啊呀咦呀地喊，最后她来到厕所，没有围墙，没有门，厕所里是那种老式抽水马桶，水箱悬在半空中。

后一个梦王岚和她的同事讲起过，她们替她圆梦，说这是一个春梦，走不出胡同表示她的焦虑，而没有围墙的厕所则代表了她的性态度，她对性的羞耻。这种分析王岚自然不以为然，当时也一笑而过，因为照弗洛伊德那一套来看，什么梦大概都可以和性扯上关系的。那么前一个梦未尝不能解释成她的恋父情结，她看着父亲走远也可以说是她的性态度，她对性总是无可奈何。

王岚是1991年到北京的，那一年她24岁。她到北京倒没有什么特别的原因，单位领导对她不错，与男朋友的关系虽然清淡，但总算爱护她，但她就是想换个环境。有一天她忽然间觉得如果再在老家那种阴沉沉、暧昧的天气里待下去，她就要窒息了，她必须出去走一走，闯一闯！当时南方还正热，她当下可以去的城市至少除了海南还有珠海，但她却选择了北京,因为骨子里她认定自己是个不俗气的人,只有俗气的人才会选择广东。她男友是个乐天知命的人,说她血管里奔涌的其实是男人的血液,也可能她太喜欢吃辣椒,才吃得自己豪情万丈,忘乎所以,总想些不安分的问题,他们于是平静地分手了。对此,王岚倒并不觉得有什么可惜。

到北京后她先在苹果园花了一百元租了一间农民的房子,接着很快又在一家广告公司找到了一份文案的活儿。她在北京无亲无故,最初的打拼完全是靠着一份信念,甚至仅仅是一种本能支撑着。那段时间她真忘记了自己还是个女孩,还需要个肩膀依靠一下,需要有个安全的对象向他倾诉。清晨,天刚亮的时候,她总是院子里第一个起来的,因为她要去赶车,坐一线地铁,再转环线,再转1路公共汽车到海淀。这条两个小时的路线晚上还要再重复一遍,天擦黑的时候她开始替自己做饭,睡觉之前她没精力考虑更多的东西。这样的生活周而复始,当然它也有极限,极限就是你疲乏的时候,当你失去信心的时候,当你反躬自问的时候,生活也会在那时候突然间露出它狰狞的面孔。

五月的第一场暴雨来了,气温猛然骤升,房东老太太甚至打起了赤膊。她八十岁了,这么做当然有权利,可王岚却不敢看她,那两只空面口袋一样悬挂的乳房像所有女人的必由之路一样充满了宿命的气味,这部招摇的历史书上褶皱像裂纹一样从脖颈延伸下来——这是枯萎的花,被抽干的生命,也是可以公开的骄傲。老太太的儿子是个木讷的中年人,替王岚着急,劝她,妈,你就再加上件衣裳吧!老太太摇着蒲扇,一下一下,坚定而固执,怎么,丢你的脸了,早先吃奶那会儿你怎么不觉得丢脸?儿子再无话说,他斗不过赤裸的女人。

大雨之前先来了大风,王岚才知道她住的那间小屋是用白铁皮做的屋顶,风猛的时候,嘣地凹入,风一转小就咚地凸出。她就像坐在一面巨大的鼓里,和着嘣咚的鼓声,她的心也像那面鼓一样被擂击着。雨点却像军鼓,无数的鼓棒轮番攻击她的大脑,然后是身体,它们最终就像落到她身上，再从身体朝外擂击。老太太这时候打着伞出来了，她迈着那双八十岁的小脚朝这边喊，闺女，漏雨吗？大妈，不漏！要不你过来吧，今儿咱娘俩儿一块儿睡——不啦！她一动不动，在床上紧紧抱着双膝，也不想理会老太太的好意。她应该还没有放弃抵抗，她怕自己一松劲就会崩溃，然后前功尽弃。那边已经没声了，老太太大概回去了。

雨声渐密时，她听到一种怪声，怪声渐渐昂扬，原来发自她的喉咙，她的悲泣就像进入无人之境一样放肆。那天她没吃一口饭，没吃一口饭却能有这么放肆的力量，她放纵着自己，乘着雨势，乘着她一个人的时候。她想起她的父母，很久了，她都没有这么好好地想过他们，还有她的男友，分手时他还说混不下去就回来吧！他应该是同情她的，一个女孩还这么不安分！她还想起房东家那条狡猾而肮脏的狗，它总喜欢出其不意地戏弄她，趁她没留意在她小腿上胡乱地划拉一下，又抢在她发火之前扭头跑开，再摆出一副无辜的样子……

那个雷雨交加的晚上，这个叫王岚的女孩终于疲乏了，终于开始问自己到底想要干什么，她来北京干什么？她甚至想她需要的东西北京原本就不能给予，也是在这种追问下，她发现自己其实并没有目标的，她是个没有目标的人。

二

那应该是她的第二份工作，一家合资公司，同样是企划，同样六百块钱工资，但名声却似乎好听多了。台湾人似乎很讲究效率，上下班都需要打卡，这也是王岚第一次接触这种制度。头一次上班就把她吓了一跳，因为工作前五分钟的例行会上，总经理出场了，竟全体起立，总经理说早上好。大家回应时又有节奏地鼓起掌来，王岚跟着大家念"早——上——好——"掌声却不能合拍，幸亏她的声音小，可以被忽略。

企划部有三个女孩，中午吃饭时她们几个女的自然要凑在一起，为王岚圆梦的就是其中年纪最大的,据说她信口开河就能预测别人的命运。有一次她说王岚要结两次婚,没结过婚的王岚自然只能笑笑。年纪三十来岁的那个据说在美国留过学,神情也总是慵懒而矜持,因为这份骄傲成了中心。从她们的谈话中王岚知道这位美国留学生刚回来,因为回来报效国家,因此有了一个小车指标,但这位老小姐似乎还没有想好买什么牌子的,所以一连几天她们都在谈论车子。有一天王岚忍不住问她在美国是从哪所学校毕业的。老小姐淡淡地说:"斯坦福大学。"王岚头脑中的世界版图大概也就详尽到各个国家的首都,所以又问是不是在华盛顿?老小姐仍然淡淡地:"加州!"

王岚恨死了自己,也恨死了这个愚蠢的问题,再看看老小姐们的文案颇有些不以为然,至少觉得这种水平并不需要去美国才能学到。但老小姐似乎颇得老板赏识,因为老小姐是留过洋的人,斯坦福大学连老板都没念过,这也是他们打成平手的地方,所以老小姐那些诸如从电梯里突然高空坠下,马桶忽然变成喷泉的理念都被认为和她的美式英语一样,具有国际水准。而她的方案却常常被退回来,因为不够刺激,没有时代特色——这个词以后有谁一提起她就会想起那只突然间变成喷泉的马桶。

不久,王岚知道那两位的收入,她只有瞠目结舌的份,老的那个每月一千,留学生更可怕,每月两千。所以她发誓要换个工作,赶紧离开这个鬼地方。

她的住处却有了变化,虽然还是老平房,却从苹果园搬到了北新桥。她在广告公司的一个同事,准确地说是那个公司的一位清洁女工,有一次问她能不能帮她那个混账儿子补习一下,马上就要升高中了,成绩差得没脸说——但她又说我可没多少钱,你就当作做好事,帮帮我吧。王岚答应了,笑着说,我不要你的钱。于是她见到了那个"混账"儿子,他15岁了吧,奇高,鼻子下已经稀稀拉拉冒出了胡须,但却懵懵懂懂的,有一双臭脚和一个榆木脑袋。每次去他母亲就会骂,还不先把你的脚洗了，看这一屋子的味儿！女工每天晚上都为她和儿子准备一只酱鸡腿，有时候是酱肘子。王岚其实并不想让她破费，她是真想帮帮她，还有那个"混账"儿子。那怎么行，老师嘛——她这个老师竟然还行，硬是抢在会考前让榆木脑袋开了壳，虽然只是进了一家职高，但女工已经心满意足了。

北新桥的房子其实是女工家老姨的，为了感激她，她特意上门去说服老姨把那间堆杂物的小耳房腾出来，房租一个月一百，按月付，知道的当然说王岚遇到好人了，因为那个地段再便宜也不可能这个价钱，那几乎跟白住一样。这或许也可以叫好心有好报吧。

她终于看到了小耳房，也明白了耳房的由来，但她还是欢喜不尽，杂物腾出后就在泥墙上糊了一层报纸，又在报纸上再糊上一层白纸。地面是硬土，所以她又找人来铺了一层水泥。小耳房其实终年见不到阳光，都被前面的正屋挡死了，但王岚还是去为它配了两幅绿色的窗帘，关上门后屋里绿阴阴的，即使最热的夏天也透着阴凉。

她的到来，让院子里也跟着热闹了一阵，她前面的正屋里住着一户在医院里打工的安徽人家，也是老姨家的房客；另外一屋则是老姨的叔伯兄弟，两个女儿都已出嫁，家里只有两位老人。老太太对她尤其好。她吸纸烟，手里总是叼着一支没嘴的纸烟，遇到什么好笑的事，会像小姑娘一样捂着嘴笑，正经的时候她喜欢说"是这么回事儿"。两位老人都来帮她糊过报纸，逢年过节会给她送些"小玩意儿"，冬天时他们还把家里淘汰了的一只铁炉子借给她，又让煤厂送煤时也替她送来一百块蜂窝煤。

院子里有棵枣树，她刚来时正是枣子成熟的时候，常有邻院的孩子进来碰运气。等叶子落尽，疏朗的枝节竟像水墨画里的一样有力，夜深人静的时候能听到嘎嘎的断裂声，如果是月夜，枝条上会像挂满了冰凌。树下有一根水管，一年四季都潮湿、黑硬，像铁一样。

她的新工作也很快有了眉目，终于抢在天冷之前跳了槽。国庆那几天的秋季人才交流会是全年规模最大的一次，这种活动王岚已经是常客了，因为去得多，所以也摸出些门道。她照例只是慢悠悠地转，填表，索要材料、简章，用北京话说她现在是骑着马找马，所以用不着像那些刚出门的学生，必须搞定几家单位才能树立信心。况且她先天条件不好，所以那些大公司、正经的国营单位，也就是那些必须要本地户口的，也不会去触碰，因此在那个热气腾腾、人声鼎沸的人才市场里，她更像一名悠闲的看客，随时都可能在人群里消失。

王岚在一个角落里停下来，吸引她的是一家影视公司信息中心的招聘广告，广告写在一张纸上，墨汁淋漓时就贴到了墙上，字迹尤其糟糕，不像信息中心，倒像一家小饭店招聘服务员。其实这种广告人才市场里到处都是，这种公司多半不正规，很小，也因此显得着急而随意，与那些方方正正的大公司相比，唯一的好处是他们从不关心你的来处，是不是北京的，有没有正式户口。

广告下坐着一个西装革履的年轻人，留着板寸，用摩丝喷硬了，头发铮铮直立。这地方不是个热门的地方，所以他跷着二郎腿，脚尖再悠闲地颤着。王岚看广告的时候，年轻人当然也在观察她，他斜着眼睛看她——从头到脚，再从脚到头。后来，王岚知道他就是信息中心的领导，公司的二把手，她未来的头儿。

王岚问了一下工作的性质，因为文字是她擅长的，她在出版社、报社、广告公司都干过，但编辑也有很多种。她介绍自己时微微显得有些矜持，有一些当然不是真的，是她临时给自己添上去的，但即使说这些编造的材料时她也能做到不卑不亢、不温不火，倒像是她在给别人机会，北京女人那一套她算是学到家了。年轻人果然感兴趣，看了她的毕业证复印件，就说那你一定适合的。他甚至拉来一张椅子示意她坐下，告诉她公司的地址、月薪。那地方离她的住处很近，只坐两站地铁再倒一次车，而工资每月八百，那等于说比她现在还要高出二百。但王岚控制着自己的心情，面不改色，只说还要看看再说。年轻人也说，那你明天来吧。他是热情而真诚的。王岚注意到他笑的时候露出一排很白的牙齿，这在抽烟的人中很少见，而且他的眼睛也让人联系到某种草食动物，给人一种总是湿漉漉的感觉，这就证明他不可能太坏。其实王岚当时心里就打定主意去上班了。

第二天，她去公司参观时印证了前一天的看法，她甚至立即喜欢上这个地方了，信息中心五个录入员都和她一样，都是外地来京务工人员，最近的也是河北。只有她一名编辑，也是唯一一名大学生。她喜欢一个让她觉得自己重要的地方。

三

冬天第一次降温就把院子里的水龙头给冻住了，其实这是常事，后来她就知道了。但第一次的确让她心里起了一些变化。那天她屋里没存水，还是到院里那位大妈家讨来一点水洗漱，于是一整天王岚都觉得惶惶然，就像下雨天却想不起外面是否晾晒被子。

起初她以为是一种担心，对过冬的担心，对北京冬天的担心，但她买了一件黑呢大衣，又买了一件羽绒衣，那种诚惶诚恐的感觉却依然存在，还是没有消失，她才明白她需要的东西和天气没有关系。她终于安定了，在北京渐渐适应，有了自己的生活，那逐步松弛也逐步踏实的心情却慢慢地生长出一些黑洞：有时候是寂寞，有时候变作抑郁。她应当比从前敏感而小心了，这当然更靠近她自己了，也更加的善良。

那个替她送煤的工人，一口气就抬来五十块煤，一百块煤就跑了两次。她见过前面安徽人家那个儿子，18岁，最多六七块煤就跑得龇牙咧嘴。付钱之前，她客气地请工人进来坐，又拿了一听可乐给他。那是个三十来岁的小伙子，浑身漆黑，只穿了件工作服，这么冷的天，却敞着，露出里面同样黑却结实的肌肉。王岚想起小时候去父亲的厂里玩，那些工人们包括她父亲都在休息的时候这么敞着衣服，她其实很容易靠近他们的，很容易就回到他们中间。那天她就这么看着那个裸露的身体，心里却一直在发软，身体也在发软，脸上一阵阵涌动着潮红，小伙子发现的话，她一定会抵挡不住。但那天小伙子一直在教她怎样使用蜂窝煤，炉盖盖多少才能封住火而不至于熄灭，后来他又开始向她抱怨起生活，他和老婆在外面打工有多艰难，他们的孩子总是没人管，只好锁在家里。王岚拿了两罐可乐让他带给孩子，然后略有些不耐烦地把他打发走。

还是天热的时候，她遇到了一件尴尬事，应当是下班的高峰时间，在拥挤不堪的地铁车厢里，那时候总会有事情发生的。当时她称之为流氓，她身后站着个流氓，流氓把一个硬硬的家伙顶在她的后腰上。他自然是存心的，因为她闪了几次都没有躲掉，而车厢又这么挤。当时她真是又羞又怕，不知道该怎么办。流氓显然也看出这一点，于是压力更大了。车子摇摇晃晃，他们也得跟着摇摇晃晃，而她却晕晕乎乎下错了站，甚至连回头找那个流氓的勇气都没有。她坐在车站的长椅上，终于控制不住，委屈地哭，就像被人偷了钱包。之后她定下神来找回去的路，脑子里却一片空白，她似乎把什么都忘记了。这件事自然是她想忘记的，可入冬后她却想过好几次，而她的回忆又是那么清晰。

当然并不是没有人注意她，公司里有个年轻人三天两头过来玩电脑，其实玩游戏时，眼睛却不停地朝她这边瞄。有一次头儿说话了，他说，怎么着，又来看我们王小姐？这句话不光玩电脑的脸红，连王岚的脸都红了。事后她当然要嗔怪，头儿却说，那孙子，你当他是好人啦，都离两回了，我看他呀，还得离第三回！

房东老姨一直没出现过，倒是她的女婿来过两次。据说他是某个驻非大使馆的大厨，不过王岚很讨厌他，因为第一次见面第一句话就是：在北京干什么呢？！粗俗而无礼。就是这么个人有段时间却跑来看她。头一次还老实，只是说了会儿话，第二次却借拍床的时候，被子够不够盖，暖和不暖和——就像床太小，不够他的巴掌拍的，将手一下子就拍到她的腿上。王岚吓得只得说出去解手，她在外面逛了半个小时才回来，回来时房门虚掩着，大厨女婿已经不知去向。

那天晚上王岚用椅子倒着抵住门，人也不敢睡得太深，先是不敢，后来却是睡不着。她害怕大厨女婿其实并没有走，而是藏在什么地方，一等她睡着就钻出来抱着她说，其实啊，我是来给你送钥匙的，还没有把钥匙交给你。她靠在床沿上，静静地听着院子里的每一丝响动，但没有，整个院子都睡着了。这个地方离二环路很近，所以只有奔驰而过的车队发出的轰鸣声，就像一条大河正从她的身边流过去。

转眼间春节就要到了，因为年终公司效益不错，所以他们快快乐乐地一起吃了一顿自助餐。出门时头儿问她是不是回去，是的话可以送她一段，他刚好要去她住的那一片儿见一个朋友。头儿有部切诺基，不是什么好车，但对他这种性子不定的人来说倒是挺合适。但头儿把她送到炮局时却把见朋友的事给忘了，反而问王岚怎么不请他进去坐？王岚吃了一惊，也想不起早晨起来时是不是叠了被子。因此也反问他不是要去见朋友吗，又说她那儿实在太乱。头儿于是拿出架子说，怕什么？你是我们公司员工，我了解一下总是应该的嘛。王岚没法，只得硬着头皮领着他朝院子里走，又说这儿条件不好，可不许笑话。头儿说那哪儿会呀，我还不是苦孩子出身！

那时候王岚肯定变成另外一个人，这个人挑剔而苛刻，对任何细节都嗤之以鼻。好在她给自己争气，叠了被子，但屋里还是有一股霉味，她赶紧打开窗子把气味散出去。王岚拉窗帘时头儿却多了句嘴，问，怎么，你怕院里的人知道你朋友来了？王岚忙说不是，对面那家孩子都快二十了吧，没事就喜欢拿个镜子伸到窗台上，讨厌得很。她本来想把这说成一个笑话，但说完才发觉并不可笑。

头儿的眼睛还在屋里四下打探，他大概在想像房间最初的样子。"这儿都是你自己弄的？"

"当然，谁帮我啊？"

"不简单，不简单。唉，换了我，要到一个陌生地方去生活还真不知道会是什么样?"

"那是你福气好,你还用去哪儿,不是已经挺好的了?"

她替头儿泡了茶,说:"来,头儿,喝杯茶吧。"

"叫我穆林吧,别头儿头儿的,听着生分。"

她只是笑笑,干脆什么都不叫。头儿喝着茶,然后望着头顶,脚尖在床沿上一颤一颤,这么看着看够了,忽然说:"唉,真的,我在三环那儿有套房子,要不拿给你住得了,我不收你的房租。"

王岚心里跳了跳,她知道越是这种时候越不能显得太高兴,她说:"那怎么好,你不是不方便了?"

头儿正过脸来看看她:"我?"然后又恢复他玩世不恭的样子,"我的住处多着呢,你别操心!"

当然这件事也是说说就过去了,没有兑现,没有下文。王岚这么告诫自己,不用太认真,不用往心里去,这就是男人,他对你用心时才可能是真的。

四

他们工作外的接触直到春天后才重新开始。那是几家电影公司合办的一次舞会,穆林请她作自己临时的舞伴,他尽量做出很无奈很无辜的样子说:"要不小王陪我去吧,都这个时候了,我上哪儿去找人去?"舞会在晚上开始,王岚还是赶回去换了身衣服。她注意到穆林没有穿西装,所以就找套黑色的半腰裙来配,胸口点缀一朵红花。妆化得极淡,几乎是轻描淡写,因为她知道这个场合中出入的会有一些腕儿,容貌上她无法和她们较长短,她只能显示自己的本色:素雅和干净。到了碰头地点,她还是让穆林吃惊了,这么快?他这么评价她,但看得出他是满意的。

那一天也是王岚第一次领教穆林的社交能力,他几乎可以说如鱼得水,没有他不认识的人,不打招呼的朋友。其实那天更长的时间都是他一个人在四处转悠,他把她一个人丢在角落里,而除了那几个明星大腕,她的目光也更多地集中在穆林身上,她看着他蜻蜓点水又玩世不恭的周旋,觉得有趣。那时候她才注意到他脖子上裹着的蓝底印花丝巾已经敞开了,他谈话最多的那几个显然是他的朋友,他们在调侃他,又一起回头朝她这边张望,她于是朝他们微微点头,把示意全部送到,尽量做得大方得体。

其实那天还是部新片的发布会,制片人兼导演和女主角跳第一支舞,也即宣布舞会开始,那时候他便过来了,他们也开始跳他们的第一支舞,是唯一的。

王岚上一次跳舞应当还是在学校,食堂餐厅,布满了油腻和剩菜味的地板,随便用洗衣粉刷刷洗洗就成为舞池,男学生几乎都笨拙而紧张,握在一起的手很快就像要融化。而现在自然是另一种光景,王岚闻到穆林身上那股淡而幽的古龙水味,他的动作是柔和的,暗示给的很明确,手掌也冰而干燥,她竟有些飘飘然。

她对穆林说你跳得很好嘛,经常跳?他却一愣,回神一样反问她什么?他是专心于舞步还是在看别人?这么一想她心里就有了些妒意,于是她踩了他一脚作为他不用心的报复。王岚说:"对不起,我是故意的。"他也忙说没事儿、没事儿。王岚笑时穆林才发觉她的诡计,于是也跟着笑了。那一晚也是他第二次用异样的眼神看她,看得她颇有些得意,顿时觉得自己娇媚无比。

但这场舞会却像一个梦境,一场大雨,一场大风,或像一段故事到了关口,却又花开两朵各表一枝。他们又像从前一样恢复了同事那种有序有距的关系,不冷不热,以致王岚怀疑自己是不是做得不够好,暗示给的还不够?但随即她又推翻了这个念头,她疑心这原本就是她的想像,他对她的好感只是舞会上的眩晕所致,她以为的那种感觉从来就没有发生过,可这又怎么解释那双多情的眼睛呢?跳完那支舞后他的手指分明在她的手心调皮地划拉了几下,这个隐秘的动作又代表了什么?

她在背地里观察着这个男人,也在等待。她发现很多时候他都显得心事重重的,天秤座,天秤座的男人总是这么犹犹豫豫,反反复复,让她怜悯又让她无可奈何。有几次办公室只剩下他们俩,她故意走在最后,再故意地问"头儿,还不走?"他甚至不回头,只是举起手做个再见的姿势。她感到绝望了,这样一个男人,也是,她是个无根的人,北京话——"外地的"。谁会为一个"外地的"去浪费时间?她离开时竟真有些伤感,她想起《简爱》里的一段台词:"如果上帝赐予我美貌和财富,我也会让你离不开我,就像我现在离不开你一样。"这是她最喜欢的一部电影,她和简爱的命运是一样的。

那应该是个飞杨花的日子,以后每到这个时候,王岚的心情都会变得很沉郁。杨花翻飞,像雪片一样,原本就让人乱了心绪,添了烦恼。那个她以为没有结局的故事却突然在这个时候另起一段,开了头。

一天下午下班的时候,穆林把她留下了,他说找她有点事,让她等一会儿。等他忙完后,他才带上她,开着他的切诺基,趁着夜幕驶出了城。那天他们究竟去了哪儿,她一直不知道。也没问过,只知道是个郊外的度假村,旁边有个跑马场。到的时候天已经黑尽了,穆林在服务台开了个房间,就把她领进去。那时候她的心一直在噗通噗通地乱跳,这么快吗,这么快就要交出去了?服务员暧昧的眼神似乎也在告诉她接下来要发生什么。

但没有,从头到尾穆林都没有碰过她。他只是在抽烟,然后点了一首卡朋特的歌曲放上,他甚至忘记了他们还没吃晚饭,跑了这么远的路,似乎仅仅为卡朋特而来。但她知道不会这样,越是这种开场就越不会简单,于是她等着,唯一的动作就用纸巾擦擦额头,她知道与她有关的一件重要的事就要发生了。

后来,他抽了三支香烟后,第一次开口说话:"我要走了,去一家美资公司——"说这句话的时候他并没有看她。

就为了这件事？"那，我是不是也要离开？"她的声音小得几近于无。

"可以啊，但，为什么？"他似乎没想到她会问这个，转过身第一次看她。她又看到那双眼睛了，一看到它们她就觉得有了希望，它们让她等了那么久。但那一天她知道的是这个世界上的男人中还有一种男人，他们只从男人那儿寻找安慰，遗憾的是她面对的就是这样一个男人。

"我是个同志，同志，知道吧？我从小就这样，你也别奇怪。"

王岚的脑袋里却一阵阵迷糊，发晕，混乱，再空空荡荡的。为什么要对我说这些呢？为什么要对我说这些？为什么要把我惟一一点希望都毁灭掉？！我情愿你什么都别告诉我——但她没说话，只是静静地看着面前这个男人，这个已经注定要影响她一生一世的男人。为了不暴露她的手指尖在颤抖，她把纸巾一张接一张裹在上面。

"我知道你很喜欢我，其实，我也是，很喜欢你的，我需要结一次婚——如果我要找个人结婚，那个人就应该是你这样的——"

为什么是我，就因为我是外地的？她心里忽然间恨起来，恨啊，那种不甘心，他凭什么这么有恃无恐，谁给的权利？

"如果你同意的话，当然你也要想好了，只要你同意的话，什么都是现成的，工作啊户口啊都不是问题……"他还在往下说，就像谈一桩生意，也许只有当它们都变得像一桩交易时，他才能保证自己流利地说下去。至少这样他还有点优越感，还能够居高临下。但她还是想问，为什么是我？

"其实我一直憋着，一直想问你，现在我要走了，我想是个机会你可以先考虑一下。"

汽车停在胡同口，他们就要分手了。这之前王岚竟没有说过一句话，她下车的时候，穆林忽然朝她伸出手，然后笑着说："再见！"那应该是她看到的最最凄惨的笑容吧？王岚忽然一怔，竟不可自抑地开始痛哭。穆林先任着她哭，跟着自己的眼泪也下来了，他试着把王岚抱在怀里，王岚听命地倒过去时，他又一时间忍不住对她歉疚万分，他说对不起，对不起。而王岚却在不停地摇头，还是一句话也说不出来，心里不知是委屈还是绝望，但有一点：她恨面前的这个男人。

婚礼一个月后举行的。如果它是一种交易的话，那更无须准备什么，正像穆林说的所有的东西都是现成的。穆林家对王岚当然一百二十万分的不满，因为接下来又是她的工作调动，户口内迁，都是他们要费心劳神的。当然事后他们会感激她，为了她的处境，为了他们有了这样一个浪子而对她心怀歉疚。但这个时候他们还转不过这个弯，他们正在为这桩不算体面的婚事发愁。

王岚家则显然把这桩婚姻当成了极大的荣耀，顿时对这个平时不怎么起眼的女儿都有点刮目相看的意思，能嫁到北京，姑爷又不瘸又不残，还那么精神体面，实在不知道该怎么表示高兴才好，所以一大家人千里迢迢齐聚北京替她筹措婚事，这也是她再三阻止而无法办到的。印象中那两天她父亲逢谁都会送上一张谦卑的笑脸，好像一下子，全首都人民都成了自己的家人。

自然他们的婚姻还是满足了不少人，如果仅从这一点讲，他们无疑是成功的。婚礼上穆林从前的同学都赶来了，那些女同学尤其亲切，见到他都叫他林林，敬酒时她们玩笑着说，林林终于嫁掉了，她们也可以放心了。一个嫁字倒误打误撞地把他们的关系显露出来。洞房闹完，众人散尽，却把一个重要的人遗留下来，他也终于显山露水。穆林向王岚介绍那是他的朋友。似乎是个过了气的二流明星。他们一起平静地吃了夜宵，然后各自睡下。里面的大床归新娘，新娘的新婚丈夫和他的朋友则挤在外面的沙发床上。王岚听着外面不断传来的窃窃私语和压抑的笑声，她以为自己会这么睁着眼睛过上一夜，但实际上，在自己的床上，她的瞌睡也堂堂正正地到来了，于是她很快也很蛮横地睡了过去。

五

那些混沌的阳光让林飞产生了片刻的疑惑，因为一下子想不起自己为什么会睡在一张沙发上，也许五六秒，七八秒钟，那阵短暂的空白过去后，他才醒悟自己看到的是北京的阳光，随即想起他为什么会在一个叫王岚的女人家里。这种发现让他获得一种突然的兴奋，他忙爬起来，用冷水抹了把脸，又在桌上留下一张纸条，然后便从电梯口急匆匆地离开。

其实林飞也知道自己不用走得这么急，但他担心，因为一想起要和王岚睡眼惺忪的样子面对面，心里就会不自在，或者他还有些心虚，在一个女人家里过了夜，她丈夫还不在家。昨晚的事情只是个意外，意外当然还不足以让他遐想。林飞给王岚留的条子上写的是：我走了，谢谢你的帮助，非常感激。从纸条上看他也没有再回来的意思。

外面很冷。林飞几乎刚一出门就打了个寒颤，但之后就好了，慢慢适应，且定下神来，而冷空气怎么说对大脑总是有益的。那时候刚好过了早晨上班的高峰期，街道上呈现的是白天喧闹到来之前的最后一分冷清，也可能是太阳还不及照耀的缘故，地面上悬浮着一层懒洋洋的雾气，过往的汽车把它们撞开，又慢悠悠地回复原位。气味也互不混淆，各自为政，按浓淡、强弱依次排列着，他从那条街走过去便闻到包子店里的包子味，熟食店里卤菜腻重的香味，当然还有煤烟味，那是种霸道的气味，也只有和头顶那种瓦蓝色的天空配在一起，才代表着干爽。林飞一下子想起老家，冬天时各家各户都生炉子取暖，于是整个冬天空气里全是这种气味——他听到一连串单车铃铛声，那也是市声中最响亮的，是个抢红灯的小伙子，等他回头时已经惊险地骑过街口，两个结束晨练的老夫妻，提着一柄木剑和沉甸甸的菜篮迎面朝他走了过来。

林飞做的第一件事当然是去取还放在旅馆里他随身携带的背包，退房之前又去漱了漱口，洗了把脸。服务员当然会奇怪他一夜未归，交了一天房钱只是洗了把脸,但她是北京人,也就是说什么事情没见过,自然见惯不怪了。而等林飞重新回到街头,正碰上第一缕阳光落到身上,那时候他的心情既轻松又满足,几乎就要在那缕阳光下化成一根飞升的羽毛。人有时候真不可思议,联想到昨天他还那么焦虑、沉郁,现在它们却像他所有的担心一样,都成了历史。他实际上已经从昨天的那个人身上分离了出来,尽管表面上他们一模一样,但那些情绪——绝望、沮丧,分明和那个人一起留在了昨天。他当然很自然把这归结到吴小蕾身上,他正要去赴她的约会,正是这个目标令他快乐,令他悠然神往。于是林飞心里一直响着首歌,一首天底下最明净,最能代表他此刻心情的旋律,这首歌正是昨天晚上那位白衣女歌手演唱的,可能叫《图兰朵》,也可能叫别的。

这当然是与事实出入的地方,林飞可能忽略了,这首歌其实与吴小蕾无关,她的话也不足以让他产生类似的快乐,如果要说确凿的联系也仅仅是在听到这首歌之前他正在动情地讲述自己的故事,他的故事里有个叫吴小蕾的女人的影子。但他的脑子里还是有种幻象,甚至只是固执,他希望快乐与自己的情人有关联,所以他会听任情感的惯性带着他一步步靠近吴小蕾,但实际上他的内心却正在不自觉地与这个女人发生疏离,这当然是他无法察觉,也不愿意相信的。

林飞到了故宫,很明显这也是昨天吴小蕾替他安排好的。那地方显然不像天安门,不像昨天他刚到广场时,天安门给他带来的那种无所适从,而他极像一个诚惶诚恐的孩子不知道该如何靠近——故宫给他的印象更像一座大迷宫,尤其是太和殿后面的内城,那些嫔妃们的住处,似乎永远都无穷无尽,又永远地杂乱无章。等他厌倦的时候,林飞发现时间已经接近十二点,他慌忙找了个工作人员,问明了出口,好不容易才从那些死人替他摆的迷魂阵里挣脱出来。记得从故宫后门出来时,他心里竟高兴得仿佛一种解脱。

午餐是在麦当劳吃的,那是他们碰头地点,自然又是吴小蕾的安排,如果是他宁愿换到别的地方,当然这些并不重要,重要的是他们终于可以见面了。林飞在王府井大街口站了二十分钟,远远地就看见吴小蕾朝这边走了过来,她穿了件紫色的风衣,一条麻灰色的围巾,罩着她半边头脸。显然她还没看到他,于是停下来东张西望地寻找,她应该没戴眼镜,可能戴着隐形眼镜,也可能没有。那时候也是吃饭的高峰时间,逛完天安门的游客,尤其带孩子的,很容易想到去麦当劳叔叔家做客。所以在那片嘈杂的声音中喊叫是徒劳的,林飞也没有喊叫,他只是伸出手在头顶上挥舞,这并不是个明显的标志,吴小蕾看到他又花去些时间,但那个时候他心里涌动着喜悦,虽然他已经尽量克制,但情绪还是像一口沸腾的泉眼,连带他的牙根都开始幸福地发痒。半个月了,不,整整十六天了,吴小蕾还那么漂亮、健康。

事后来看,吴小蕾选择这么个地方和他见面用心很深,因为在这样无所遮拦的公共环境里,他们的情绪,至少是他的情绪也会像锁在囚牢里的动物一样无法放纵。但当时林飞却根本无从体会,看到吴小蕾时他的头就开始眩晕了,他甚至没有说话,是想不起说什么好,嘴里嗫嚅着,而吴小蕾则口齿清楚地说:"走吧,赶紧了,这么多人等会儿连位子都找不着!"吴小蕾没有给他任何一点机会,而这时候他却依然陶醉在那种重逢的喜悦中,甚至忘记了这是个人来人往、摩肩接踵的快餐店,他眼睛里只有吴小蕾,和吴小蕾在一起,无论做什么他都会觉得快乐的。他们用了很长一段时间去排队,研究各自想要的套餐,商店里只会比外面更嘈杂,音乐声竟不时地被来自各地的方言所掩盖。林飞买了一大堆他们根本吃不完的食物,接着兴致勃勃地下楼,替吴小蕾再去买她想喝的一种奶酪。

"怎么样,故宫好玩吗?"

"太大,我在里面都快迷路了,还有很多地方没转到。"

"看完肯定不容易,有个大概就不错了——"

他们的谈话也围绕着北京不咸不淡地开始,就像两个久未见面的朋友或者同学，在试探中慢慢地寻找着重新熟悉的可能性，与那些人不同的是他们还需要回避一些东西。比如吴小蕾问他住在哪儿，昨天休息得好不好，但她没问他为什么住这么远，如果再问下去，她将会知道林飞是睡在一个几乎陌生的女人家里。一想到这儿，尽管吴小蕾没有深究，林飞还是有些愧疚，至少在形式上他背叛了她，他的第一个电话也是打给了另一个女人。

那天他们没有谈到分手，而不谈对他来说就意味着希望，显然吴小蕾也一样，这是一个他们暂时都不愿去触碰的话题。后来，无数批客人从他们身边起落，林飞心里也松弛了许多，他这时才开始渴望靠近吴小蕾，他的蕾蕾。他用极度深情的眼睛看着她，又在桌子底下用腿去寻找吴小蕾的腿，后来他触碰到了，那是她的膝盖。吴小蕾也没有闪避，他又加了点压力，身子向下坐了坐，这样做已经近乎撒赖了。可能是巧合，一分钟后吴小蕾就起身去了洗手间。

一点半时他们离开了麦当劳，因为吴小蕾上班时间快要到了。林飞送吴小蕾去单位，这段路倒是走得有些尴尬，因为一路上他们遇上了许多的恋人，他们或挽着手，或搭着肩，有一对干脆在地下通道里忘情地拥吻，林飞看见了，吴小蕾自然也看见了，但当林飞转过头来向她示意时，吴小蕾却恰到好处地开始理袖口或者头发，把他的盼望错过去。同样的一条路，他们一个觉得短，一个觉得长。好在无论长短，十五分钟后，吴小蕾的新单位就出现在眼前，这种折磨也宣告结束。

吴小蕾的新单位就在长安街上，那是幢十多层的大楼，外面是蓝色的幕墙，气派而威严。走到大门口时吴小蕾明显松了口气，然后她笑着对林飞说，好了，就到这儿吧，我也不去宿舍了，过几分钟就要上班了。她这么解释就好像不请他去宿舍只是时间问题，他们无法亲近也是时间问题。林飞尽管不甘心，但也只能这样任由吴小蕾一身轻松地离开。他看着她的背影，那个背影在阶梯上走得如此摇曳多姿，让他留恋，让他一辈子都愿意这样看下去。他应该还有好多话，刚才来不及说的和没有想到的，一下子全涌到了嘴边，可他却只能看着她的背影。这时候林飞猛然想起最要紧的，他们并没有约好下一个见面时间，他赶紧喊了一声。吴小蕾没听到，只有大门边的哨兵听到了，于是转过头很严厉地看着他。

六

下午林飞去了雍和宫、北海。这也是吴小蕾中午在饭桌上建议的。他应该算一个听话的男人，也许潜意识中他觉得按吴小蕾的意思去做，这种遵从就足以代表他们的一致，他们已经有了很多的共同点，现在，共同点还在不断增加。故宫、雍和宫、北海，这是从前吴小蕾走过的路线，现在也正在成为他的路线。

林飞走到东四时发现一个人头攒动的地方，四周彩旗飘飘，走近才发觉那是个彩票点，爱心彩票的发行点。主持人正用煽动的语言吸引路人："给自己一个机会吧，也给爱心一个机会！"也许是这句话让林飞动了心，反正他正好有的是无处伸展、无处用武的爱心，于是他凑了上去，开始奉献爱心。这个临时也是投机的小游戏，似乎一下子就暗合了他的心意，如果怎么样就怎么样——它还应当是块试金石，用来测量他在一个陌生地，或者他的将来，他和吴小蕾的气运。这时候林飞一定忘记了，这种爱心奉献在吴小蕾的路线上其实并不存在，他已经把那共同点的想法丢到了一边。

他是十块十块地奉献的，前后一共献了三张爱心卡。刮开一张，再刮第二张，第三张时林飞看到了电视机，他隐约记得这是中奖标志，赶紧问主持人那是什么。"有电视是吧？是毛毯！"电视为什么不电视，而是毛毯？但主持人已经把他拉上台，要他就好运气发表感想："看一看嘞，这位朋友只用三十块钱就抠到一条名牌毛毯，很容易，是不是？"话筒移到他的嘴唇下。因为他的出现场面显得有些骚动，而林飞显然也被突如其来的成功打哑了，脸涨得通红，他想了半天，终于说，运气嘛总会慢慢好的吧，坏的去了，好的就来了。台下一阵哄笑。"还想不想再抽？"这时候他镇定了些，想了想，摇摇头，于是他从主持人手里接过那条毛毯，又在人们的羡慕的眼光中从台子上走了下来。

虽然只是一床毛毯，却证明了他的好运气，在北京的好运气，他实际上完成了一次身份的跨越，北京将他作为一个宠儿挑选出来，这说明他理应受到珍爱和重视。当然奖品仅仅是条毛毯，这又说明北京对他的爱还不够深厚，如果他坚持下去，说不定后面的奖励会更丰富，也许是一台29寸的大彩电，也许是那辆摩托车。他完全有这个机会的，从他的运气来看，他完全可能成为一个所有人都羡慕也嫉妒的宠儿——整个下午林飞都陷入了对此次中奖的遐想，他甚至后悔自己从那儿离开得太早了，好几次他都准备再次前往摸奖现场，是他那点残存的定力才把他控制在吴小蕾提供的路线上。这个充满激情和动荡的下午，也是很长一段时间后，他才把这个幸运和吴小蕾联系到一起，赌场得意，情场失意，当时他竟只顾高兴了，忘了这句老话，看来他们的分手其实早就注定了。

林飞以走马观花的速度，游历了雍和宫，然后又马不停蹄地转往北海。他此刻的形象已经不再像是一名游客了，因为有一个这么大的提包在手上，而说他是本地人，脸上分明又写着浮躁。当他坐在北海的长椅上时，林飞把提包打开了，毛毯厚实而绵软。它代表了什么呢？他开始想毛毯出现的意义。它是被子，是天冷时盖在身上的，送给他，是因为他需要——这么看，毛毯不像是奖励倒更像是补偿了。他高兴起来，为了这次补偿，像所有人一样，他心里感到踏实，毕竟物质的东西更容易让人产生快乐。

5点钟左右他给王岚打电话。这很奇怪，表面上看是他出来一天了，他想打个电话问候一下，但骨子里他似乎更愿意相信，整个北京城里也只有王岚会真正地为他这次中奖高兴，哪怕只是一床毛毯。

林飞张口就问王岚起了没有？王岚笑了，她说现在都几点了，你问我起了没有？他忙改口，说主要担心她昨天没睡好。王岚又问他在哪儿玩，见到女朋友没有？他当然都如实回答。

"我中了个奖呢！要不出来，我请你吃饭？"林飞尽量说得轻描淡写，好像是为了请饭才不得不透露这件事。

王岚笑了，"是吗？那你运气好，中了什么？"

"你猜猜看？猜中了我送给你。"

"电视、洗衣机，一个二十块钱的那种手提包？"

"一条毛毯！"他们一起笑了，好像中毛毯是件很滑稽的事。

"出来吧，我们一起吃饭？"林飞又邀请了一次，他是真心实意的，但王岚说："算了吧，你也别乱花钱了，要不过来吃吧，我去买点菜，就在家里吃，好不好？"

他同意了，好像这才是他最希望的，他正等着这句邀请。于是林飞提着那条毛毯，急急忙忙地打了个车，朝王岚家赶过去。

他到的时候，王岚已经从楼下超市里买来一些净菜，几乎同时林飞就跟着她的脚后跟进来了，下车后他还跑了一小段路，因此脑门儿竟沁出一层细汗，进门后他第一件事当然就是举着他的战利品——那条毛毯让王岚看。他告诉王岚他实际上有多幸运，抽奖现场已经半天没人中奖，最多只是个末奖，他的出现连举办者都高兴，当然也有人嫉妒。"有一个大胖子，已经抽了好几百了，手都酸了，连一个奖都没中，他看我的时候就像要把我吃了。"林飞兴致勃勃地介绍着当时发生的一切，打开拉链让王岚估计毛毯的价格。王岚不知道，但她根据牌子估了个价格。林飞这时候说："那，送给你吧！"王岚连忙摆手，说自己盖的东西最多了，但林飞坚持要送，他说反正我拿着也没什么用处。王岚说："别了，你还是送给你女朋友吧，你没用没准她需要呢？"这么说林飞才不吭声，他害羞地笑了笑，表示同意。的确，他几乎忘记了吴小蕾，他还没把这个好消息告诉吴小蕾，甚至没想到要告诉她。

王岚去厨房做饭时，忍不住想这世上都是什么人在渴望着奇迹？林飞突如其来，也是夸张的举动里暗藏着某种不祥的东西，但她也只是怀疑而不敢肯定，但愿这只是她的猜测。这时候林飞在客厅里征询能不能用用她的电话，王岚扯大嗓门说，用吧，不就在沙发边嘛！

那时候已经是下班时间，整个北京城都被一层紫红色的暮气笼罩着，在他们看不见的地方人们的节奏正在加快，人们纷纷离开单位，从白天进入夜晚。黄昏会给他们增加一点障碍，一点迷乱，一点可能性，它是结束，但接下来无论是一个激情或枯燥的晚上，它都只是开头，因此这时候也是人们想像力最丰富的时候，也是最惆怅最难以取舍的时候。但这个黄昏对林飞没有太大的影响，他给吴小蕾打电话仅仅凭的是他白天来一以贯之的情绪，他还处在白天的兴奋之中。他不想做什么，只是把他的经历，他的奇遇告诉她。电话通的时候，他还在想怎么告诉吴小蕾呢，直接告诉她，还是让她猜三次，就这样吧，猜中有奖，奖品是名牌毛毯一条。

一个女人接的电话，显然他们还没下班，她替他去叫吴小蕾。他听到脚步声，但听筒拿起来，听到的却是一个男人的声音："谁啊？"

林飞忽然有些慌，会不会是他打错了电话，那地方刚好也有个叫吴小蕾的男人。"我找吴小蕾。"他又重复了一遍。

"谁呀？"男人的声音有些不耐烦，"你是谁呀？"

"我叫林飞，麻烦你跟吴小蕾说林飞找。"

"噢，林飞啊，知道，知道。"男人做出恍然大悟的样子，并开始笑，"我听小吴常常说起你的，在哪儿呢？"

"你是谁？"这么问显然有些无礼了，但林飞还是隐隐约约勾出他的轮廓：沙哑的声音，带着痰音，不是粗脖子就该有一个猪头脑袋，这个影子正梗在他和吴小蕾中间。

果然男人说我就是程天鹏。林飞不依不饶地问："吴小蕾呢，我找她！"

程天鹏却不理会，顾自说下去，他绝对是故意的："小蕾一直在对我夸你呢，有时间我们一起吃顿饭吧，我们也算是有缘，对不对，你这么大老远跑来，我真应该请你吃顿饭。"

为什么呢，他只是想找吴小蕾，他只是想告诉她今天他遇到的事，把毛毯送给她，她即使不想猜谜也可以送给她。林飞几乎伤心了，对着话筒说："你算老几啊？！"他听出猪头在对面一愣，他大概也没想到他的对手会这么快就翻脸，猪头于是也跟着翻脸："别给脸不要脸啊？！"他们说戗了，在电话里对骂，猪头在那边气急败坏："你信不信，老子找人把你灭了，也不看看在哪儿就撒野！"

他站起来，几乎一个接一个朝外面喷字："那你出来，半个小时老子在你们门口等你，你他妈的，狗日的，王八蛋，不出来！"林飞把电话砰地挂了，然后像只无头苍蝇一样在屋里乱转，他转了半天才想起自己在找背包，后来他发现背包其实一直就躺在沙发上。林飞把背包抓过来，把东西哗啦一声全倒在地上，然后在里面翻拣。其实东西并不多，只有几套秋衣和内裤、几包烟，一些小杂物，但他的手却一直在发抖，这也让他的寻找变得困难，最后他终于看到一个棍棒样的东西，便把它操在手里。

那是一把匕首，他的防身之物，说起来还是当年吴小蕾在他去广州时买给他防身的，他从来没用过，所以这么多年都被他睡在枕头下。那天当林飞决定来北京之前，无意中看到了，他也不知道为什么会把它丢进背包里，当时看着它，还有一种莫名的伤感，现在他终于知道为什么了。

林飞把匕首披在袖口里，然后深吸口气，朝大门走去。但有一个黑影，显然比他的动作更快更麻利，抢在他开门之前把手按在门上，然后她转过来，用身体挡着他，然后影子开口说话："不要这样，你绝不要这样！"

林飞就像不认识她，就像不认识他面前这个人就是王岚，他已经完整地沉浸在自己盛怒的情绪中，他已经被疯狂所控制，现在他只是要去做一件事，这件事他早晚都要去做的，甚至他来北京就是为了完成这件事，从前他可能不清楚，现在他终于明白了，所以没有人能够阻止他。林飞看着王岚，就像一个陌生人，他们原本就是陌生人，没必要成为他的障碍。"让开！"林飞发出低吼，就像一只困兽表示不满，显然他还没把面前这个女人当回事儿。

"不要这样，不要这样，何必呢？"王岚开始苦劝，甚至哀求，她以为这种音调足以让一个男人放弃他的仇恨。

王岚开始动手抢那把刀时林飞才彻底被激怒，他才意识到面前的这个女人才是他第一个敌人。她为什么要这么护着他们，还要为他们抢他的匕首。林飞用了些力气，他只是想挣脱，然后从这扇门走出去。但很快他发现，工人的女儿王岚也同样力气惊人，她几乎就要把他的刀夺走。他们开始扭打，目标当然是那把匕首，这样他们的手都扭在了一起。林飞一直在低吼着：放开，你放不放开？！王岚却不吭声，她粗重的喘息表明她已经在竭尽全力。

后来林飞终于用了蛮力，他一把把王岚推到沙发上，他几乎就要成功了。但王岚倒下去的同时，脚也把林飞绊倒，他几乎有些无可奈何地倒在她的身上，头一下子冲到了王岚的胸脯上。胸脯是绵软的，有弹性，几乎让他一愣，同时他们都感到林飞下身的勃起。他们于是都怔住了，盯眼看着。

接下来的动作应当是他跳起来，用最快而无法捕捉的速度从这个地方逃离，那样的话已经没有任何人可以阻拦他。但中途，林飞却改变了主意，他甚至不再和王岚争夺那把刀，而由着她握着。他开始撕扯王岚的衣服，接着是他自己。他在一片苍茫之中陷入一个女人的柔软中，但那种空虚的成就很快就让他伤心，它们无边无界向他压来，而他竟那么脆弱。于是林飞靠在王岚的肩头上，像一只受伤的狼一样，从喉咙里发出一连串压抑也是悲伤的号啕。

七

　　王岚坐在马桶上抽烟，已经是第三支了，她把自己关在厕所已经超过了半个小时。半个小时过去，她还不时地颤抖，好像无论怎么调整，都无法平复。林飞还在，十分钟前他来敲过门，问她没事吧？她没回答，于是再也没有消息，但她能感觉到他，他应该就在门外，他像狗一样的鼻息声不时在寂静中抽搐一下。也许他是故意的，用这种方式来告知他没有逃走。

　　厕所里布满了烟雾，蓝色的烟雾在灯光下摆出一道道不可捉摸而扭曲的线索，它们甚至不动也不变化。这就像她的世界，暧昧却一成不变。王岚很少抽烟，平时也只有受到像今天这样的刺激，她才抽一两支，才会恍惚地进入另一个世界。她的脑子里还被刚才那次有力的进攻占据着，她是不是应该忘却，却无法做到，也无法拒绝。心里则潮湿而混沌，就像默许她的身体里涨起的潮汐，那竟不能算作伤害，其实它应当是一种伤害，就像她的痛感一样实在，但没有，她心里竟没有这种感觉了，她的难过仅仅是因为突然，她的被动和不可捉摸的羞愤。于是她只剩下了害怕，害怕她外表完好，就像一个漂亮的暖瓶，内心却早已稀里哗啦，害怕她竟对暴力起了反应。

　　王岚想起她从前的那位男友，他们紧张的性活动总是草草收场，但那是因为他的爱惜所致。当然还有她的丈夫，那位同志，有一次她甚至去剪了一个男式的短发，目的当然也是要把他纳进她的世界，那是合理的想法，合法的诱惑。她也几乎成功了，那天她丈夫看她的眼神几乎就是情人的眼神，他喝了点酒，然后伏在她身上，但最后还是一事无成。那天的遭遇可能让他觉得难堪，作为惩罚，他搬到客厅里，以后也再没触碰过她。他对她说："你也别苦着自己，找个人吧！"找个人吧，等于告诉她不要再奢望从他那儿得到什么了。

找个人吧——北京这么大，终究会有人看上她，爱上她，要她的。但她女性的能力似乎就只剩下了怜悯，她动不动就怜悯，怜悯就像她的生理反应，总有落难的，不如意的，比如那个半裸的搬煤工人，地铁里的外地流氓，他们辛苦、憔悴也健壮。后来穆林的母亲把她调进出版社，三编室里外聘的老王，也成了她关注的对象，听说他老婆得乳腺癌死了，他一个人带着一个读高中的儿子。老王身上散发的那股凄凉气息对她竟产生了致命的诱惑，有一次在电梯里，她看着他发白的鬓角，几乎就要告诉他她其实可以安慰他的，他需要的她都可以给他。但他却也像一个同志，阴沉着脸，对她视而不见——她对林飞呢，应当也有怜悯，因为他专情，而且就要被人抛弃了，但不多，否则他不可能向她征讨，一想起这种陌生而刺激的情绪她就有些不自在，是时候了，让他离开。她开始抽第四支烟，抽完这支烟，就准备出去做饭，"然后，就让他走！"

门开了，外面黑着灯。首先她看见的是烟雾朝外涌动的情景，沙发那儿也闪着一个红色的烟头，随着厕所门打开，那个烟头也跟着站起来。

王岚去厨房的时候，林飞也跟着进来，他看着她的脸，用一种眼巴巴，近乎绝望的眼神在看她的反应，之后她无论做什么，他都跟着，也不说话，只是这么穷追不舍地看着她。好几次王岚都有些心软了，想对他说点什么，但一想刚发生的事，她又硬起心肠，而且她知道现在林飞就在等她的一句话，稍不留神，就可以把他送进天堂。

她把菜端到客厅时，灯还是黑着，这么跑了几次，林飞就来抢她手里的盘子，这么争了一下，就赢了，他似乎很高兴地跑出去。进来时，她终于说，你不会把灯打开啊？她想凶一点的，表示她的愤怒，但林飞却更高兴了，嘴里念，好的好的。兴冲冲地去把灯开了。王岚只好苦笑，其实这时候说什么都似乎是错的，对他来说都是机会，果然他又像一只得了宠的小狗一样跑回来，还问她有辣椒面没有，他来做个菜。王岚不吭声，她又变得神色凛然了。

最后一道菜是碗汤，王岚示意林飞把汤端过去，她则把围裙解下来。谁知林飞却放下汤，过来帮忙，竟从后面又一次把她抱住了，两只手把她箍得紧紧的，任她怎么挣扎都无法摆脱。他的头伏在她耳边喃喃地说着话，不是道歉也不是害怕，听了半天才知道是"我要你，我要你"。王岚倒佩服他的胆量，心里骂，嘴里也想这么说，可在林飞接连不断的进攻下，她竟一点反抗的气力都没有。

那个晚上，直到很晚，那个15层的高楼上，还亮着灯。主人正在做着他们想做的事情。他们就像漂浮在云端，幸福得就像在云端里飘行。后来他们累了，也在云端里相拥而卧，他们靠得那么近，抱得那么紧，几乎就像要把内心深处最柔软的地方裸露出来。

第三章

一

分手的时刻就这么来了。如果按林飞从前的想像那必定是个伤心的日子，因为一想到分手他就会有种钻心的疼痛，他没想到他曾经以为这么难挨的日子竟会变得如此平淡，让他十分随意地就跨了过去，如果不是为了那枚钻戒，他们甚至都可以不见面，打个电话，或者电话都不用打，从此各奔东西。

这当然说明吴小蕾对他不再具有魔力了，她不再吸引他，也不再重要，尽管有时候他也会心生怅惘，但那是对从前的那个吴小蕾发出的，对那个还在老家，爱着他的吴小蕾，现在这个，北京的吴小蕾他已经无动于衷。从他们见面的地点也可以看出这一点，同样是麦当劳，但这一次却是林飞定的，吴小蕾在电话里问怎么把东西交给他，他想都没想就说麦当劳吧，下午反正去那儿吃快餐！

应该说林飞已经成功地从一个磨炼他的沟坎上跨过去，而跨过去他未来的人生也将泾渭分明，他已经变得成熟，已经学会了放弃，再对他放弃的东西不屑一顾，嗤之以鼻，他甚至抱着一种看戏的态度准备去看吴小蕾最后的表演。

那天王岚也去了，倒是她忽然对吴小蕾产生了浓厚的兴趣，虽然她只是说陪陪林飞，但身份陡变，她脑子里忽然对这个把林飞送到北京，送到她身边来的女人有了点好奇心，她忽然间好像有了种权利和义务，要看看她的样子，吴小蕾究竟长得什么样子？他们下午就出门了，逛了一会儿街，再到麦当劳，点了些吃的，然后分两个桌子坐下。林飞正对着楼梯口，王岚则坐在窗子边，两个人相距不过十几米远，这样上来的人都能很自然地进入她的视野。

那天外面刮起了大风，温度偏低，来吃快餐的人比上一次明显偏少，也显得冷清。林飞听着音乐，这么慢慢地吃了几口汉堡，喝了几口饮料，就看见吴小蕾从楼梯口升了上来。仍然是那件紫色的风衣，这一次她戴了眼镜，看到林飞时脸上立即堆满笑，很轻松很自然地走过来。

换到几天前他一定会为这种表情伤心，因为他无法想像，也无法理解这种淡然，他不知道该把它当成得意还是无动于衷，或者一种恬不知耻的招摇，但现在这种笑对他已经失去了效力，就因为它不再是刺激的。

林飞没动，而是等吴小蕾落座时才问她吃不吃点什么，这当然是客气话，他也知道吴小蕾不会吃的。果然她摆手说，不，不。就好像林飞已经站起来，准备替她去买食物了。他又问了一遍真的不要？这样就逼着她不得不重新客气一遍。

一个人来的？林飞靠在椅背上，装作很随意的样子问。吴小蕾先是啊、啊，接着又不明确地唉了两声。表面上是肯定，其实只有她自己清楚是怎么回事儿，她只是想这么混过去，好早点离开。林飞猜她一定是和那个程天鹏一起来的，准那家伙现在就在楼下，这半年来他已经领教吴小蕾说谎的本领，她能骗他这么久，用的几乎就是这种语焉不详、能混则混的口气。

　　这时候吴小蕾脱去了风衣，朝两边甩了甩头发，然后坐定。那种女人直觉性的东西让她忍不住朝四处打量、张望，她的眼睛甚至很久地停在窗子边一个黑衣女人的身上，似乎吴小蕾也不相信他是一个人来的。只是他们都没有说破，他们连上次林飞和程天鹏在电话中的争吵都绝口不提，这件事当然更没有必要。但林飞还是有些不解，女人对他来说就像一个谜也许永远都是一个谜。

　　他们又聊了几句，比如天气等等。吴小蕾才从口袋里拿出一只红色的绒面盒子，沿着桌面，推到林飞面前，她抱歉地说："原来那只盒子我找不到了，另外拿了一个——你看看吧！"他接过来，嘴里说不用，还是不自觉地把盒子打开。那应当是只装项链的盒子，因此那枚钻戒躺在里面出奇的细微。是它没错，他在香港花三千港币买下来的。他还能记得他当时的兴奋。他们第一次一起研究，把它和一些赝品放在一起，灯光下，它炯炯有神的光彩，像爆炸一般的亮度是无法混淆也无法仿效的。他"啪"地把盒子关上，然后点点头，示意没错，示意这么长时间吴小蕾都保管得很好，戒指看上去还像新的一样。到这儿，他们的交接也正式结束，其实吴小蕾可以走的，他也在等她的告别，但她又坐了会儿，没有说话，似乎有什么要说的，只是没想起来，或一下子说不出口。

　　她又在假装无可奈何了。如果你还想把气氛搞足，非要弄成你是不得已的，那么对不起，我不会成全你的——林飞笑了一下，对吴小蕾说："怎么，还有什么忠告要告诉我？"吴小蕾摇摇头，说："也没什么，我只是希望你幸福。"

　　林飞不领情，面无表情地点点头，说："肯定的！"

　　吴小蕾开始穿风衣，她已经看出来林飞其实并不想让她再留下去，或者以这种方式再留下去。所以穿好风衣后吴小蕾说："那，我就先走了？"仍然是询问，是征求。林飞点点头，好吧！他甚至没有站起来或伸手的意思，这显然出乎她的意料，于是她停了停，看着他说"好吧，

"那我真走了——你，自己保重吧。""你也是。"林飞仍旧不动。他发现吴小蕾转身的时候其实眼圈已经红了，她显然受到了她不曾预料的刺激，然后她转过身，在林飞的注视下，从楼梯上飞快地下去，消失了。林飞以为她会在那儿摔一跤，但没有，五六秒钟后，他又以为她会上来一次，告诉他忘记的某件事情，但也没有。楼梯口空荡荡的。

这么过了会儿，林飞从座位上跳起来，一个箭步冲到窗子边，果然在门前那块空地上，他看到了吴小蕾，她和一个大胖子站在一起。那大概就是程天鹏吧。吴小蕾似乎在抹眼泪，胖子搂着她的肩膀，像在不住地安慰，之后他们就沿着长安街往北京饭店方向走过去。林飞突然间笑起来。"怎么？"问他的当然是王岚，王岚问他在笑什么。林飞的目光仍停留在人行道上，他说："她最不喜欢猪头山，还怕我喝啤酒喝多了，把肚子喝大了——你看那家伙，快赶上我三个了吧？"林飞说着摇起头来。王岚站起来，跟着他朝窗外张望，但吴小蕾他们已经走远了，她并没有见到那个叫"猪头山"的男人。

之后他们坐在了一起，静静地把手里的汉堡包吃完，都不再说话，各想各的心事。王岚想的是吴小蕾，她长得乖巧、可爱，也难怪有人愿意花力气把她调到北京，也难怪他会从这么远的地方恋恋不舍地赶来——这么想下去，心里竟有种感怀身世的忧伤。

林飞却在想吴小蕾的眼泪，她是真的伤心？是为她自己吧，她那么爱自己，不可能是为别人。

他们离开的时候天已经黑尽了，外面的风却不知在什么时候停了下来，于是街道上很清静，已经没有下午那种飘摇游移的动荡。他们走了会儿，到王府井坐车，却在百货大楼前面那排巨大的法国梧桐上，发现那里竟停歇着无数过夜的乌鸦，足有成百上千，乘着风平浪静，它们旁若无人地聒噪着，兴奋地就像在开一个巨型的座谈会。发现这一奇观的不止他们俩，于是人们都停下来，驻足围观。林飞问王岚，这儿怎么会有这么多乌鸦。连王岚也不知道，她也是头一次看到，好像全北京的乌鸦全集中在这儿，过夜，开会，交流白天的观感。如果它们在说故事，那么它们会说林飞的故事吧，他刚刚才和他的女朋友分手，当然还有他和王岚的故事，他们则刚刚开头。

二

他们发现时间一下子失去了意义，因为已经没有必须去做，急着要做的事，时间变成了一个换幕工人，它只是负责更替他们的背景：把夜晚的星辰换成蓝天白云，或者在他们需要的时候把一个平淡的白天带入黄昏，那时候华灯初上，夕阳最美也最绚烂的时刻，一朵火烧云悠然地停在了窗口，他们的心情也由沉寂忽然地转入兴奋，就像一眼停息的泉眼猛然间因为一个不起眼的理由重新开始喷涌。

那几天他们疯狂地做爱。他们渴望这种感觉，这种打开、萃取的感觉，因为时时都有新的发现和惊奇，而他们无论从身体到精力到智慧都胜任这一点，他们就像在高空中燃放礼花，那种精彩的爆炸和连绵不断、层出不穷的色彩只有他们才能领略，也只有他们才会拥有那份心知肚明的骄傲。甚至他们还会有一点担心，害怕将来不会再有这么精彩的发挥了，所以他们更加地爱惜，至少当时会有一种同生共死的怜惜。

休息的时候，他谈起了广州，珠江大桥边那些成群结队的野鸡，那可是个全国所有精华荟萃的地点。有一次一个显然是鸡婆的女人看上了他，同他搭讪，同他谈起了人生，看样子她喜欢上了他，甚至可以免费。"你们没有？"王岚问，她其实早已猜到了结果。他说当然，那是鸡嘛，凭什么？他笑了，其实这应该不是理由，她相信他，因为从他有些发枯的身形上可以看到他的节制，他显然为自己恪守着什么，还不及放纵。

她呢，则讲起了她读书时的故事，校园里神秘地隐藏着一个百分之五十的女性都领略过的暴露癖，她却从没看到过，有一次一个高年级的女生遇到了，正在心惊肉跳，她就求她带着她一起去寻找这个校园狂人。她奇怪自己竟有这份胆量和好奇心。"后来呢？"轮到他来发问。当然没见到，其实她已经想好了，见到了她会说，咦，不行嘛，就这么回事儿——"大概受这种打击后，他会因此规矩点"。

当然他们也谈自己，谈那天的突发事件，他喜欢她什么，她又喜欢他什么，或者研究没有那段和"猪头山"的争吵，他们能不能走到一起。常常一个段落后，林飞会像一个孩子那样从床上跳起来，接着他走起了猫步，因为电视里正在演时装大赛。他恍然消失，却是去厨房里拿了盘香肠来，接着又消失，去了厕所，她让他穿上件衣服，他却说不冷，然后上床，被子撩开，她发现他又一次充盈如柱，她开始害羞地笑，这么快又要征讨了？

那几天她应该在不知不觉地发生变化，她自己自然无从体会，但同事，熟悉她的人会看到，只是他们无从说起。她们单位只须每周三去一次。就在那一天，她们室里一个才分来的大学生，一个22岁的新新人类，却直截了当地问她是不是有了情人？她是毫无顾忌的，平时相处不错，因而确之凿凿地说像王姐这样的就应该有个情人才对。她笑而不答，同时明白自己的变化，明白自己正在像春天里的花朵一样悄然盛开。

他们都没意识到分手的事，没有意识到即使忽略了时间，它同样会把他们带到目的地，时间对任何人都是公平的，这也是这世上唯一公平的东西。首先是肖洁打来电话，她和王岚闲聊一阵后，开始问林飞事情办得怎么样，他的归期。这件事倒不好包办。于是王岚说："他刚好在这儿，你自己问他吧？"然后就像林飞离得很远，她大声地喊着他的名字，而林飞也做出从什么地方跑过来的样子，略微一停，才拿起电话。这么配合完他们才相视一笑。林飞躺在床上，把王岚抱在怀里，这样他才开始听电话。王岚听着他说话，感觉他的手指在自己胸口细细地摩挲着。"差不多了吧——"这是在说他自己，他不说死是对的，他现在这种语气肯定不像一个刚刚和恋人告别的人，"就这么回事儿吧，以后再告诉你。"

"不知道呢——"这应该在说他的行期了，林飞说他也不知道，因为还有一些事情没办完，王岚却感觉他的手指正在深入，如果他说的事情是这个。

"你能不能和老板说说，再宽限几天——"电话挂断了。肖洁答应替他去试试。

这么说他们就要分手了？王岚恍然于这个重大发现，他们竟然也会分手的，即使多几天假期也无非将分手延续下去，对结局无关痛痒。她想到自己，竟第一次发觉在这层关系中的荒唐——因为无爱，他们有了这么多的性，却竟然没有爱！就像口渴了之后喝水，肚子饿了吃饭，说高级点，他们在用性疗伤，用对方的身体疗伤——当然如果真是这样他们也能平静地抻下去，直到平静地分手，但实际上——有一次，一番激情之后，林飞颓然地倒在她身上，嘴里依然兴奋地说，嫁给我吧，我们结婚吧！她明明心里一震，嘴上却极淡然地说："我比你大得多！"大多少，才三岁，女大三抱金砖——她避开他的眼睛，然后用一种老气横秋的声音叹了口气，才说："你知道你需要什么吗？"他一愣，趁着这一愣她接着说，"男人啊，到了三十岁性子才会定下来，才会知道自己需要什么，你知道吗？"他不吭声了，显然被她的经验压倒。但类似的问题如果反躬自问，她同样也没有答案，她同样不知道自己需要什么。

也许他们开始的不是时候，在一个人最最动荡的时刻发生的感情，这也意味着短暂而不是持久，或者说它是作为记忆而不是现实存在的。但她还是不能容忍他的轻松，他是成功了，借助着她，已经从那段折磨人的情感中跃出，可以说即使明天离开，他也会同样的轻松，并且毫不留恋，类似的轻松她能做到吗？

王岚把林飞的手从自己的身体上拨开，然后站到阳台上看着眼前这座迷离的城市，这是她的城市，为此她已经付出了代价。

林飞跟着过来，"怎么了，不高兴？"她没吭声，眼睛却湿润了。

他忽然明白了她的感情，很想重新抱着她，但他却没这么做，而是一直陪着她这么站着，看着，看着夜幕怎么追逐阳光的脚步，怎么笼罩整座京城。很长一段时间里，他们都一动不动。

下班之前，肖洁又一次来电话，她对林飞说老板只肯多给他三天的假，最长三天！

也就是说他们还有三天时间在一起。

三

那个新新人类的故事，王岚曾向林飞说起过，但她主要是想说一个笑话，说的也是他们如何行事乖张，不可理喻。有一次她在街上，看见新新人类正和男友斗拳，两个人表面上看都若无其事，但拳峰却一直在裤缝边来来往往，后来显然新新人类吃了亏，便追着男友一气狠打。她又极喜欢王岚，爱和王姐分享她和男友的故事，有一次告诉王岚，她男友被西瓜刀划了手，恰好又因为什么事惹恼了她，她便想他身上什么地方打下去最痛，结论是伤口！于是她就开始打他，拳拳不离伤口——王岚听了这个故事，吃惊地要笑，怎么能这样？但新新人类却不以为然，反而更吃惊：我怎么了，为什么不可以？！

有一天这个新新人类就闯了进来，打电话的时候已经在楼下了，她的意思是刚好路过这儿，顺便来看看王姐姐。但王岚明白还是那天她夸她的气色时没有找到合理的答案，显然她是来找答案的，准确地说也就是来找林飞的。他们着实忙乱了一阵，把头天晚上吃剩下的碗盘送进厨房，然后王岚对林飞说，你进去看电视吧，没事的，一个孩子。但她还是深吸了口气，才去开门。

新新人类进来，客气一番，眼睛就不客气地四处寻觅，尤其地板上林飞的那双皮鞋，她看着仿佛有了答案。"你有客人啊？"她故意漫不经心地问。"我弟弟。"王岚也是淡淡地回答。"你弟弟来了，怎么没听你说起过？""那有什么，又不是什么著名的人物。"她站起来去敲里屋的门:"小飞,还在看,来客人了。"她重新回到沙发上,替新新人类泡茶,忽然觉得她这种人其实很好应付,至少她们的经历无法相比。林飞出来了,客气地点头打招呼,新新人类冷冷地看着,忽然说:"你们真的很像呀!"这一次王岚和林飞都笑了,也不去辩白。王岚替他们做完介绍才说:"怎么样,我弟弟帅吧,想不想让他做男朋友?"这一回终于轮到新新人类脸红了,嘴里却强硬地说:"好啊,等回去我先把老K甩了。"看来她终于信了,王岚的气色应该与情人无关,因为在她看来,能介绍给别人做男朋友的自然是弟弟而不是情人。

这虽然是个不相干的故事,但是不是可以证明王岚和林飞其实更像姐弟而不是情人?也许它从侧面还证明了一点,他们是不可能在一起的,他们终究只是临时组合,不可能长久拥有。

时间正在分分秒秒地过去,那个注定是痛苦的别离正在无限地向他们靠近,从前无知无觉的时间现在却像要双倍计算,其实不用计算他们也知道在一起的时间越来越少。王岚首先在这种压迫下,开始有些无所适从,她变得恍惚而容易伤感,她动不动就问自己爱不爱林飞,又爱着他什么,如果爱又为什么没有设法让他留下来,甚至她连这样的念头都没有——她似乎陷入重重矛盾中,显得矫情,她害怕这段感情其实只是幻觉,仅仅因为分手,才会变得如此投入。显然这段感情对她来说更重要,这应该也是第一次她和一个爱她,她也爱着的男人有了同生共死的感觉。她甚至把她和穆林的故事告诉他,这也是她第一次和别人谈论她丈夫的事,她说,你看,其实女人都一样,都那么现实。她似乎急于把自己拉到吴小蕾的位置,或把吴小蕾拉到她的位置上。直到林飞抱着她,伏在她的耳边纠正:"你和她不一样的,你和她不一样的。"

有一次在地铁车站,列车驶入时在站台上卷起一阵大风,王岚突然间在人群中紧紧抓住林飞的手臂,就像他会随时消失,会飞走一样。当时她的脸色也变得极其苍白,林飞问她怎么了,王岚摇摇头没有说话。过了一会儿,她才在驶动的车厢里说出了真相,她说她当时真想和他一起跳下去，从站台上跳下去。这个念头让她真的很害怕，很害怕。这么说时王岚不禁发起抖来。林飞骂她一句傻瓜，同时眼睛也跟着有些发潮，他把王岚抱在怀里，这也是他们第一次公开地拥吻。这个爱他的女人啊，这个小女人，他们却不能在一起。车厢里的人都在看着他们，但他们无所谓了，毫无顾忌，忘情地拥吻着，他们就是要让别人看看，他们是如此的相爱。

自然王岚后来也平静了下来，显出一个理智女人成熟的可爱，她说她将来是幸福的，因为她是一个收藏爱的女人，她这一辈子都不再贫乏了。这么说时，林飞正在她的对面，他没有说话，只是目光灼灼地看着她，他再也说不出什么来表示他的心情，于是只能这样专注而长久地看着。

也许他们的情感算不上什么大情感，但就在那几天，他们却在不断靠近的过程中发现，这份情感在他们追问也是萃取的同时，竟有了些天荒地老的味道。这也像他们的对视，在15层高楼上的对视，在北京空中的对视一样，是他们永远都不会放弃和遗忘的。

事后，就在送走林飞的当天，王岚意外地在自己的床头柜里发现了一只红色的绒面盒子，打开来里面是枚钻戒。外面是林飞留给她的一张纸条，林飞说：我不知道怎么才能向你表达我的感情，这枚戒指其实是我最不愿意带回去的，所以我把它留给你作个纪念吧，希望不要介意。

大概半个月后，林飞收到了王岚的一个包裹，里面仍然是这只盒子和这枚钻戒，不同的是王岚的一封信。王岚说：你的信我已经看过并会珍藏，但这枚戒指我却不能收下，因为没有权利——或者就当作我的礼物吧，把它送给你的新娘。

这也是他们唯一的一次联系。

四

其实林飞离开北京比原定的时间推迟了两天。因为就在他准备动身前的头一个晚上，遇上了据说也是这座城市近几十年来最大规模的一次沙尘暴。气势汹汹的黄沙驾着狂风漫天而至，顷刻间就把北京变成了一座沙城，也延误了飞往广州的班机。

王岚记得那天上午他们起来时，天竟是灰蒙蒙的黄色，四周一片模糊，竟像他们起早了而不是钟表所指示的时间，恍惚间他们也不知道是什么出了问题，后来他们才在新闻中知道发生了沙尘暴。最初林飞还显得有些焦急，他不停地给航空公司打电话落实航班，但后来也渐渐安定下来，并很快对外面离奇的景象发生了兴趣——那些在狂风中舞蹈的树木，暴跳如雷而发出溜溜声的电线，断折的广告牌，不停传来的玻璃爆炸声，半空飞舞的各种颜色的垃圾袋。当然，还有黄色的风——那些来自极北荒漠的黄土，驾着风暴，细密地在玻璃上留下沙沙的声响，他们竟感觉到整幢楼层似乎都在这种不懈的撞击下发生轻微地晃动。起初林飞一直站在窗子边，静静地看着，显然他对它们有些入迷了，后来在一个段落后，他兴味盎然地说出一句话来。林飞当时说的是："我觉得这才是北京的主人，北京真正的主人来了！"

这句话王岚永远都不会忘记。

陷 入

一

两年前，在我们这座城市里曾发生过一起很严重的爆破事故。如果单单说起这起事故，也许已没有多少人会记得，包括那几个很有限的受害者，他们也应当很顺利地走出了那次灾难的阴影，两年时间足以发生许多事，无论好事坏事都可以把那次事故的记忆掩埋。

提起这件事是因为我与它有关系，我不属于那几个受害者，严格意义上，我甚至还是一名受益人，从前我很忌讳人们在我面前谈起这件事，但等他们都早已忘却，我又情愿有什么人能够记起，因为我自己就时常想着它，有时候即使是梦境，我也会惊坐起来，满头大汗，心脏乱跳不止，我开始屏息凝听，我总觉得有一个女人的声音正从我的头顶上划过去。是一个女人凄惨的叫声把我从梦中惊醒的。

那一天是一九九八年七月十七日，下午三点整，的确除了那个倒霉的定向爆破，就没有什么值得一提的地方了，那是个平常的日子。据说定向爆破是为了拆除离我们家不远一家工厂里的高炉。下午三点，那个严重失误的爆破工程引爆了,然后一块失控的爆炸碎片腾空而起,悠缓地朝我们小区这边飞来,弹入我们这幢楼七楼一户住家的窗口。这块能量巨大的碎片先是射穿了一排沿街的玻璃,然后带倒了迎面拦阻它的一堵组合柜和一架钢琴,碎片再次溅起时,又击落了屋顶一盏巨大的水晶吊灯,最后是那些乱七八糟的东西,把正在清理房间的女主人打得头破血流。那真是个倒霉的女人,我醒来后甚至还能听到她汽笛般尖厉的嚎叫,我一直不明白一个人怎么能叫得这么悲惨?这个声音不像出自人间,更像来自地狱。

我的第二个疑问是针对自己的,当时我正赤身裸体地躺在一张床垫上,我已经想不起什么时候,又是什么原因把自己弄成这副模样。那个炎热而漫长的下午,让我昏昏沉沉,我真想像条狗一样把舌头伸到外面来喘息。这时候一个女人从我面前走过去,她看了我一眼,愣了片刻后,才开始想起尖叫。这是我听到的第二声尖叫,显然它不及前一声那么悲惨,说不好听点,它更像是前一次尖叫拙劣的模仿,更像一种人间的声音。然后这个女人飞也似的跑开了,不久一个男人冲到了房门口,他很小心地扶着门框看着,接着他带着一种福至心灵的表情朝我扑来,"天啦,哥啊——"

他一叫我才发现这个人其实是我弟弟,那么不用问他身后跟他一起跑来的,也就是发出第二声尖叫的女人就是我的弟媳了。我只是不明白他们为什么会变得这么疯狂,而且尾随着他们,有这么多人涌了进来,他们无一例外,全都神情怪异地挤到我的床边,兴奋地要和我握手,他们都在啊呀啊呀抢着说话,都是一些动听的话,只是因为出自不同的口中,它们的意义才会快速地抵消。还没有人向我解释这是为什么?

当时我并不知道自己创造了奇迹。这一天注定会是个对我有着特殊意义的日子,因为就在这一天,我的一段长达七年零三个月的睡眠结束了,甚至更准确地说,下午三点钟前我还是一名医学上称为"植物人"的病人,是三点钟那声灾难性的定向爆破才把我还原成一个健康的动物

- 053 -

人。这也是那起定向爆破唯一的成功之处。事后我才得知跑进我们家的这些人本来都是去楼上事故现场探望灾情的，他们本应当直接向受害者奉献爱心和安慰，却抢先一步来向我道喜。

  我最初的表现可能并不像人们期望的那么兴奋，相反我可能显得有些呆滞，因为我不相信自己已经在床上睡了七八年之久，刚刚由"植物"还原成"动物"。我的固执无疑给关心我的人出了一道难题。这的确需要费些口舌，有那么一段时间我一直坚持这只是个类似愚人节的恶作剧，在我看来，那些医疗证明、氧气瓶、鼻饲管等医疗器具都不足以说明问题，它们只是这个恶作剧中昂贵的组成部分。但正如我弟媳说的，我们为什么要骗你呢？我想不出理由，可我同样想不出你们为什么不能够骗我？我记得有一个《聊斋》故事，说的就是一个人在深山里看了盘棋，后来他回到家，发现村里他的同龄人都早在几百年前就死掉了，某种程度上我们可能面临着相同的处境。事实也许最有说服力，我看到当天的报纸，关于那个倒霉的爆破工程的报道，上面有日期，等我平心静气，我还为自己找到了新的佐证。我侄儿刚刚从学校放学回家，记得上一次看到他时，他还是个两三岁的孩子，他躲在他父亲身后撅起嘴抽了一下鼻子，受了惊吓他就会不自觉地这么重复着，就是凭着这个动作我一下子就认出他来。其次弟弟额角的白发，弟媳原来烫的夸张的卷发，现在短得像一个男人。我额头的汗一下子又冒了出来，辩论这个问题的确有点累。我说我饿了。我注意到慌忙跑向厨房的只有我的弟媳，这之后我什么话也没有说，我的眼睛顺着床沿看过去，碰到我目光的人无一不把视线转开，没有人再说话了，我觉得他们是因为我接受现实而原谅了我。

  房间里突然变得很安静，他们蹑手蹑脚，轻声细语，我在他们怜悯的目光下开始吃一碗蛋花汤，一边等着他们把别的变故告诉我。我吃得够慢了，因为这时候我的手指抖得很厉害，好几次我都无法准确地把汤勺送进嘴里，很显然接受现实对我的刺激太大，但是不是还有别的现实需要我面对？我无法预料，但我已经有这方面的预感了。

果然等我吃完蛋花，我弟弟告诉我，我老婆已经带着我们的女儿去了日本，那是我昏睡第三个年头里发生的事，第五年，我们的母亲也去世了。我开始嗯嗯地哭，我弟弟也哭了，侄儿、弟媳全都哭了，他们还担心我会再次晕过去，但没有，我只是很伤心地哭着，七年的空白应该是一个多么大的空白，我无法知道，我只是没有想通，我不过睡了一觉，然后不知怎么搞的，我生活过的那个世界就彻底不见了。

二

我的故事实际上应当从我离开弟弟家开始。《聊斋》里的那个看棋的樵夫我不知道后来他是怎么面对他那个面目全非的世界的，因为那时候故事也刚好结束了，而我的故事则刚刚开头。

我从弟弟那儿拿到五千块钱，这几乎是我所有的家产了，我用其中的两千块在临近郊区的一个住宅小区里租了一套一室一厅的房子，租期一年。对我的离开，我弟弟也没有深留，这也在我预料之中，出于内疚，他为我找到这套房子，并花了一千块钱为我配了台18寸的彩电。我很想拒绝他的，这倒不是担心他回去后怎么向老婆交代，而是我实在不想让他这么快就从那种负疚的心理中解脱出来，他们都欠我的。有一天，也可能就是那一天，我决定从我弟弟那儿搬出去，我的弟弟跟我算了一笔账，当然那是我们去给我母亲上完坟之后的事了，他们大概觉得过了这一关，提到算账也就顺理成章了，所以他们这么一说，我就同意了，我没法不同意，也没有理由，再说我也的确很想知道睡了这一觉后我还能留下些什么。

关于我的财产，我老婆离开时给我剩下的，还有我母亲去世时留给我们的，加在一起应该不是个小数目。这里插一句，七年前我先后做过几单像样的生意，虽然不是什么大生意，还是赚了点，有几十万吧，这还是七八年前的钱。可现在在我弟弟的计算器上，七七八八的一折扣，也就剩下五千块钱。他边算边为我报数字，我听着听着就火了，有些事情除了他们两口子有谁清楚？比如我的伙食费。×他妈的，我要是能吃饭，还叫植物人嘛，还有护理费，鬼才相信他们会为我请什么护理，什么定时翻身，洗澡，修剪指甲，没准他们高兴了就把我放在一个大澡盆里，爱怎么摆弄怎么摆弄，用水管起劲地冲，或者用刷便池的刷子刷——真不敢想象，我曾经像一只剥了壳的虾米，团着身子被人丢在厕所里随人摆弄。有一点，他们或许也没想到，我还会醒过来，还有时来运转的一天，也是这个原因我把所有的火气都忍着，我越是气的时候越是能忍，我只是末了才笑着说了一句，我说我醒得还真是时候，再晚点，那还不倒欠你们的。我无所谓，我得让他们看看我对钱的态度，八年前我用这种态度挣钱，八年后，哪怕我睡了一大觉，我还是这个态度。弟媳说，哥哥，也是的，你也不看看现在这物价。我打了一个简单的行李卷，就这么走了。

弟弟一定受不了，他坚持要为我配一台电视就是这个意思，他把那台18寸电视给我抱来时我都没让他进门。弟弟几乎要哭了，当然最后他还是进来了。电视原封未动地放在地板上，我们谁都不想去拆它。那天他陪着我在那套新租来的空荡荡的房间里一直坐到天黑。弟弟就坐在地上，那台新电视的旁边，地板上只铺了一张报纸，他垂头丧气地抽着烟，同时絮絮叨叨地说个不停。我躺在床上，头靠着墙，只是机械地喝着手里的一瓶啤酒，但我一声不吭，弟弟的话我也没认真去听，因为他说来说去就开始重复了，大概和我们的母亲有关系。说实话，天黑之前谈这个话题的确有些伤感，我们兄弟俩单独在一起谈话的机会本来就不多，我醒来后这好像还是第一次，可我就是不想说什么。慢慢地，弟弟的声音把我母亲临死前的形象送到我的面前，他说的大概就是这个。从窗口射进来的最后一线阳光里浮动着无数跳跃的尘埃。它们都是金色的，远远地隔着一道门，我看到母亲正躺在昏暗的床上朝这边张望，她看着我和弟弟，嘴唇艰难地嚅动着，但我一个字也听不到。

我母亲这辈子都没过上什么好日子，很小的时候我们的酒鬼父亲死了，他是喝醉了栽在我们家不远的一个臭水沟里淹死的，那个只到膝盖的臭水沟竟能把他淹死。接着是弟弟的肾病，也许到死母亲也没弄明白为什么厄运总是离我们家这么近，好端端的一个家，转眼就要好起来的时候又败落了。弟弟说这些的时候头顶就冲着我，恍惚间我看到弟弟正在摇晃的头顶闪过几丝白光，很明显，确切地说，应该是黄光，因为那扇朝西的窗口刚好还能漏进一点暮气。我确定那是他的头发，弟弟的头发已经花白了，他染了发，染成一种死沉沉的黑色，但发际新的白发还在不断地冒出来，也许就在他说话的同时白头发还在不停地冒出来。如果说仅仅凭这几根白头发我就忽然原谅了他，是不可能的。我想起另一件事，也可能弟弟低头诉说的那段时间我一下子就想起来了。那是我们两兄弟还小的时候，我们为了争一块糖打了起来。我比他大两岁，自然比他高也更有力。于是我用铅笔居高临下扎他的头，就在他的脑瓜顶上，我狠狠地扎了几下——你可能不知道小孩的脑瓜顶有块骨头是活动的，铅笔芯就断在那儿，插在肉里，我伸手就碰到那块来回摇晃的骨头，一时间我真以为把弟弟扎坏了。弟弟开始不停地哭，我们都已经忘记争那块糖了，当时的情形真把我吓坏了，我也不明白那块骨头为什么会来回地动，我求弟弟妈妈回来时不要告诉她。真的，弟弟那天真的没有告状，平时他很喜欢告状的，所以睡觉前我一直都在提心吊胆。我想的就是这件事，弟弟当时为什么会放过我？

一年前弟弟从他的工厂下了岗，在夜市上摆地摊，靠卖点锅碗瓢盆之类的日用品混日子，前不久又刚刚在一家保险公司找到一个跑业务的活儿。弟弟说这活儿也真不容易，说体面是体面些，可和摆地摊相同的是一样要看别人的脸色，你不知道跑业务有多难，现在又有多少人在跑？我没记住这个数字，因为对我没多大用处。后来我和弟弟在楼下一家小饭店里吃晚饭，气氛到这个时候大约好了点，那件影响我们情绪的不愉快的事情终于被我们放过去了。记得坐下来，我们俩就开始拼命地点菜，大概都想请对方的客，我们满满地点了一大桌子菜，足够五六个人吃的，但我们俩又不怎么吃，只是喝酒，前前后后算下来我们大概要过二十来瓶啤酒。弟弟醉了，他大概是成心的，或许他也认为那件不愉快的事情就这么过去了，人心里一放松就容易醉，不醉弟弟也不那么容易回去。

喝了几口酒弟弟的心情也好了起来，他和我聊起他的儿子，也就是我的侄子小文，看得出也就是这点还能让他高兴。他说我们家还没出过大学生，我真希望他将来能读个大学，你看他还聪明吧？他问我，可还没等我答复就摇着头说，现在大学生分配都成问题了，再说读书还要那么多钱。不过他要能读的话，我就是卖血也得让他读，是不是？弟弟笑着冲我摇起头来。那一天喝到最后，我们都有些昏了头，我还好些，弟弟却没继承到我们父亲的酒量，舌头都横了，可结账时他却抢着要付。你看到这一幕也会感动的，弟弟为了抢那张账单带着两只碗一起扑到地上，就这么他还坚持要付账，还说你好了我不该付账吗？我没他醉得厉害，只得让他把账单抢过去。我在门口拦了一辆出租车，准备把弟弟送回去，这时候弟弟连拒绝的力气都没有了。我把他塞到后座上，然后和他挤在一起，车子发动时弟弟的喉管里发出很浊重的声音，我以为他睡着了，可过了会儿，弟弟忽然说，你不该怪小蓉的，她也不容易啊……小蓉就是我弟媳，弟弟在车上一直这么说，他哭了。我说没有啊，我什么时候怪过她，怎么会呢？这是真的，我想，如果我不醒过来，现在大概还睡在弟弟家里，也不会有人把我丢到大马路上，八年时间不短了，养个孩子都该念书了，我还能要求什么？

汽车驶到我们家楼前的那块空地里停住，弟弟从车上下来，他走路都来回晃悠却坚持要一个人上楼，他拼命用手拦住不让我下车，大概也怕再引起什么新的事端吧，他走了两步又倒回来，脸平平地从车窗外伸到车子里，跟着是他半拉肩膀。我发觉弟弟正用力睁开眼睛，然后我们抓住彼此的手,弟弟说,有事情的话,有什么事情的话———一定要来找我。我点点头,我说你自己保重。这么说完他还把我的手用力捏了一下。这时候我才有些伤感,可能是弟弟的措辞吧,让我感觉自己正坐在火车上准备去什么地方,不是去很久就是再也不回来了,总之我明白我们俩是完了,我还会有什么事情呢,除非再像七八年前让汽车再咣地来那么一下。我让司机在院门口等了会儿,等弟弟的背影在门洞里消失。接着司机问我上哪儿,很平常的一句话,司机问了两遍我才听到,我也不知道,我是说我也不知道自己接下来应该去哪儿。

三

也许我真应该向你形容一下接下来的那几个炎热的夜晚,那绝对是我这一生当中最清闲、无聊而漫长的,一连几个晚上我都在大十字广场附近的那个街心花园里来来回回地走着,就像一条野狗一样。可能除了那儿我也实在想不出能去哪儿,我得承认我也没认真去想过这个问题——上哪儿,干什么?!反正白天还好,睡一觉也就过去了,一到傍晚我就不行了,那段时间总是让我心里空荡荡的,失魂落魄一样,干什么都会让我觉得烦躁,这种心情再坐在那套渐渐暗下去的空房子里,闻着空气里不断飘来的邻居们做晚饭的香气,我就觉得要出什么事,要发生什么事才会让我如此心神不宁?我心急火燎地逃出去,先在楼下狼吞虎咽地吃一碗面,或者一碗鸡蛋烫饭,再在街上走一走,然后在几个商场里东游西逛地转下来,我才会觉出一点踏实,这时候我往往会想起到那个广场。

最初可能是无心的,仅仅因为那儿不需要花钱,后来我发现那地方也的确有它的好处,广场上有那么多人,几乎全世界的人都有理由在那里出现。我就这么漫无目的地游走,用眼睛和别人的身体发生碰撞。

上半夜花园里人数最多的属那些外地来的民工,他们围着几个唱山歌的老头或者小姑娘，眼睛都不会眨一眨，还有一群早已退休的老头老太太，穿着一色的衣服，化了浓妆，随着锣鼓点正在扭秧歌。等他们散去之后就到了下半夜，这里又变成了恋人们的天下。与过去相比，我感觉最大的变化就是现在的恋人们已经不再需要黑暗了，至少不像我恋爱那时候干什么都必须偷偷摸摸的，说实话我原来谈过的女朋友并不少，可她们中没有一个被我在大街上吻过，最初的那一两个我甚至连拉对方的手都不太敢，而现在呢——有一对恋人，不知因为什么发生了口角，两个人站在一个电话亭那儿，脸冲着脸正在大吵大嚷，然后他们你一下我一下——互相抽耳光，冷清的街上也只有两个捡垃圾的人背着背篓远远地看着。我想弄清楚他们为什么吵架，他们说的昨天怎么样，前天又怎么样到底是什么意思。从前我是个很喜欢凑热闹的人，我发现，尽管我睡了一大觉这个习惯还保留着，我能把自己留在那条石凳上，也仅仅因为我不想让自己在七八年后就变得像个好奇的乞丐。

那两天我都是凌晨两三点钟才回去，我走在布满尘埃的街面上，踏着自己的几条影子摇摇摆摆地走回"家"。这时候天空中那种暗紫色的夜幕已经变淡了，凉气也让我的脚步声听上去有些沉闷，冰冷而脆弱，就像两条铁棍从街上刮过去。通常我到家后洗个脸，看上十来分钟电视才可以入睡。这种生活当然对我的身体没什么好处，可人嘛，就是明知故犯的动物，再说了，不这样又能怎么样呢，我得承认我还没有这么去想过。很可能有一天，就是这段时间中的某一天这种情形有了一点改变，这中间不排除经济的原因，我就这么点钱了，总不能老这么悠闲下去，可能也有别的——什么东西触动过我，只是我没能及时意识到，是那些身份低微的川籍民工，还是戴着耳塞打手机的人自言自语般从我身边经过，或者是夜市上那些态度谦卑的下岗工人，以及那些在花园里四处焦虑地寻觅野鸡的男人？有一天我看到一个女人在广场上打她的女儿，她用毛线扦子抽着那个女孩不断晃动的手臂，边抽边骂，女孩一边哭一边躲，周围也没一个人出来制止。她们就这么一个追一个逃从我身边过去了，女人嘴里的脏话是我再熟悉不过的，所以我和周围的人一样全都开心地笑了。可能就是可以意会的器官吧，七八年后，在这座变得宽大而陌生的城市里，除了增高的楼层、物价之外，还是帮我支起一道出气的缝隙，让我闻到一些我还熟悉的东西，它们也许从来就没有变更过，就像空气和水，本质上，从来就没有变更。

那天回去刮胡子的时候，我发觉我拿剃须刀的那只手突然间抖动得厉害，从前，只有当我决定要做什么事，比如去赌钱或者去会女朋友时这只手才会出现这么兴奋地颤动。我盯着面前墙壁上那面小圆镜，应该说，这是八年里我第一次那么认真地看着自己，我左顾右盼，像一个中年女人那样审视自己，也是那一天我发现那里面有一张清晰而年轻的脸孔，除了面色有些黯黄，绝对属于一个年轻人，甚至，比我希望的还要年轻。

四

江小婷是我找回来的第一个朋友，去见她之前我们先通了一次电话，她的呼机号刚好留在我从前用来记账的一个笔记本里，那也是我留下来的不多的几件旧物。多亏了当年乱写乱画的小毛病，否则我身边一个老朋友也找不到了。那笔记本上应当还有几个人的电话，可不是号码边没有名字，就是机子也成了空号，只剩下江小婷。

我没记错的话，那个呼机是我买给江小婷的，买机子当天是江小婷的生日，呼机就是我专门为她挑选的生日礼物。我记得当时呼机还是市面上很稀罕的东西，我和江小婷之间的联系基本上用不上，因为我的公司离江小婷上班的餐厅并不远，我要找她可以打电话或者直接过去，所以呼机配在江小婷的身上更像一件装饰，但我知道她很喜欢这个，有时候她的呼机一连好几天都不响一下，搞得江小婷没事就让别人呼她。江小婷大概更愿意我在找她之前先给她打招呼，否则她就不会每见到我都加一句，怎么不"拷"我一下就来了。这句话我还记得很清楚，但我还是每次都直接去找她，我总是忘记她希望我事先"拷"她一下。当然，我能把呼机送江小婷，她也完全可以再把呼机转送给别人，况且七八年了，那只呼机完全可能已经用坏了。

我在一个电话亭边心浮意躁地等了几分钟，也可能只有几十秒，电话铃就响了，我像抓一条溜手的活鱼那样揪起了听筒。话筒里传出一个女人猫一般的声音，她问，哪个呼52497？那声音我一听就是江小婷的，只能是江小婷的。我不会夸张，但那声音的确像一只有生命的活物一下子扑到我的耳朵里，我心里立即像炸开了一样，小婷吧，我兴奋地对着话筒喊，我！是我！哪个？江小婷反问我才想起她刚才说的是普通话，我说，我！是我！哪个，哪个？我们这么来来回回重复了好几次，我才告诉她我是林飞。对面江小婷回应的惊呼也是我意料中的，她还是那个脾气。天啦，她停了一下，又叫了一声我的名字，接下来的时间几乎都是她在抢着说，她的声音比我还高，我只能听着。小婷说她在报上早就看到消息了，她早就猜出那个人是我了。接着她哈哈笑起来，好像在和什么人说话，我问她谁啊，江小婷说，不理他（她）们，他（她）们问我谁的电话，怎么疯了一样！我和她一起笑起来。其实我何尝不在一种近似疯狂的情绪里，这之前，甚至一秒钟前，我还以为我在这座城市里生活的痕迹一点都没有留下，仅仅过去一秒钟，我就把它找到了，而且还是江小婷，她换掉了餐厅也没换那个呼机，真要感谢这个呼机时代，也要感谢我，赶在手机时代来临前醒了过来。我好像又回到市府路上那个早已不存在的狭小的民房里，那个木板楼曾经被我租来做公司的办公室，每次我都在晚上六点钟让对面的江小婷给我们送饭，我在电话里说，小婷嘛，给我送两碗怪噜饭，再来个紫菜蛋花汤，吃完了我们就一起去看电影！

我打了一辆摩的去江小婷的新餐厅。那时候我们这座城市里还有许许多多这样的摩的，你在路口看到几个摩托车停在那儿，车主悠闲地把腿架在车座上，你千万不要以为他们是在等什么人，他们其实全都是摩的，只要花上十块钱，车主就能把你送到任何一个你想去的角落。

  我坐着摩托车在高架桥上风驰电掣时，我才发觉选择这种方式去见小婷看来是选对了，我现在要的就是这种飞一样的感觉。那种令人窒息的凉风从头盔外冲进来，压迫着我的喉咙，我心里的快活却像此刻我身上那件被抻得鼓胀的衬衣，早已经超出了我的身体之外，而江小婷的名字原本就应该和这种膨胀的快活和速度联系在一起。记得当年我就曾经很想弄一辆雅马哈，这大概和那时候看的港台录像有关系，里面的男主角总喜欢骑着摩托车带着女人去海边兜风，看到那种威风八面的情形时我总是眼热得要命。那时候我的钱还没存够，我能做的就是经常去市场路那个黑市上去看看那些半新不旧不同牌子的车子，哪怕只是问问价钱，摸一摸或者坐别人的车兜一圈。江小婷就常常同我一起去，她当时可真希望我能有一辆摩托车。后来我还真托人去广州订了一辆，就在车子要到手的时候，王岚，也就是我的前妻忽然说，要是出事，你让我和琴琴怎么办？老婆怎么办，女儿怎么办——就这么一句话，把我那点出风头的念头全打到九霄云外去了。我怀疑王岚实际上早就把我的一举一动都看得清清楚楚，平时她不哼不哈的，对我的事也似乎毫不关心，但暗地里她其实比谁都明白，包括我和江小婷的关系也是这样，她总要等到关键的时候才会朝我扔一句话，就像扔一颗炸弹，而且那句话多半也会有炸弹的威力。细想起来，王岚用这种方式毁了我不少好事情。可结果呢，她会没办法吗？她把自己照顾到日本去了。

  在离江小婷的餐厅还有一百米的那个路口，我让司机把车停下来，在路边付完钱，我又去旁边一家烟酒铺买了一盒555烟。可能下车的时候我就已经没那么兴奋了，让司机停车是我临时的主意，但我猜想会不会是我不想把这次见面弄得太认真了，把自己搞得兴致勃勃，让江小婷把我当成一个十足的倒霉蛋，因为举目无亲，走投无路才想起投奔她。不管怎么说，这时候我的经验开始发挥作用，怎么说我也是快四十的人了,就是刨去七年也有三十多岁,我不想从一开始就让江小婷觉得她对我已经重要得像一根救命的稻草,这对她,对我们下一步的接触都没有什么好处。就这么想了会儿,我已经看见那家合资餐厅的招牌了,白底红字,越来越清晰,我发觉我的脑子还行,也是越来越清晰,就这么短短的时间我已经把我和江小婷可能遇到的问题都想到了。等我走到那家餐厅的玻璃门前,我还停了一下,可能是刚动过脑筋的缘故吧,我发觉自己投在上面的影子看上去过于严肃,我赶紧让自己笑了笑。

那是家快餐厅,门口有个收银台,旁边竖着一株拧成麻花一样的树木,后来我才知道这就是发财树,江小婷就在那儿站着。那天她穿了一身深蓝色的职业套装,正在和旁边的收银小姐聊天,边聊眼睛还不时朝窗外瞥一眼,当然是另一面,所以一开始她并没有看到我。

江小婷剪了个短发,从背影看好像比八年前还要瘦些,不过江小婷的小腿很壮,又短又胖,几乎还和从前一样。记得有一次她曾经问我她有什么缺点,我好像举的就是这个,当时气得她没办法。我进去时她好像正在和收银小姐说我的事,两个人的头挨得那么近,江小婷还要小家子气十足地说得那么大声,当然大厅里客人很多,又是音乐又是说话声,闹得就像一只大蜂窝,江小婷真要说什么,还非得大声不可。

我说江小婷正在说我并不是我听到了什么,她对面的收银小姐张着嘴,眼睛瞪得溜圆,我是凭这个猜她们聊天的内容的。江小婷的白痴性格大概也没进化多少,她准把我的复苏当成一个天大的奇迹了,而且这个奇迹还发生在她周围人的身上,这个人马上还要来看她,那股骄傲劲儿心里怎么装也是装不下的,非要弄得有人知道了才好。当初江小婷也这么把我介绍给她家里人,明明知道我已经结婚,还要说是她的男朋友,结果从她父母到她兄弟姐妹无一不把我当成她的男朋友。收银小姐这时可能敏感到什么,赶紧朝还在滔滔不绝的江小婷挥了挥手。

忽然之间我就明白了,为什么刚才要走这么一段路,为什么到了目的地我反而会犹豫,就在江小婷回头的一刹那儿,我终于弄明白了,现在的江小婷确确实实像过足七八年的江小婷，像所有过足这么长时间的女人一样，在我睡觉的时候，这世上所有的东西都没有停息过，我是说我看到的江小婷多少让我有些失落，现在的江小婷和我几分钟前想看到的江小婷好像有些出入似的，具体是什么我也说不清楚，不知道是不是这个发现让我失落，就是这么短短的一点时间我脸上的笑容又有些机械了。好在江小婷先说话，她跑过来，来了，她说。

江小婷的脸红红的，看得出她正想把心里冒上来的那份激动压下去，这多少让她显得有些手足无措。江小婷把我领到墙角空调前的一个位子上，然后说过一会儿就下班了，下了班她再请我吃饭。江小婷没有用她口音很重的普通话，而且是在我耳朵边说的，然后她就笑着离开了，走了两步后她又回了一下头，眉毛往上扬了扬。她的意思我懂，她是说过一会儿就可以去吃饭了，别急。她们大概有她们的纪律，我只能等着。过了会儿，一位服务员为我送来一杯饮料，大概也是江小婷安排的。

我发现这时候餐厅里每个服务员脸上都不约而同挂上了一种很诡秘的笑容，她们的探寻的眼神刚一碰到我就会很自觉地弹开，但这并不影响整个餐厅中那种过节的气氛，反正和我刚进门时相比，是有一种揭秘的味道，就像一瓶汽水突然间被人撬开了，连音乐也一下子换成节奏强烈的，空气里不知一下子从哪里跑出来一种莫名其妙的喜气，就在这种喜气中，服务员的动作甚至客人们用餐的速度都无形中加快了。江小婷大概是这儿的领班，这也是我从她的着装上判断出来的，一遇到一些小纠纷时都是她亲自上前去负责解释，江小婷态度和蔼，耐心负责，脸上一直挂着微笑，看得出客人们对她的解答也非常满意。但我猜江小婷或许是在做给我看，因为末了她总会抽空朝我这边眨眨眼。这么过了会儿，大概进餐的高峰时间到了，餐厅里开始热闹起来，来来往往，起起落落的客人异常多，而穿行于他们中间的江小婷也不那么容易看到了。由于不容易找到空位，一对刚进来的男女想打旁边位子的主意，但他们很快被一位服务小姐引开。我开始喝第二杯饮料,在这种闹腾腾的氛围里很容易产生一种错觉,至少从江小婷还在餐厅这一点来看,我开始相信这个世界的改变并没有我想像的那么大,一切都还来得及,事后来看,这当然是个自欺欺人的结论,但当时这个想法还真让我有些陶醉了。

五

6点钟是江小婷的交班时间,我面前的空位也终于让给了一个三口之家。十分钟后江小婷换好衣服出来了,是件很素的连衣裙,肩和背都裸露着,我注意到江小婷脚下蹬的那双凉鞋足有一块砖那么厚,但她控制自如,倒不让你觉得危险。我站起来,我和江小婷一起同那位十分爱笑的收银员打招呼,然后我们一起出了快餐厅。

刚一出门江小婷就在我前面捂着嘴打了个哈欠,她回过身,叹息地说,真没想到啊——

什么?我只好问。

还能见到你,我以为这辈子都没可能了。

我命大啊,骨头硬,怎么说也得抻着吧。我调侃自己。江小婷理解地笑笑,然后她才问我想去哪儿,想吃什么?我当然只有随她,我说睡了这么久,还能不能找到个饭馆都成问题。这句话并不好笑,但让江小婷笑得厉害。我接着说,就找个清静点的吧,生意别太好,刚才在你们店里把我的头都吵大了。江小婷看了看我,这一眼她看得很认真,我猜这也是下午以来她头一次审视我。你没变嘛,她说。我心里高兴。嘴上却说,不行了,老了,都三毛九了。没有、没有。真的,你没变,我才老了呢,现在我们在一起别人还说你是我弟弟。我当然骂她一见面就想占我的便宜。刚才坐在快餐厅里我一直在想这个问题,江小婷多大了,认识我时她差不多二十出头,加上这七八年也该有二十八九了。记得想到这儿时我还有过一阵担心。

江小婷接着说,现在你老婆肯定高兴死了。高兴?有什么可高兴的?!我没立即告诉她王岚的事。你好了呀,好了还不高兴!然后江小婷告诉我一些我出事后的情形,她是出事后第二天去医院看我的,等我搬回家后,她还去过一次。还是大毛告诉我的,江小婷说。大毛是我过去的生意伙伴。我也不好问王姐是怎么回事儿,大毛又不知道,吓得我——王姐也挺不容易的,一个人忙里忙外,还要带娃娃,对了,琴琴怎么样了?我没吭声,从江小婷的神情来看,大概王岚当时对她说了什么难听的话,否则以她的脾气,江小婷也不会只往家里跑一次就停下来。我不知道她得知王岚去了日本还会怎么想,这之前她们见过面,就在我的公司里,当时我和江小婷正在开玩笑,刚吃完饭王岚就闯了进来。这远不算一个让人难堪的时刻,相比而言电大出身的王岚倒显得更没风度,她问江小婷收了碗怎么还不走?江小婷反问她玩一下都不行?两个人唇剑舌枪,发展到最后我不得不发一通脾气来收场。也是那天起我就没打算再回避什么。我让江小婷和我的关系从水底下浮了出来。江小婷见我不吭声,以为我又在想车祸的事,赶紧说,好了就好,好了就好,反正——都已经过去了。

我跟着江小婷来到一条很背静的小巷里。不远处就有一个小饭馆,看上去倒是一副很清静的样子。我们上了二楼,江小婷点的菜,因为她对菜更熟一些,而我又无所谓,江小婷点完菜说,你还是那样儿,什么都随便。我笑了,我说那当然,难道出次车祸,睡个几年就变成其他人了?江小婷又问我要不要酒?我说,要,当然要的,酒量也还在。说完我们俩都笑了。我抽出一支烟,点烟前我问江小婷要不要,我记得她偶尔也会抽一支玩玩。江小婷想了想,伸手说,就来一支吧。从前我都是两支一起点着了再分一支给她,这一次我没这么做,而是打着了火,把火机捧着递过去。

上菜之前我问江小婷,她们家是不是还住在那儿。我的意思是她还和不和她父母住在一起,当然这句话里还有别的含义,一时半会儿有些事也不好深问,即便她有了家也没啥好奇怪的。当然,不住那儿住哪儿?江小婷应该也算是个苦孩子,家里姐妹多,高中一毕业就出来干活挣钱了,我认识她的时候她正和一群川妹在那家饭馆端盘子。你笑什么?江小婷开始像所有不会抽烟的人那样朝外吐烟雾。我说我想起我们头一次见面,我还把你当成川妹了。江小婷说,我本来就是川妹嘛,命苦。她的眼睛大概被烟熏了,只得用手背揉了揉。我说,你苦?让你被车子撞一下你干不干?!我才命苦呢,这几年里啥都没吃过,啥也没玩过,就是睡觉,这世上大概也没几个吧。江小婷说也好嘛,你看你现在多年轻,别人都老了,你还那样,看上去比我还小,换成我我也愿意啊。我们俩都笑起来,我终于可以拿自己的事说笑了,能说笑,自己说明我的心态还是好的,毕竟都过去了。这时候我去旁边一张桌上取开瓶器,回来时我看到桌布下江小婷那双笨重的凉鞋已经被她丢到了一边,大概天气热,她的两只脚交叉着落到地上,好像还没有穿丝袜,那五只抹成粉红色的细密的脚指头还在那儿一弹一动的。我不骗你,就那么一下,我心里忽然一热,下面立即起来了。江小婷却抢着开啤酒,她说她倒的酒才是专业水准,叫"歪门邪道"。等她把酒杯递过来时,我几乎冲动地去抓她的手。

这应该是我苏醒后第一次对女人产生这种渴望,那种焦灼的程度可以说是我从前任何时候都不能比拟的,也许呼江小婷时它就已经萌芽了。说实话,从弟弟家搬出来后,有那么两晚上因为心情烦躁,我一直在摸自己,那真是摸自己,我的身体对此是麻木的,没有反应,我的理解,会不会这么长时间的昏睡,它也昏睡了,迟迟不肯醒来,因此我有点担心它会不会坏了?现在不一样了,问题有了答案,有了对象,有了具体的想法,也可以说是健康的想法,它自然而然复苏,我对自己的复苏倒持一种欣赏的态度。只是,这时候我还不清楚江小婷的想法,我在心里劝自己,还得忍耐一下,否则就会欲速则不达。巧的是这时候饭馆里送菜的人上来了,我刚好借着布菜时那阵忙乱把这些活动都掩饰过去。

后面的事就开始出乎我的意料了。首先我们吃饭时江小婷的呼机响了,我想进门时好像在大堂里一张桌上看到了电话,正准备说,江小婷打开手提包,就像从里面揪一根毛线扦子——她揪着那根银灰色的天线,慢慢地提上来——那是只手机,很小,比我见到的手机都要小,慢慢地,先只有半只然后才是一只——这个发现立即像有人在后脑勺上给了我一棒,我听到里面"咔嚓"一声。反正这时候再怎么装也装不下去了,我索性说看不出来嘛,手机都有了。连我自己都能听得出这里面酸溜溜的味道。江小婷没理我,她笑了笑,打开机子自顾自开始回电话,我——在吃饭,你猜谁和我在一起……再猜——

我没听下去,我点燃一支烟,烟雾中我怎么也无法驱赶一种叫做受骗上当的感觉,我也不知道它们是怎么产生的,不就是一部手机嘛,一部手机就让我受不了……那些类似屈辱的东西,正像酒意一样不停地往外冒,还有那只手机出现的慢镜头,不停地在我眼前重复着。我想今天的事情就像预先被设计好的一样,我却浑然不知,傻瓜一样在那儿装模作样地演戏,演了一下午的戏,以为江小婷还是从前的江小婷,我还是原来的我。应当说我从摩的下来后,这些事情都在我考虑之中了,毕竟过去了七八年,什么事情不可能发生?问题是——当时是设想,而现在是事实,况且在我心情大好的时候,还在毫无防备地喝着啤酒。我应当庆幸没跟江小婷说王岚的事,没说身上只有两千块钱了,还要靠租房子住……我觉得再这么坐下去,肯定控制不了自己,乘江小婷还在打电话,我上了趟洗手间,我用冷水不停地洗脸,然后做深呼吸,直到能保证自己可以笑着走出来。

怎么去这么久,你知道刚才谁呼我?没等我落座江小婷就兴致勃勃地问。谁?我的声音让我联想起刚才洗脸时的水温。江小婷说,是我大姨,她听到是你高兴死了,一定要你过去呢!江小婷就像隔着两张桌子

- 069 -

在跟我说话，另外喝了一点酒后她眼角的碎纹更深了。我摇了摇头，改天吧，今天挺晚了。别改天了，大姨知道你好了，高兴得不行，她说她一直相信你会好，真的，大姨早就跟我说，她相信你会好的，好人有好报。可能是最后这句话吧，我没再顽抗下去。

江小婷一家我都非常熟悉，尤其这个大姨，在我看来比她亲生父母还要在乎她，从前手头宽裕时，逢年过节我都会提着东西去江小婷家看看，她父母当然不用说，这个大姨更是我恭维人的对象。大姨对我也的确不错，她一辈子独身，没儿没女，有段时间我和江小婷都到她那儿去见面。江小婷曾经说大姨是唯一知道我已经结婚的人，可实际上每次到她那儿她从来就没跟我谈起这件事，也从没要求我做什么。

吃完饭我和江小婷一起到了她大姨家。大姨真是个好人，我一进门，她就拉着我的手哭开了。我一下子想到我母亲，如果我母亲还在的话她也会这么拉着我的手。这个想法差点让我的眼泪也跟着掉下来，我赶紧说，大姨，别这样，别这样，我不是好好的吗？江小婷也在一旁说，大姨，林哥好了应该高兴才对啊。高兴，高兴，大姨忙擦眼泪。在我们几个说话时，江小婷身后还站着个三十多岁的男人，个头很高，大马脸，穿着一身警服，一直憨憨地在笑，江小婷给我们作介绍也只是说，这是小陈，这是林哥。我们握手时他握得很用力，显得很职业。你的事我听小婷讲起过，他说。我猜他可能是江小婷的丈夫，但过了会儿，我感觉是男朋友的可能性更大。由于有了前面的准备，这个场面对我的触动反而没有饭馆里那么强烈了，好像很自然，好像没这么个人出现反倒显得不正常，我有种猜想落实的满足。

大姨一直把我拉到客厅的沙发上，又忙着给我切西瓜沏茶，然后看着我说，哟，你这个哥哥怎么当的，比小陈看上去还小一样。我只得自嘲说这几年不吃不动，大概就不长了。大姨却还在感叹，哟，不光没长，好像比原来还年轻了一样，是不是，小婷？结果弄得大家都开始笑。江小婷附和说，对不对，我没说错吧？为了避免他们老拿这件事来补偿,我赶紧把话题岔开了,我问大姨身体好不好?好,还好,老年人嘛就是这样子,大毛病没有,小毛病不断。大姨转过来问我母亲,我说她五年前已经过世了。大姨叹息了一声,说你妈肯定也辛苦,谁家遇到这事啊……我原来还跟小婷讲,去看看你们家有什么困难,看看大姨帮不帮得上,真的,小孩还好吧,小林,你看大姨虽然没生养过,你家小孩——这时候江小婷笑起来,大姨,人家孩子都上中学了。哟,是不是?我以为她还这么高。这回轮到大姨自嘲地笑了,她捂着嘴问我女儿上几年级,我说,上——初一吧,挺好的。我苦笑了一下。其实王岚到了日本后,音讯杳无,她们住在哪儿,琴琴读什么学校,几年级我都一无所知。我这句挺好的听上去倒更像是在祝愿她们母女。大姨接下来的一句问候让我很是感动,有一句话谁也没有问过我,我弟弟也没问过,我原以为江小婷会问,但她也没问,是大姨问的,她问我以后怎么办,有什么想法?答案是早有的,如果是江小婷我会说混吧,但现在是大姨问,她老人家这么问我只能说还没想过。大姨把话接过去,她说小林啊,以后有什么事情一定要来和大姨说,大姨也没什么本事,但大姨就一个人,有困难一定要跟大姨说……谁没点磕磕碰碰,砖头瓦块都会有翻身的时候,对不对?有些人也会对着你拍胸打肚,许愿承诺,可你怎么都无法当真,老太太的话却让我的眼睛一阵阵泛潮。

  那一天接下来是喜剧,我也不想弄得自己太伤感了,这没用,况且我又喝了不少啤酒,到了该发挥的时候,于是我开始信马由缰,胡说八道开了,甚至我都有些收刹不住,好在话题并不重要。当时我们不知不觉聊到我这七年昏睡的细节上,江小婷问,难道就没有一点感觉吗?其实她在来的路上就好奇地问过我,我当时回答她就像做梦。现在才是完整的部分:

  你们要以为我一直躺在那儿就错了,真的,我就像呆在一个很黑很大的空房子里,我在里面到处找出口,房门一个连一个,就是找不着出口。有一次我看到屋顶上突然裂开一个大洞,一束光线从上面射下来,特别美，我就飞起来了——我睡的时候一直能飞，但每次我都很犹豫，我怕一飞出去就再也回不来了。我也不知道为什么留恋那个黑屋子。那天爆炸时，一震，那些黑屋子也被炸成了碎片，然后我就听到楼上那个女人拼命地喊——我的感觉就像刚刚睡了一个中午觉，醒过来……

六

有那么几天我一直没有和江小婷联系。等我去找她已经是三天以后的事了，去的时候我带上了我的身份证，我以为在某些问题上她可以帮我一把。

那是个中午，我到的时候没有惊动江小婷，而在餐厅里找了个座位坐下来，点了个扬州炒饭，一杯扎啤。江小婷和她的一帮服务员在各式各样进食的客人们乱糟糟的声音里穿梭着，和几天前一样，她仍然很忙碌，要对各种非分的要求进行解释，不同的是这一次江小婷显然没有上一回我看到的好脾气，通常一两句话她就会把别人打发过去。这或许才是我熟悉的江小婷，热情，尽管没有那么好的耐心，我一边吃饭一边观察着她，我打算吃完饭再叫她的，没想到吃到一半我还是被她发现了。

你怎么来了，也不叫我一声？江小婷跑过来，样子看上去很生气。这几天怎么也不打个电话给我？我指了指面前的盘子，我说我准备吃完了再叫你，刚好找你有点事。江小婷忙问是什么，我又指了指旁边的位置示意她坐下，江小婷往四周看了看，然后笑着说，你想害我，我们老板看到还不炒我鱿鱼？我说怕什么，要不我们外边说去？江小婷犹豫了一下还是坐下来。我从口袋里摸出那张身份证递给她，我说这张身份证三年前就过期了，我本来准备昨天去重新办一张，他们当然也办，可时间得三个月。这两天我去人才市场转了转，可那儿找的人不是要本科就是大专生，而且都还必须三十五岁以下的，人家一看我的年龄全他妈的不要！我故意说得很夸张，而且到最后我真的有些气愤了，尽管事情并

- 072 -

没有我说得那么严重，有一家大公司甚至差点录用我，说好只要补办一张身份证就可以了，但他们要的人是去看车库，而且那天我在人才市场逛了一下午，好像能干的还都是这类活儿。那位人事经理最后还调侃说，哟，你还真不像个四十岁的人。我也笑着说，保养得好嘛。可一下午下来我的心情也坏透了，原来我听弟弟说的那些下岗工人的事以为都是他想替自己开脱，现在我亲自实践了才知道，我对江小婷说，早知道还不如他妈的别醒了，一直睡下去，要不从屋顶上那个破洞里飞出去算了。

江小婷差一点拍桌子，说，找陈新民给你办嘛，反正你也是他那个区的。她说完就要去给陈新民打电话。陈新民就是那天晚上我在大姨家碰见的小陈。我希望的正是这个，由江小婷自己提出来当然比我去找谁都强，说实话，我本来并不想找江小婷，求个女人，还是因为这种关系，让我开口，换到从前能要了我的命，可现在我却不得不动用这种有限的关系——江小婷打完电话回来了，她说陈新民十分钟后到。

不久，陈新民就在那面大玻璃墙外出现了，他还是穿着那身制服，不知是不是因为白天，陈新民发黑的脸看上去也比那天晚上疲乏一些。江小婷扬着手朝他跑过去，等他们重新进来时，江小婷可能要说什么话，陈新民为了听清不得不朝她俯下身，那种亲昵的姿势还是让我心里别扭了一下。我开始怀疑通过江小婷来办这件事会不会是一个错误，但至少这时候反悔显然已经来不及了，陈新民正朝这边走来，我只能硬着头皮撑下去。

等我再次领教了陈新民那种十分职业的握手后，他在我面前坐下来，江小婷跑去替他拿饮料了，这时候气氛变得有些尴尬，我知道这是因为江小婷的缘故，我们和她的关系，所以有她在场我们会这样，她不在场时我们还是会这样。我问陈新民忙不忙，他摇摇头，再问他喝不喝酒他同样摇头，所以江小婷回来前我们都只能这么沉默地坐着。

江小婷端着一杯可乐回来了，然后她就在我们旁边站着。我把那张过了期的身份证递给陈新民，他看了看，又抬头对着我的脸看了看，似乎在作鉴定。本来我准备直接把我的想法告诉他，可话一出口谈的却是我以前做过的生意，是对新旧两种生活的感叹。我说那时候我就是从广州带一堆日货衣服回来也能挣出钱来，倒一倒别人手里的货也能生钱，人又是那么简单，实在过不下去，你就是骗骗人都能骗出钱来。接着我又聊起我从报上看到的一个"丢包"故事，我说从前"丢包"可是一丢一个准，现在呢，"丢包"的还要请别人看得上那只包，还没人愿意理——报纸当然是夸现在人的素质高，可反过来是不是说你想当个骗子也不容易？我好像有些失控了，这么义愤填膺地替骗子说好话，就好像我自己也成了一名不成功的骗子。也可能我面前坐着的是个警察吧，所以我才会越说越离谱了。

其实我想请陈新民帮我的就是在我重新办身份证时，把上面的年龄减小几岁。可那狗日的，先不露声色地听我说话，完全公事公办的样子，就像我在派出所里求他。减八岁？为什么要减八岁？十岁也可以，我跟别人说，我看上去有点显老。我自嘲地笑了笑，你为什么要改小呢？没想到他还是没理解，紧追不放，问题是问了半天，问完了他才告诉我，年龄是无法改的，因为现在户口都上了电脑，联网的。我几乎一下就哑了。江小婷在一边不停地帮我说好话，你可得帮帮他！但丝毫不起作用。

陈新民先走了，他下午还要上班。走，你走！我就不信我找不到人帮这个忙！陈新民临走时那副为难相我倒相信他说的是真的，这种事就是找到谁都未必管用。也许最失望的还是江小婷，她的小姐脾气发作起来了，她把陈新民送出门时，从背影上看，她一直都在骂他，回来时她还气咻咻的，一副不肯善罢甘休的样子。屌头！你让他做什么都这样，平时牛皮吹得——没一件给你办成的。我说算了，可能真的不好办。但江小婷牛劲上来了，她不骂一下就不舒服，这时候我发觉其实她也有些失控，根本就不管旁边是不是还有人听着。真的，你看他烦不烦，上次我家大姐的小孩读书转一下户口，你看他那个为难相，他就这点本事，没事的时候吹得天花乱坠，有事了就推三挡四……

我准备走了。江小婷却不让，她大概出于愧疚非要请我吃晚饭，不吃还不行，结果我又在她们餐厅里百无聊赖地混了一下午。我们又去了那天那个小饭馆，吃完饭我把江小婷带到我的新住处，因为喝了一点酒，我们俩都想找个地方休息一下。那时候江小婷才知道王岚和我女儿的事。也许在我那儿不接着喝酒就好了，我房间里堆着一捆我批发来的啤酒，江小婷非要喝，那一天她的酒量极差，也可能她成心要把自己灌醉。喝了一会儿，江小婷就向我滔滔不绝地谈起她的陈新民。他们俩是她母亲的一个老同事介绍的，好了快两年了。在感情问题上，江小婷一直都不太顺，这七八年里她前前后后结识了十几位男朋友，但最终都分了手，最长的接触也没有超过半年，随着时间一年年过去，她的婚事也渐渐成了她们家的心腹大患，江小婷自己倒是无所谓，她的父母亲却不愿意看着她一天天在家里这么老下去，就像快到期的商品压在手里。认识陈新民也许是个转机，他应该是那十几人中性格最好的，但即使这样他们俩也还是要闹些小矛盾，寻些小别扭，好了又闹，闹了又好。江小婷说有一次他们都准备去买家具了，路上不知因为什么大吵了一架，结果家具没买成，两个人的关系也落到了冰点。

我老妈说我脾气越来越坏了，她说我再不嫁出去，肯定就成精了，没人能收拾得了我！江小婷说到这儿胜利地笑起来，她就像个堡垒，嘲笑着那些企图攻占它的敌人。陈新民今年刚好三十岁，比我整整小八岁，我在心里算了算。

他人其实倒挺好的，脾气也比我好，就是太呆了，又倔，木头一样……我有什么办法呢，你说说看，我总不能一个人老这么过下去吧。江小婷说到这儿眼神从我脸上划过去，一直到天花板才停下来。我没从她的话里听出别的意思，从前这些问题对江小婷来说是不成立的，她极少会考虑别人的感受，当然首先是她从来就不考虑自己。说实话，我身上的那种渴望又起来了，尤其喝了点酒，心情好像一下子就扭转了，一种叫做同命相怜的东西开始起作用，当然也可能是别的，比如看到有人站在悬崖边，你仅仅出手在他后背轻轻顶那么一下——这种事我还没做过，不过我猜这么干一定会非常过瘾。从前的江小婷是个容易满足的女孩，一管口红都会让她高兴半天，至今我还记得有一回我把一盒化妆品交给她的情景，那也是我第一次和江小婷有了这种事，江小婷反复追问是不是送给她的，然后她就乐得跳起来。后来我还给她送过诸如衣服、皮鞋一类的东西。但现在再问我江小婷容易满足吗？我无法确定，也许人和人不是一回事儿，各个阶段也不是一同事儿。

江小婷的状态算是喝出来了，她的两只手抱着腿，下巴压在膝盖上，眼睛里也开始流露着一种游丝般的柔弱，这时候她大概觉得自己无比的美丽、伤感，还善良得不行。我真想走上去摸一下她翘起来的脚趾头，从前我不止一次这么干过，那些脚趾头一碰，就会像含羞草一样朝一旁倒过去，这么一想我便觉得有些烦躁不安，但我必须克制自己，我不时起来到厕所去吐口痰，用这种方式我把注意力分散到别的地方。不知为什么，我总觉得还没到我们上床的时候。

江小婷最后软得无法站起来了，她一会儿嘤嘤地哭，或者干脆在床上展开身体，摆出一种毫不设防的姿势。我还是连拖带拉把她送下了楼，然后又拦了一辆车把她送了回去。扶江小婷下楼可真要了我的命，我脑袋里一直都在后悔，不知道是不是这个原因江小婷开始变得奇沉无比，好几次我都差不多要被她一起从楼梯上栽下去，这样我又不得不用手托住她那两个要命的地方，我停下来不时地喘粗气，江小婷却顺着我变硬的身体不断地向下滑，等我们下到四楼时楼道里的灯又突然间熄灭了。

七

新光路是我们那儿最有名的一条地摊街，各式各样的服装到日用百货都所需俱全，即使是国内名牌，甚至世界名牌都可以在那儿找到廉价的仿冒品。有将近两个星期，我都是在新光路的一条侧街上靠卖盗版光碟混日子。

其实像我们这拨人对新光路总是很有感情的，当年只要说起做生意就逃不出和新光路的关系，新光路上培养了我们这座城市最初的暴发户，当时还有一句口诀在我们这儿流传着：想当万元户，快去新光路。十几年后新光路虽然已经不再是商业中心，但它仍然以物资丰富、价廉物美成为我们这座城市人口流动最大，密度最大的地方。

卖光碟是小婷替我选择的。她说这玩意儿也不用费什么劲，花个百十块钱批发一批碟片就可以摆摊了。可能这个原因，我的生意并不怎么好，当然也不是我的个人问题，那条短短的侧街上隔两三米就有人干这个，都是摆上一只空纸箱，面上扔几张封皮，人却躲在一边和别人聊闲天，这样即使城管出现也只能收走一个什么都没有的空纸箱。穿着像点样子的人在我的纸箱前停下来时，我都会跑过去向他们推荐，什么周润发赴美第一部大片，李连杰赴美第一部新片，中国第一部动画大片——可无论片子怎么新，都会有人抢在你前头，多数人都只是看看，说看过的，摇摇头走了，有几个买的，又全是能杀价的，卖他两张碟子我还挣不到一包烟钱。我旁边是一个水果摊，还有一个干货摊，老板都是县城跑来的，据他们说都在这儿干了五六年买卖了，生意红火得不行，客人们全是从新光路过来的，一到休息天更有点应接不暇，而且他们用的都是七两秤，卖了这么多短斤少两，竟没一个人回来找过他们，可他们还说不想干了，意思不大，想换一种活法。我正在想下一步是摆个米粉摊，还是个瓜子摊？一等他们退下来好去替补。现在，也就吃的东西还让人有点消费欲望，别的全是卖不动的，是没人要的死鸡脑壳。

每天晚上江小婷都会和我通个电话，她总有个幻觉，她一不在场准会有成百上千人来排队，好把我的碟片全抢光，所以她总会急急忙忙要我证实一下。但这怎么可能呢？于是她又要我慢慢来，不要老想一口吃成个胖子。也不知是谁想吃个胖子？我叹着气朝她抱怨，可能醒得不是时候，要么早一点，要么再晚点，偏偏撞到这个不景气的时候，倒霉事全让我给碰上了——金融危机，长江发大火，粮食涨价，连上最臭最烂的厕所也得交两毛钱，这是啥世道？小婷也没办法，还是那句话，让我慢慢来。问题是有些事是没法慢慢来的，我怕江小婷比我还急也就没有往下说。

那段时间我想得最多的就是那天江小婷的大姨送给我的两句话，一句是"一颗露珠一棵草"，另一句是"砖头瓦块都有翻身的时候"，临睡前我总会左一句右一句翻过来覆过去地说，就像从前考试前复习功课，我让它们深入我的骨髓里。老年人的话你可以不听，但你不得不承认它们都非常有道理，都是千锤百炼，从血汗里结晶出来的金玉良言，它们就像垫在桌下凹凸不平的地板上的那小木片一样管用，但也有我沮丧得厉害的时候，我醒悟这些话很可能是自欺欺人的自我安慰，别人的经验这时候成不了救命稻草，除了倒霉的人谁会相信？不过，我翻身的日子还是来了，尽管犹犹豫豫，还真来了，用现在的话也可以叫触底反弹，我的运气终于在背到箩筐底的时候来了个触底反弹，只是我猜——这世上大概还没有人能知道他自己的时来运转是怎样开始的，又是从什么时候开始的。生活里充满了奇迹，都市报上几乎每过一段时间都可以看到穷人中巨奖的消息，有一张照片我印象很深——一个拉板车的笑着趴在他买十块钱彩票就赢来的一辆桑塔纳车上，骄傲地说真是苦尽甘来。我不是穷人吗，我为什么就不能苦尽甘来呢？所不同的是我并没有买彩票，我的复苏也绝不仅仅是运气，有一点可以肯定——老天爷让我这个时候醒来总有他的道理，我只是把这个道理给找着了。

那是刚过完国庆的事，有一天因为户口问题我去弟弟家，这也是我离开后头一次上他们那儿，结果我却走错了门，我上了七楼。因为有一段时间没在我弟弟家出现了，上楼之前我还专门在路口买了几斤进口香蕉和苹果，这当然也是为了我那令人腻烦的弟媳准备的。我敲门后才发现给我开门的是一个陌生的女人，仅仅一瞬间我就明白是怎么回事了，我多转了一楼，我敲的是弟弟家楼上，也就是那户被爆炸碎片袭击的人家，而给我开门的正是那个把我从睡梦中惊醒的女人，那个倒霉的女人。

咦——女人隔着防盗门惊奇地看着我，她显然认出来了，从前，我出事前我们在楼道里遇到时还会笑着点一下头，这个好习惯应当说直到我醒来后才真正消失的。她当时肯定也认为我上错楼了。我临时改变了主意，我说，不认识我了，我就是——我没提东西的那只手朝下一指，同时提东西的手朝上带了一下，我要让女人看到我是有诚意的。我说我没别的意思，今天专门来看一下，不好意思，上次多亏你了——女人脸上惊愕的表情消失了，她笑了笑，替我打开门。

怎么说呢，本来我的故事应当从第二次上蒋美萍家说起才对，但那毕竟是第二次，为了连续我只好从第一次说起。蒋美萍家很有钱，从前他们家有钱没钱我不知道，但现在她的确有钱，有钱人家一走进去你就能感觉到，好像是有一种奇特的气息，别的不说，首先迎候你的那种叫玫瑰红的地板就足以让你赞叹了。我想换鞋子，但蒋美萍说没事，没事。于是我径直走进去，穿过那个放着几个假古董的檀木架子，我在那排鳄鱼皮的沙发上坐了下来，顺手我把手里提的那包水果放在面前那张红木大茶几上。真想不到，从外面你绝对猜不出他们家会弄成这个样子，他们家的户型和我弟弟那儿一模一样，可他们家却像桑拿浴室，把全部的墙面和天花板都用木板包了起来，坐在里面，恶心点说就和坐在一副棺材里差不多。

不错，不错。我点着头说。我说我弟弟那儿比你们差得远了。蒋美萍给我倒杯水，听到我夸她的房子，赶紧说，刚刚才弄好，原来的差不多全部砸坏了，这个门，房顶，还有地板，钢琴没一样是好的——说着蒋美萍又要带我去厨房，因为那块爆炸碎片就是从那儿飞进来的。据蒋美萍说厨房找人足足清理了一天才把那些脏东西全清出去。她指着窗户外的防护栏，就是这儿，你看嘛，这也是才装的，原来我们是用玻璃门，原来我们想防的只是小偷，哪个知道石头还可以崩进来——蒋美萍接下来跟我详细描述了碎片飞进来的全过程，她站在什么位置，她在干什么，当时的时间和天气，碎片飞来时先砸到什么，再砸到什么，她自己又怎么因为一探头而被划伤了脸，她又是如何大声喊叫的。这个过程蒋美萍大概讲了很多遍了，已经能够讲得油光水滑，但说着说着她还是有些兴奋了，毕竟这一次听众比较特别，是一个和这件事关系密切的人，是他们家受飞弹袭击的受益者。但蒋美萍丝毫没有让我内疚的意思，一点都没有，她只是在就事论事——她是如何倒霉的，这一点我可以证明。

　　蒋美萍这时候指着她的脸，朝我这边伸了伸，她说，你看、你看嘛，还留下一道疤，你说横的也好，就当条皱纹，偏偏又是竖起的。用她的话，因为这块疤她们家老秦都不爱回家了。我响应着也朝那边凑了凑，但没看到伤疤，可能我们还是距离远了点，也可能女人对自己的缺陷过于敏感，有些夸大其词。

　　现在我都不敢在这儿多站，谁知道还会发生什么事。蒋美萍走到窗子边，很小心地朝外面看着，她就像一只饱经惊吓的病猫那样延伸着脖子，好躲闪预想不到的打击。对面，就是那幢给我们带来不同遭遇的大楼，楼房当然已经不复存在，这时候正是黄昏，外面看上去灰扑扑的。我也朝外面探了探头，更远的地方已经能看到几点荧荧灯火。谁知道——蒋美萍说着朝这边动了动，这样刚好就和我迎面撞上了。我们都是无心的，于是我们俩不约而同朝后闪了闪。蒋美萍的眼睛里跳过一丝慌乱，奇怪的是这个动作还没结束我就抢先把蒋美萍抱住了，不要说蒋美萍了，连我都被自己的举动吓了一跳，但事实就是这样，当时我也知道自己把蒋美萍抱住了，我把浑身发软的蒋美萍抱在怀里。我闻到一股只有女人才会有的香气，它们从蒋美萍的脖子里冒出来，直奔我的鼻孔去了。

接下来的事可以说顺理成章,我和蒋美萍开始做爱,就在他们家厨房。厨房门外刚好露出那架摆放在客厅里的钢琴一角,琴盖破烂地翘着,裂缝露出木头原有的颜色,这也是那次爆破碎片留下的最后一点痕迹。当然还有蒋美萍脸上那道划痕,但我忘记看了,我近乎疯狂地把蒋美萍身上一切阻拦我的东西拉扯掉,从后面进入了她。事后我也觉得奇怪,这八年来我和女人第一次做爱,竟然是在我们家的楼上,又是和这样一个女人,连我自己都觉得匪夷所思,江小婷送上门都被我拒绝了。我疯狂地进入,忘乎所以,丝毫没去想这么做的后果。

应当说这是一次不错的经历,蒋美萍在经过最初的失神后,也开始回应我的激情。怎么说呢,这种事一上路就会变得礼尚往来,女人就像被我烫了一下,就像去了层皮,接着她所有的矜持也一扫而光。需要说明的是我这么做绝非对这个女人心存怜悯,或者出于补偿之类。我对蒋美萍的印象几乎还是八年前的,那时候她还是个幸福的少妇,总是跨着轻盈的步点从楼梯上快速下来,遇到我时也总是侧着身子等我从她面前走过。当然,现在的蒋美萍也还是个幸福的少妇,至少看上去像这么回事儿。我是被这个环境激发的,那个时候也许并不需要情欲,只是我没能找到更好的方式,我选择它——只是因为当时我有一种很奇怪的冲动,他们欠我的,每个人都欠我的! 一进那间屋子我就强烈地感觉到了,他们的倒霉中隐藏着我的利益!

结束时我们俩都变得有些不好意思,女人可能想起她随时可能归来的丈夫,她开始快速地毁灭证据,她真是个毁灭证据的高手,当然,当她发觉外面铁门没锁时脸还是几乎都绿了。我也没有多待,逃命一样下了楼,弟弟家当然也没有再进去。后来,我回想女人慌乱中的那丝甜蜜而羞涩的客气,好像刚了却一桩久远的心愿,她没气急败坏,这说明她并不后悔,女人并不像一个对这件事负得了责的人,这样过了一个星期我又去了一次。不过,这一次我还遇到了蒋美萍的丈夫老秦。

八

  我记得八年前的老秦不过是家医院药房里普通的配药工人，平时规规矩矩，连走路都很老实。他和蒋美萍应当是一九九零年左右才搬来的，每个周末我和王岚带着女儿回来看母亲，有时候就会在过道上遇到。我印象中他总是穿着一件灰夹克，无论走在我们前面还是后面都一律低着头，从不对别人发生兴趣。这幢楼里的人我都见过，所以一开始我把他当成到谁家来串门的客人了，至少我没把他和那个总显得很客气的蒋美萍联系在一起。

  不过，老秦很快就出息了，先是成了他们单位的药房主任，几年后他又决定出来自己当老板，有了一个成功运转的药店，而且据说他在医院里的公职迄今都保留着，不过每年象征性地交一点钱。顺心人的日子总会过得河水一样顺畅，老秦就是这些成功人士的范例。

  那天刚见到我时老秦还是有些不悦，显然这并不是针对我和他老婆突然间升温的关系，这可以说是一种防范，是一种对对手是敌是友的衡量，毕竟那次爆破事件并不遥远，老秦自然会对我产生戒心。倒是蒋美萍，她一见我就有些手忙脚乱了。她大概也没料到我还会去找她，站在铁门边，经过一个短暂的吃惊后，她的手就拼命在胸部那儿一阵乱晃，但迟了，里面有人咳了一声，然后一个很低沉的男声问，谁啊？我几乎来不及转身。那天我又带了只水果篮，这是给蒋美萍的礼物，不知是不是这个缘故，我丝毫就没有退下来的意思，我在门边故意大声地说，我就是楼下的，上来看看你们。我发现蒋美萍的脸色猛然间发灰，这样她就不得不把我放进去了，也许更让她忧心忡忡的是她还不知道我到底想干什么。

  老秦正在客厅里看电视，他拿着遥控板示意我坐下，他有个欠身的动作，但看上去老秦却是一动不动。我把水果篮放到老秦面前那张红木的茶几上，又拿出一盒烟，那不是包好烟，我知道对老秦这样的成功人士来说这种烟是不会抽的，他面前明明就摆着一盒大中华，但老秦接过去，看了看牌子，还是收下了。老秦鼻梁上架着副金丝眼镜，从前他似乎并不戴眼镜，那副眼镜可能只是平光镜，不过，金丝眼镜对挽救形象效果良好，有了它就是企业家老板，少了它就还是药房工人。

我开始向老秦解释来意，我说也没什么，就是想来看一下，前一段——很麻烦你们，很不好意思——再说这几年你们对我们家也照顾不少……天知道我都说了些什么，但我知道很有效，老秦的表情不是已经舒缓了？而蒋美萍也终于平静下来。她心里有了底，替我倒杯水后，她的动作也终于收放自如，然后她挨着老秦在沙发上坐下，两只手就这么交叉着抱着自己的肩头。

作为我客气的回报，老秦也开始问我的情况，包括我的现状，身体怎么样，好了没有？只是他说得很慢，很用力，就像他不情愿，不得不这么做。当然也有他非常感兴趣的，我是怎么醒过来的，也就是说我怎么会和他们家挂上关系？我猜他应该有这方面的好奇心，而且一直没能够满足，这方面要求也应该比其他人更强烈才对。果然，当我说到蒋美萍的叫声把那些找不到出口的黑房子震碎时，老秦和蒋美萍还交换了个眼色。我说要不是蒋姐那一声喊，我还不知要睡到哪年哪月。这句话虽然一个星期前我就说过一遍，蒋美萍的眼睛里还是一下子变得热辣辣的，但她谦逊甚至有些扭捏地说，啊也是不小心，谁能算到呢，天灾人祸这种事不好说……能醒来就好。结果我们一致同意世事难料的说法，我说这人算不如天算，蒋美萍则说好人有好报，又说身体是最重要的。老秦可能想起从前的一个病例，他说有一个病人也是出了车祸，也在床上睡了三年还有知觉，有人喊他就会流眼泪，但——最后还是死掉了。我听的时候眼睛的余光落在蒋美萍身上，我正执拗地想像她乳房的形状，这也是这一天我原本打算弄清楚的，我猜可能不会再有这样的机会了。

听说，你原来也做过生意？老秦的声音却像在问——你们家原来在哪个生产队？我客气了一下，那算什么，小敲小打，比起你现在，我那只能叫小儿科，这句话显然也是老秦爱听的。至于我的现状，我只能说很糟糕，这几乎已经成为定律，最近几次和别人聊天都很容易溜到类似的套路上——什么家里的困难啦，找工作别人嫌大啦，找人改年龄又如何麻烦啦——我好像只能这么说，只会这么说，也只有这么说才会痛快。说着说着我又把我的弟媳拎出来卖了，我说要不是她作怪，我也不用到外面去租房子。这么说时我还真感到些气愤。蒋美萍很快有了同感，她说你家弟媳妇自私得很，我知道的，楼道里堆那些乱七八糟的东西，就数她，跟她讲也不听，非要搞得你路都走不了！我说就是，就是她当年嫁过来还不是看中这套房子……你知道我那天的收获吗？最后老秦一拍胸脯，说看在我们邻居的份儿上，帮你这个忙。老秦答应帮我弄一张新的身份证！他让我下周带上五百块钱到他的公司，一手交钱，一手交货。

老秦接着说，我也是帮你个忙，我可没赚你的钱——五百块，不多吧？他眯缝着眼睛，从那副昂贵的手工眼镜背后看着我。不贵不贵，我赶忙说。我说的是真心话，一想这一段时间里发生的事情真不能算贵。只是，我觉得太意外了，差点忍不住要朝蒋美萍挤眼睛。

一个星期后我收到了那张身份证，真他妈绝了，江小婷男朋友办不成的事，让老秦给办成了。而且从我的角度也挑不出什么毛病，那张身份证做得就像真的一样，现在是什么假的东西都可以做得像真的，甚至比真的还好。实际上，老秦那天只收了我二百块钱成本费，他说这一次真的没赚我钱。这点我信，因为这也让我觉得多少有点对不住老秦。当然老秦只收成本费完全是看在我老朋友的份儿上，那天在老秦的公司我遇到了从前的一个朋友，管志鹏，他就是以前的大毛。

九

大毛变了，不仅发了财，还发了福，举手投足已不是我记忆中的样子，况且他的轮廓比以前几乎大了整整一圈，所以一下子我也没把他认出来。

十几年前我和大毛还在一个班里念书的时候，我们俩就是形影不离的好朋友，经常一起去上学，再一起回家。说起来，大毛家和我家并不在一个方向，可每天早晨他都要绕一段路到我们楼下来喊我，这一点连我母亲都说难得，尤其是寒风刺骨的冬天，如果大毛不来喊的话，我很可能就睡过了头。当然大毛这么做也有他的意图，那时候大毛是我们班个头最小的，他长得又黑又瘦，手又贱，喜欢趁别人不注意，从后面丢个粉笔头，或者玩些藏书包的小把戏。丢粉笔头就算了，藏书包我实在不知道有什么乐趣，可偏偏大毛乐此不疲。被捉弄的人自然要惩罚他，那时候连班里的女同学气急了都可以揍他，搞得大毛成了所有人的出气筒。不过，他跟我在一起就不一样了，因为有人一欺负他我就会站出来，我这个人只要急了，捡块砖头就可以朝别人的脑瓜上拍上去，况且我书包里还有一把电工刀。那时候我都是带着刀子上学的，谁都怕我，可以说，除了我没人再敢欺负大毛。大毛知恩图报，除了每天喊我上学，沿路还给我背书包，到校门口他有时还请我吃小吃，我知道大毛家有四个姐姐，大姐已经在电池厂上班，能给他一点零花钱。那时候谁上面能有个上班的哥哥姐姐是真让人羡慕的。可有一天大毛的父亲跑到学校，揪住大毛狠狠揍了一顿，我才知道除了他姐姐给他的，大毛还偷家里的钱。

毕业那年我们俩谁都没考上大学，这也是意料中的，我们俩于是都成了待业青年。我母亲怕我在家里呆烦了学坏，就让我到汽车公司在郊区办的一个知青点去插队。那时已经一九七八年了，我们这一届有很多同学都没有去下乡，他们最多在家里闲上半年，不是进工厂就是当了兵。我们家没办法，就这么个条件，况且下乡国家还给15斤粮9块钱补助，等于我们家半个月收入，我没有选择的余地。那一年大毛本来也可以不下乡，不过因为我要去，他也跟着下去了，大毛大概觉得下乡好玩，就这么他和我在小洞生产大队筐底生产小队待了整整一年。做生意是后来的事，我们回城后先还一起在工地挖过沙，给医院洗过药瓶，开始时兴个体户时我和大毛就一起做生意，我们跑广州、石狮，卖旧货，倒钢材，什么都干，到我出事那会儿我们俩都还是挣了些钱，至少与当时的普通人相比，用我们这儿的话是非常"弹"的。我说这些是想说明大毛和我的交情绝不是一般人可比的，我们是十多年的朋友兄弟，说实话，我想见到大毛的愿望甚至超过了江小婷，只是我没料到我必须在老秦那儿才能遇到他。

　　我到老秦公司时，大毛已经坐在里面了，隔着玻璃门我就远远地看见老秦正在和一个坐在沙发上的大胖子说话，他们不知谈到什么高兴事忽然哄地笑起来。我说过那天我是去办正事的，去取我的新身份证，我一直担心的是老秦会不会给我办，或者老秦知道了我和蒋美萍的事，没准他随便瞎扯一句就可以把这件烦心事推脱掉，我担心的就是这个。我进去时里面的谈话自然中断了，老秦看到我点了一下头，问我钱带来了没有，就从抽屉里拿出一只信封。我担心的事没发生，老秦是很守信用的，那张新身份证就在里面。

　　就在我看身份证时，坐在沙发上的那个胖子，也就是大毛忽然站了起来，他歪了一下头，然后就这么定定地看着我，咦，你不是——胖子用手指着我，又转向老秦，他好像是我们一个同学。胖子又转了回来，这回用手指敲了敲脑袋，林飞！他嘴里猛地冒出我的名字，不认识我啦？这时候我也认出来，大毛再胖，基本的东西没变，还是那对小眼睛，八字眉，就像随时都能遇到什么烦心事。我也用手指着他，手指不停地点着，我说，大毛！

我们终于重逢了,就像从前电影里常演的那些久别重逢的战友,我和大毛紧紧地拥抱在一起。大毛是真高兴,嘴里不停地发出啊哟啊哟的怪叫,他一直攥着我的手,另一只手同我一样不停地捶对方的肩膀。大毛说,大难不死,大难不死——我知道的嘛,祸害遗千年,你个狗日的总有一天会活过来的嘛。说着大毛拉着我到沙发上挨着他坐下,大毛有些兴奋过度了,一张脸涨得通红。这时候大毛想起了老秦,老秦在一旁早看得发呆,眼睛都直了,大毛说,老秦,你知道吧,我这个哥哥可不容易啊!大毛说完转过身又在我的腿上重重地拍了一巴掌,他这一巴掌还真管用,一下子又替我省了三百块钱,老秦也说,不容易,不容易,真应该好好庆祝一下子。

我出车祸后的事都是我弟弟告诉我的,原来我一直以为是王岚把我送进了医院,现在才知道送我去医院的其实还有大毛。大毛说王岚当时早吓蒙了,头一个念头就是给他打电话。他赶到时现场已经围了不少人,我躺在地上,一身都是血,又不知是死是活,王岚边哭边用手捂住我身上的伤口,但血还是像喷泉一样从她的指缝里涌出来……我想像不出当时的情景,王岚还会哭,这一点我没有想到。那个时候其实我们俩的关系已经很冷淡了,如果不是中间还夹着个琴琴,也不会拖那么久,反正分手是迟早的事。

大毛还在描述那个血淋淋的场面,他骂那帮出租车司机都是王八蛋,当时竟没一辆出租车愿意送我上医院,拦一辆跑一辆,大毛说要不是那个清洁车司机好,你肯定完了,就是这样我还求了他半天。我忽然忍不住想笑,我还是头一回听到我是被清洁车送到医院的。自然大毛也要问我是怎么醒来的,怎么好的——知道后他先是惊讶,而后不可自抑地大笑,大毛说,天啦,搞了半天,你们还是邻居,老秦还是你的救命恩人!大毛这一嚷好像他一下子发现了这世上最不可思议的东西。我瞥了一眼老秦,只好跟着大毛呵呵干笑。老秦也说没想到,我们这儿太小啦,到处是熟人。他没想到的是我和管总竟然是同学,是插友。大毛接着说，那天我还说要去看你——真的，不信你问老秦嘛，就是过年，初八那天，不是你拉着去老张家打牌，我说要去看个同学，就是他！老秦证实有这回事儿。我说，你去还不是没用嘛，我那时候又没醒，你去了我也不知道。看得出大毛对这次没成行的探访还是有些内疚，他说那不一样，看归看，醒归醒，不是一回事——不过秦总，这么一搞，我们倒成了一家人了呢，你是他的救命恩人，他又是我哥，你不知道，老秦，刚做生意那会儿都是林哥带着我。我客气了一下。大毛没说谎，的确，那时候虽然我和大毛是合伙做生意，但真正操心的也只有我，大毛胆子小，加上天生就需要依靠人，如果不是跟着我，不是饿死也该穷死了，可惜啊，时过境迁，这世界已经不是那么回事了……

　　本来我想接着大毛也对老秦说句漂亮话的，比如以后秦哥需要的话如何如何。但我发觉大毛一家人的说法显然没对上老秦的脾胃，他一脸的不以为然，明显有障碍，没准老秦还在想，如果这厮儿不醒来的话，我也不会这么倒霉了。

　　大毛后来告诉我，他找老秦其实是想和他联手做笔生意，这笔生意他们已经谈了很多回了，但老秦就是这么个人，小心得要命，不说行也不说不行，一直吊着他的胃口。大毛显然把我的出现当成了转机，原因很简单，我是福将，不来帮他也不会这个时候出现。大毛这么说当然有他自己的理由，但我总觉得他还和过去一样，兴奋起来就乐观过头，对你是福将，对别人却未必，尤其是老谋深算的老秦，也许他把我当成某种不祥的预兆也说不定，他可是倒过一次霉了。

十

　　等我和老秦交接完，大毛闹着要请我们吃饭。老秦原本不想去，他说，算了吧，我还有些事，再说你们两兄弟团聚，我去当什么电灯泡？我也希望他别去，现在老秦在我面前多晃一眼儿，我心里的歉疚就会增加一分，总之不自在。但大毛一句话老秦就不得不去了，大毛说，你搞错没有，我们兄弟团聚还不是要靠你这个大恩人，你不该一起去高兴一下？结果老秦谦让了半天还是没逃脱，被大毛连拉带扯地哄下了楼。

我们到了一家叫小姚红的酒店。这地方大概是大毛他们经常来的，刚一进门，女老板小姚红就快步迎上来，她应该有三十岁了，穿一身玫瑰红的套装，短发，一脸的热情，一看就是精明会来事儿的，不知什么缘故我会一下子联想到江小婷。

姚红说，管总，秦总，我说这段时间你们怎么老不来，是不是对我有意见，再不来我真要打电话催你们啦。大毛跟她嬉皮笑脸，说来多了，还是怕你家老马吃醋。弄得姚红举拳作势要去打他，大毛也配合着做了个姿势把那只粉拳避让过去。我们被让进二楼的一间叫相思谷的包房，坐下后倒茶、点烟，用热手巾抹脸擦手，着实忙乱一阵子，到点菜时，大毛翻着菜谱问我们想吃什么，我则问老秦，老秦说，你来，你来，今天你是主角。我笑了笑，说我无所谓的，一段馋得很，什么都能吃。大毛听了忙指着我对姚红说，我们这个兄弟，你猜他多大了？结果姚红当然没猜中，大毛趁机又把我的故事讲了一遍，听得那个女老板眼睛睁得像头水牛，一口一个天啦妈啊地乱叫，尤其是蒋美萍把我叫醒那一段，大毛虽然没见到，但照样讲得头头是道。我还从没听大毛一口气说这么多话，从前他好像并不太能说，也不知什么时候开始变得这么婆婆妈妈的。

显然，这时候姚红的情绪也被大毛吊起来了，她跑到外面柜台上拿来一壶散茅台，说是送给我们的，大概她也像大毛一样把我当成福将了。听大毛说姚红原先在一家专业剧团里作过出纳，每个月也就发工资时还有点事做，她跟领导关系不好，一怒之下就出来弄了这家酒店，现在不光不用再看领导的脸色，每天数的钱可能比她从前半年过手的钱还多。

吃饭时，姚红也陪替我们喝酒，她不停地想一些理由，让我们彼此敬酒。她对我说，兄弟（我让她叫大哥），好，大哥，你是福星呢，有这么个好恩人，又有这么好的兄弟，该不该敬他们一杯？我只得把酒满上，向老秦大毛敬酒。老秦看来是海量，喝酒也算爽快，几乎都是手起杯空，大毛却还是从前的老样子，喝不了多少酒，所以他赶紧用手捂着杯子说，我不行，姚红可以证明，我喝不了的——可姚红不愿意出这种证明，大毛只得硬着头皮把杯子里的酒全喝下去，他的脸也随即涨得通红。这样喝了两轮，我们的情绪也似乎发生了一些微妙的改变，酒这东西的确有些奇妙，不管你承认不承认，至少这时候我觉得老秦其实也挺不容易的，我们都挺不容易的。所以我又一次站起来向老秦单独敬酒，我说，老秦哥，真的，兄弟我也没什么本事，不过——你一句话，兄弟这条命都是你的！本来老秦还准备推辞，听了我的话，一副受宠若惊的样子，跟着站起来，自家兄弟，不说了，不说了——干！我们都有些激动，碰了杯，再一口仰脖把酒倒进嘴里，辛辣的酒水沿着我的喉咙往胃里流去，我知道很可能这一瞬，老秦对我的看法也彻底改变了。

这时候老秦的手机忽然响了，可能接听的效果不好，老秦站起来，走到窗子边去听电话。我们都听到他说，喂，我在……我和管总在一起，我们谈点业务——等一会儿嘛，一会儿我就过来。老秦关上机子回到座位上，等他刚坐下，手机却再一次响了，显然是同一个人，这一次老秦没站起来，他还是那几句话，让她别急，马上就好。听筒里模模糊糊地传出一个女人又急又快的声音，从老秦回电话的口气我猜打电话的女人应该不是蒋美萍，否则老秦就不会这么说话了。蒋美萍的感觉没错，老秦在外面还有人，不过那天我也没替她觉得怎么不公平，总是老秦无情在前，她才不义在后的，何况这之前蒋美萍还是得到一点补偿了。

大毛笑起来，问老秦，小安吧？我跟她说。大毛从老秦手里把手机接过去，对着话筒喂喂了两声就把手机还给老秦，好喽，发脾气啦。老秦诚惶诚恐地站起来，从神态上看他肯定已经开始后悔来吃这顿饭了。我刚才就说有事，没骗你吧，老秦边收拾提包边对大毛说，临了他还叹了口气。按大毛的说法，老秦怕这个小安怕得要命，就像上辈子欠她的。谁没有弱点呢？老秦临走时那副急不可耐的样子，倒像去救火，早已不是办公室里那个从容不迫的老秦了。我和大毛把老秦送到大门口，我看到大毛一直忍不住要笑，那里面幸灾乐祸的成分很明显。老秦可能想挽回一下，临上车还匆忙地倒回来跟我补了个握手，他倒不一定是担心我会去跟他老婆说什么，我猜还是老秦不想在一个生人面前留下一个坏印象。老秦说再见时，我只是再次谢谢他，从我的本心来说，我是希望我们不要再见面了。

　　我和大毛回到包房继续吃了点饭，接着又聊了聊这几年的经历，当然主要是大毛的经历。这时候小姚红又进来了，她也来劲了，丢下生意不管跑来听故事。大毛对她说，我们这个林哥做生意可是一把好手——大毛的话匣又一次打开了，他开始回忆我们去石狮打货时在火车上被人下迷药的那段往事。八千块钱，那时候可不是个小数目，全是我们林哥用刀子比着逼出来的。我也想起来了，那一次出事完全是因为我们在火车上抽了一支别人的香烟，当时我就觉得烟味不对，如果像大毛那样把整支都抽完，很可能我们就什么也找不回来了。但我醒来时，还是发觉钱包已经不见了，所幸的是中途火车还没停过，我就一节车厢一节车厢寻找着，后来我就发现那个散烟给我的小个子，我拔出匕首，二话没说就捅到他的屁股上——大毛说的就是这件事，大毛没忘本，他是应该知道他有今天是和我分不开的。大毛自己也这么说。

十一

　　我没想到大毛还住在他们家的那套老房子里。就在两个月前，我还到那儿去找过他，说实话，我没抱什么期望，因为现在到处都在搞城建，大毛家被规划了也不一定，没想到的是房子还在，大毛家却搬走了。不久前大毛离了婚，孩子和房子都归了他老婆，办完离婚后大毛就搬回了这里，大毛说他正准备买一套新房，因为别人说房价要跌，他才把这件事搁下来。

　　大毛家的老房子在贯珠桥，那是一条狭窄弯曲的小巷子，顺着一条石板路走到头，面前那幢破砖烂瓦砌出来的两层楼就是了，这就是老房子的好处，八年前是这个样，八年后再看到它几乎还是那样，时间对它已经不起作用。当年大毛家人口多，他父亲没少在房子上动脑筋，他们楼上那层，严格来说只能算是阁楼，因为是木板隔出来的，上面的人一走动就往下掉泥灰，但大毛的四个姐姐就睡在上面，一直睡到她们出嫁。他们家前面朝院子里凸地搭出一间房子，在我们这儿有个特殊的名称叫作偏厦，也是他父亲的杰作，甚至是用油毛毡盖的顶，那是原先大毛的住处，我记得上高中时我们俩还在里面做过作业，因为黑，房顶上还特意装了块明瓦。偏厦在我们这儿还有另外一层含义，人们通常所说的搭偏厦，指的就是搞外遇，早在"第三者"出现前就已经被广泛采用。

　　我们在小姚红那儿吃完饭后就过去了，大毛向我解释他为什么还住在那个小巷子里，为什么没另买新房，他不解释倒算了，一解释，反而让我觉得他想澄清的只是他现在不想买房子或者过一阵子，但他有钱，买房子的钱还是有的。大毛喝得有些醉了，既要和我说话，又要在前面领路，只好不断地转圈，一边走一边转。那时候天已经快黑了，天上飘起细毛雨。我们这儿一下雨，气温就降得厉害，加上刚喝过酒，冷风一吹，我浑身的鸡皮疙瘩都出来了。远远地，我看见大毛家住过的那条小巷，路灯下还摆着菜摊，摆摊的是个老太太，正在雨篷下嗑瓜子。如果忽略对面那几幢山崖一样的高楼，谁能说这不是十几年前的那条小路？我们走了进去，那种感觉更像了，仍然是那条石板路，路边靠墙摆着两块石棉瓦，还有两只废弃的花盆，谁家忘记收回去的一条花短裤，再往前转个弯，路过一棵皂角树就该到大毛家了。我们回来了，就像刚刚看完一场电影，或者跳了一场贴面舞，我和大毛回来了，我们都小心地不让自己踩在水坑里，因为那会打湿我们像刀子一样笔挺的裤脚，同时也会把已经入睡的大人吵醒。时间逆转了，我看到大毛家窗口的那束灯光，是他母亲专门给我们留的,还有夜宵,清水下挂面还是甜酒煮鸡蛋?

　　大毛家有人,除了灯光外,里面还传出电视的声音,大毛拿钥匙开了一会儿门,没打开,显然是从里面反锁了。大毛开始敲起门来,大毛边敲边喊,小琳,小琳——这么敲了一阵,才听见里面一个细嫩却凶狠的声音:哪个?!大毛的回答同样恶狠狠的,老子!门打开了,屋里的灯光一下子扑出来,勾出大毛那张气呼呼的圆脸,喊这么半天——关什么鸟门吗?!屋里的声音同样不示弱,我睡着了!大毛和我一前一后进去了,屋里那个女孩已经转过身,只能看到她细挑的背影。大毛给我们做介绍,这个是小琳——飞爷,我们同学。叫小琳的女孩小得让我吃惊,她朝我飞快地瞟了一眼,显然对我这个同学不太感冒,她的眼光在我的脸上晃了一下就收回去,她大概真是从床上爬起来的,又犹豫着要不要爬上去,后来想通了,干脆坐下来看电视。屋里乱极了,只有床还能坐,可床上胡乱翻卷的被子,还有衣服,裙子,大毛把被子往里一撩,示意我坐下,又接着教训小琳,你一个人在家嘛,不会收拾一下,看这屋里乱。大毛说着从屁股下抽出一只胸罩,朝小琳丢过去,小琳躲了一下,没砸到,那只胸罩就落到一丛塑料花上挂着。去,给我们倒点水来!大毛还在气势汹汹的,但这架势倒未必是要摆给我看。小琳眼睛盯着电视屏幕,一动不动地说,没水啦。看样子也是憋了一肚子气。不会去烧点,这个还要我来教?小琳把眼睛转过来,嘴里慢慢地放出两个字,没空——不过说得很轻,这一次我终于看清楚了,她抹的是蓝眼影,蓝唇膏,连头发也染了一绺蓝色的,加上她的白上衣,整个看上去就像一只乌骨鸡。大毛脾气又上来了,我看你是要反天啦,你去不去烧——小琳说,你自己为什么不去,我饭都没吃!活该!家里有面,外面就是馆子,你为什么不吃?!小琳吵不过大毛,终于磨磨蹭蹭地去了厨房,不过在那边借着锅碗出气,叮叮当当的声音不断地传过来。

　　我一直忍不住想笑,便问大毛从哪儿弄来这么个宝贝,大毛也忍不住笑起来,压着喉咙说,赢来的。原来是大毛开牌机房那会儿遇到的,这个叫小琳的姑娘那时候玩牌机玩上瘾了，钱全输光了，就把自己压给了大毛。大毛说押了一千块，本来小琳想押二千，但大毛说你值二千？结果一转身她又把这一千输掉了。后来就是小琳以身抵债，二百块一次，但大毛又说了，二百，你值二百？最后谈到一百，大毛睡一觉，就减去一百，再后来，用大毛的话说，日子久了，就有感情了。这不是，自己不想走了，赶都赶不走！这时候厨房传来一声巨响，好像是锅掉到地上发出的。大毛骂了一句，然后腾地起身朝厨房那边跑过去，他动作麻利得我都没有料到，我没想到大毛长这么胖，还能有这么快的反应。很快厨房里又传出大毛的骂声，买，买，你就会买，你以为老子是抢银行的？！小琳也不甘示弱，你答应今天去的！答应？！答应还不是要看时候？老子今天这么忙，喊你烧点水都不会烧——争吵是以一记耳光做结尾的，不知是大毛打了小琳，还是小琳打了大毛，但我想大毛打小琳的可能性更大。大毛气汹汹地冲了回来，边走边说，你闹嘛，老子看你闹，你一个人去闹！大毛又招呼我，走，我们走！

　　我跟在大毛后面一直憋着笑，我摇着头，也不知该说些什么。从前大毛是绝对不会在女人身上花工夫的，他发育得晚，长到十八九岁还是别人十五六岁的样子，我和女孩交往时，大毛甚至还吃她们的醋，算准了我们该办事了，就跑来敲门，或者在那些女孩的鞋子里放蚯蚓、放死蟑螂，他就这么点乐趣，为了这些事，我没少骂他。没想到大毛自己乱精神的时候，他玩得更绝，年龄都不说了，小琳那种脾气就够他受的。想到这儿那女孩年轻而傲慢的眼神又在我脑子里闪了一下，只是我不知道大毛离婚和她有没有关系。

　　大毛还是埋着头朝前走，这时候雨下大了，头发，连我的肩膀都落满了雨滴，我问大毛去哪儿，大毛回过头，嘴里呼呼地像所有运动中的胖子那样喘气，他看着我说，睡觉！去睡觉吧！一听大毛的口气，我就知道前面的事早被他丢到脑后了。

十二

大毛带我去的是一家叫九龙池的浴池，那天晚上，我们俩就在那儿过的夜，一个套间一晚上就要一百八，据大毛说还不是最贵的。有两件事值得说一下，等我们洗完澡，大毛叫了一位叫小黄的小姐进来，他说让黄小姐给你按摩一下。

那个黄小姐是大毛的熟人，笑眯眯地在门边站着，只穿了一条红短裤和一件小背心，她后面还跟着个姑娘，却气呼呼的，一副讨债相。说白了大毛那天就是想请我好好玩一下，他说八年了，你还没憋够啊，老婆都跑了，还怕什么——你要害羞，可以让她带你到隔壁，放心，她们这儿很安全的。当时我们刚刚跳进那个心脏形状的浴盆中，正在议论他的胖我的瘦，大毛把一旁的按钮弄开了，那只浴盆顿时像只质量不好的洗衣机那样振动起来。我不知道发生了什么事，接着周围的池壁上冒出不同形状的涡流，巨大的刺痒让我先是吃惊而后不可自抑地大笑，大毛也跟着我大笑。不过我得承认，他这种笑里有一种很恶毒的东西，让我不舒服，就好像我的反应是他意料中的，是他恶作剧的结果，而他又刚好看到了这个笑话。

黄小姐还在等我们，我对黄小姐说，下次吧，下次，我来找你。两个女孩悻悻地走了。大毛说，没劲，没劲，然后一头倒在床上。后来他想了半天，不知怎么一下子就想到了江小婷，他或许真的误会了我的意思。他问我，原来那个和你搅在一起的姑娘呢，你们在不在一起？这时候我脑子里还晕乎乎的飘着刚从门边消失的那四条腿，乱极了，但我知道他是问江小婷，我只好装傻，我说哪一个？就是原来旁边馆子里的那个小江！她啊，我说，人家都要结婚了。要结婚不是还没结婚，撬过来嘛！我说她朋友可是个箍子（方言，即警察）。箍子？怕什么，还不是要个先来后到，我帮你，我跟她说。

我用大毛的手机呼江小婷，一分钟后江小婷回了电话，我说，你猜我现在和谁在一起？江小婷还是有点感觉，她连猜了三次，一个我许多年前的女朋友，一个王岚，第三次她就猜到了大毛。你们在干什么？我们在九龙池洗澡，你来不来？大毛从我手里把手机接过去，我听到他冲着江小婷喊，小江啊——过来嘛，我让老林给你搓背！江小婷应当骂了他，大毛于是在这边胜利地笑了。

十三

第二天早上快十点我们才醒来，我和大毛吃过早饭后一起去了他的公司。大毛现在在玩电器，所以他的公司就设在电器城里，有一个门面，在不远一幢写字楼里还租了个套房做公司的办公室。按大毛自己的说法，这八年里他干过的事还真不少，不过真正赚钱也就是开牌机房那段时间，可以说暴利，后来牌机房被查封，大毛才开始干别的，他卖建材、家电，用的还是我们倒钢材办皮包公司的那一套，用我们这儿的土话也叫"见子打子"——什么赚钱做什么，不过能不赔就不错了。

大毛做生意没什么远大的目标，他懂的又少，倒钢材时他从头到尾都区分不了螺纹钢和圆扁钢，现在搞电器更是这样。大毛很后悔没搞个实体，他的实体当然就是饭馆、酒店一类，也许还包括浴池，我们见面时，大毛已经开始走下坡路了，他说今年还没做成什么样的生意，全是小敲小打。大毛终于有了点今不如昔的感慨。

门面上大毛请了两个帮手，一个刚毕业的大学生，另一个则是从农村来的。办公室有一个专跑业务的老王，还有个女孩，专门负责给大毛打材料、听电话。就这么四个人，大毛把他们介绍给我认识了。大毛准备把门面交给我，他说他一天都在外面跑，没时间来管，我帮他管着正好。这话其实昨晚上大毛就说过一次，那时候他问我的身份证怎么会在老秦那儿，我原原本本地告诉他，大毛叹了口气，说，改年龄有什么用，跟我来嘛，一起混嘛，我们两兄弟，我的还不是你的？这当然毫无疑问，可问题是一下子我就想从前的一件事，那是我准备和王岚结婚的时候，有一段时间我就和大毛分开来单干，几个月下来大毛就把自己的那份做砸了，赔了不说，还欠了一屁股债，他跑来找我时，我就是这么安慰他，大毛活脱脱就是当时我的口气。昨天晚上我没有立即答应，我的样子就像还要考虑考虑，后来大毛又问了一遍，我说，你知道噢，我睡了这么久，什么都不懂。没事，大毛说，哪个懂？球懂。

中午大毛有个饭局，他带着打字小姐去了，临走大毛把他用过的一只松下手机留给我。配张卡就能用了，大毛说，又让那跑业务的老王替我到电讯大楼去配卡。中午，公司吃盒饭时，我跑了出去，我急着去打电话，昨天晚上到今天早上我都没和江小婷联系过，她大概早已经等得不耐烦了。我在街上跑着，因为上午还下过一阵小雨，大街上湿漉漉的，有一层莫名其妙的反光，远处有两个正在扫街的穿桔红背心的清洁工，不知什么缘故一下子跳进我的视野里。我跑了差不多两站路，等我确定不会有人注意我，才掏出手机开始呼叫江小婷。

没过几秒钟，江小婷的电话就回过来了，她果然正在等我。江小婷开口就说，不错嘛，都配上手机了。

她这么说，我倒不好太高兴，只能客气是大毛的，借来玩几天。江小婷显然对大毛的情况更感兴趣，她问，大毛发了吗？我说发没发我不知道，反正比我有钱就是了。江小婷却不相信大毛能发，她对大毛有成见，她说大毛那样的也能发，那还不等于满地都是钱了。我觉得有必要替大毛说句公道话，我说他可是搞了两年牌机，现在手里还有个公司，养着四五个人，可以了嘛。江小婷话题一转，用女人才有的那种逻辑说，那他还不好好帮你一下，起码也要给你弄个副经理嘛。我几乎忍不住要笑，我说除了大毛，我们这儿全是副经理。当然玩笑归玩笑，我也不想把我的境况说得太坏了，我说，看看吧，我才来，总有个过程，过了这一段再说吧。

晚上大毛在小姚红请我和江小婷。到这时候大毛和江小婷也差不多有八年没见面了，老朋友当然要聚一聚。大毛还把他的乌骨鸡带去了。我们六点半钟到的，在小姚红那儿一边聊天一边等江小婷，差不多过了半个小时也就新闻联播都开始了江小婷才到，这时候乌骨鸡早已经等得不耐烦，不停地冲大毛哼哼叽叽，不知道说什么。

江小婷被一个服务小姐送进来，她说有点事回了趟家，但我猜她可能是换衣服去了。那天江小婷穿着一件黑色的风衣，脸上好像还化了妆，一进来，江小婷就站在门边先盯着大毛看，她当然认出来了。大毛说，哟，变漂亮了嘛。江小婷却哼了一声，等于我原来不漂亮，然后她又报复说，你怎么变成这个样子了？！江小婷脱去外面的风衣，露出里面一身深紫色套装，脖子上还压了条素花围巾，她走过来挨着我坐下还咯咯直笑。

最初还在市场路时，江小婷一直把大毛当成我的伙计，可能这个关系江小婷对大毛总保持着一种心理优势，两个人一见面准保抬杠，你一句我一句半真半假地贬损对方。江小婷还给大毛起了个管家婆的外号，大毛则叫她新货上市，这个绰号怎么来的我已经记不清了，但肯定和我有关系。这时候我把小琳介绍给江小婷，江小婷笑着点点头，乌骨鸡却木呆呆的，没有一点表示。女人初次见面会有一种电光火石般的交锋，那种掂量的眼光在乌骨鸡眼睛里一闪而过，就好像已经把江小婷的斤两称了出来。当然也怨不得她这么警觉，后来我才知道，大毛从前带其他女人玩，就让他的手下背过黑锅。江小婷是粗线条约，浑然不觉，她的脑筋还停在大毛的那身肉上，她说，你发成这样你老婆还不让你减减肥？大毛说。现在这个年头还要什么老婆，接着他又笑了笑，我这个样子有什么不好？心宽才会体胖，你怎么非要喜欢你家老林那种竹竿身材？大毛对小婷还是从前那种死缠烂打的态度，好像还准备一较高低。江小婷撇了下嘴，说，就是，还是我们这种样子好，衣服——就是五年前的衣服都可以穿！说完江小婷拉着我的衣袖开始笑，除了乌骨鸡外我们全跟着她笑起来。

吃完饭时间还早，大毛的意见是去哪个歌厅或者酒吧坐坐，唱唱歌或聊聊天，但他的乌骨鸡却不同意，她说唱歌有什么意思。泡吧当然更没意思了，我想也对，我们都在聊天，乌骨鸡又插不上话，摆出一副苦大仇深的受气包样，看着也难受。于是只有打麻将，而且说好打二五五的。大毛自然对做什么摆出无所谓的样子，悉听尊便，包括打麻将打多大也随我定。不过他还是忍不住加一句，前几天和谁谁打麻将多大，输赢多少。他的意思当然是嫌我们玩得小，没什么意思。江小婷马上刺他，不要摆阔嘛，我们可是穷人。大毛笑着说，我还不是穷人。小婷揪住他不放，你穷，你会穷？

我们到了大毛家，等摆上桌子，大毛才发现烟没了，他让小琳去买，但乌骨鸡立即垮下脸，又是一副不情愿的样子。我说，老管，我去买吧。我改口叫大毛——老管，这也是我想了差不多一下午才有的答案，公司里的人都叫大毛——管总或者管哥，我当然不能再叫他大毛了，自然我也不会叫他管哥，而叫管总叫不好说不定听起来还会像讥讽。下午不知因为什么事，大毛气汹汹地从外面回来，听说他带去的合同出了点问题。大毛于是大大的发了通脾气，几乎几个手下都被他叫来熊了一顿，连门面上的也全都叫了过来，在他的大班桌前围成一溜，那些人全低着头，包括那个大学生，全被大毛猪狗不如地骂着。说说看，我养着你们为哪样？把我搞垮了对你们有什么好处？当时我坐在墙角一排拐角沙发上，只有我一个人坐着，因为大毛说得兴起，要时不时地站起来，在他桌子附近走来走去，弄得我也不好意思一直坐下去。大毛是不是在表演给我看？如果是这样就太没意思了。末了，大毛还冲我摇着头解释说，现在的人不像以前了，不敲打一下，就给你乱来。

那天晚上我们的麻将玩到一点钟才散，我成了最大的赢家。大毛输得最多，有七八百，因为他只想和大牌，小平和他都觉得没意思，此外他还不停地放炮，有一次他一口气点了八炮，成了大炮手。一开始大毛还有说有笑，不停地开江小婷的玩笑，说她再不嫁给我就要成老姑娘了。但输多了，虽然是小麻将，大毛还是有些不高兴，噼噼啪啪地砸牌，脸色也越来越阴沉，嘴里嘟嘟囔囔地不知在念些什么。江小婷也输了，她身上带的钱几乎全叫乌骨鸡赢了去，她一坐庄，乌骨鸡不是自摸就是清一色，所以江小婷回去的时候也是气呼呼的。我想安慰她一下，就说明天干脆带她去买件衣服，小婷说，算了，你还是给自己买件皮衣吧，冬天来了你总得买一件皮衣吧，本来我想给你买的，现在都输给那个小琳啦。江小婷的情绪还停在刚才的牌桌上，她对那个小琳自然一肚子不满，大毛怎么会喜欢这种人，又贼又财，你看她盯我的样子，就像我们欠了她的。我把大毛那天说的事告诉她，又说了乌骨鸡的印象，果然小婷解气地大笑，像，真的像，哼！物以类聚，也只有大毛这种人才会找她了，大毛配她倒是一对活宝！这当然是江小婷说的气话，却加深了我的一个印象，说起来当时在牌桌上就有了，我在想大毛砸牌的那个动作，那么的气急败坏，简直就像破罐子破摔，要跟我们同归于尽一样。这已经不是我以前熟悉的那个大毛了，我不清楚的是那些凶恶的东西是不是一直藏在大毛的身上。还是后来才冒出来的？

那天还发生了一件事，下午大毛的门面上卖了一个空调，三个浴霸，可账本上记录的价钱却和我知道的不一样，不知道出了什么错，当然在弄清楚之前我也不打算说什么。

十四

冬天是家电销售的旺季，因为接下来要过两个新旧年，结婚的人比较多，而且我们这儿夏天不热，冬天却很冷，城里不让生煤火后，一到冬天，年老体弱的人家就开始筹划着买空调、买浴霸。但即使这样到家电城的顾客也没多少，尤其上午，门面上冷清得连人影子都见不到，生意能成交的当然就更少了，多数人只是随便看看，闲逛一圈，比较一下价钱。小唐却说现在的生意已经算不错了，去年才叫惨，有时候连下午都难得见到人。小唐就是老管请的那个大学生，他是学工科的，几年前从学校毕业后分到他老家附近的一个快垮台的磷矿厂，小唐不愿意回家，也不愿意被分到磷矿厂，便在老管这儿留下来。

我刚来的那两天小唐一直在套我的话，他似乎很想摸清我和大毛的关系，表面上他大概已经感觉到我和大毛的交情不浅，不过他还是想落实一下，这小子这么做当然是有他的目的。那天我跟着大毛到他的门面上，大毛只是说以后门面上的事就交给老林了，你们两个以后都听老林的。当时在场的还有小陈，小陈在门面上专门负责安装、接货等杂事，他是农村来的孩子，年龄和小唐差不多，但一看就知道比小唐老实。两个人听了大毛的话，小陈憨憨地冲我一笑，小唐呢，一下子整个人的脸色都变了，又是擦眼镜又是擤鼻子，别提多不自在。当然我也能理解，本来这门面就是老管交给小唐负责的，而且他也管理得不错，虽然现在到处的生意都在喊难做，他还能够让这儿略有盈余，已经相当难得了。

老管在他的门面上卖的家电多半都是些次等货，水货居多，优势就是价格，顾客也多是些图小便宜的，让这些人掏腰包可不容易，小唐却有这种本事，他本来就是学工科的，专业术语一套一套，听得别人直发愣，头一回听连我都有些相信那些品牌机也不过如此，说实话，我还是挺佩服小唐的，口才倒是其次，现在没点真材实料你怎么去打动别人？也可能这个原因，小唐最初一直在玩脸色给我看，尤其到月底发工资时，他知道我一个月是两千，和跑业务的老王一样是公司里挣得最多的，更让他受不了。

我已经有一段时间没去公司那边了，最初几天，每天下午下班后都是我把钱结完后送到会计那里，但这样一来我就不得不跟老管见面。说不清为什么我会突然间对老管有些反感。他当然对我还是很客气的，可他那种拿腔拿调的客套里一下子总能让我感到自己是在别人手下讨生活的，再有遇到老管忙的时候，他见了我也不理不睬，我有一种被人轻视的感觉，但我也不知道老管是不是在轻视我，所以后来我干脆还是让小唐过去了，反正这原来就是他干的。门面上老管一直没怎么来，我记得我在那儿的几个月里他也只来过一两次，还是他突然想起来找我去小姚红陪他喝酒忆旧，有时候一起喝酒的还有老管的生意上的朋友，这时候老管常常把我当成个话题介绍给大家，他把我的事情从头到尾向别人说一遍，他兴致这么高，我也拦不住，这家伙还不停地要我补充说明。实话说这件事听多了，我心里也会疙疙瘩瘩的。我是什么福将？整个一个三陪！而且那帮狗日的，男欢女爱听够了，听我的事还直叫过瘾，这一点尤其让我受不了。

　　那天下午顾客不多，我正在和小陈杀象棋，一个女孩从外面走了进来。起初我以为是顾客，正准备去接待，女孩却问小陈，咦，唐春林呢？原来她是小唐的朋友。尽管我对小唐不怎么感冒，但对这个女孩，实话讲我还是挺有兴趣的，女孩背着一个双肩包，净黑色的短上衣，看起来很干净，也没有大毛那只乌骨鸡那么些花哨，后来我才知道她还是一所大学里的在校生。

　　我抢在小陈前面说，小唐啊，他出去了，你等他一会儿吧。女孩嘴里正在嚼一块口香糖，她看着我，很认真地朝我点了下头，接着她在我们的门面里转了一圈，自言自语地说，这儿怎么老是这些东西？我抬起头来接过她的话，我说家电当然是这些东西，还有什么？这时候我和小陈的棋已经进入残局了，他的双马对我的车炮，我说和了吧，小陈点头同意了，我把手里的两枚棋子丢回桌上，让小陈收棋。女孩朝我们这边走来，边走边说，起码应该卖点像那种电子空气清新机，有的话我都买。这东西我还没听说过，但我说，买那个可得有点档次，不过说话算话噢。

　　下回我进了你可要来买。女孩这时看了我一眼，忽然问，你是新来的吧？我笑了笑，说我可是这儿的老职工。女孩说，那我怎么没看见过你？我也是这样回答她，我还不是没看见过你？说完我俩都笑了。小唐就是这个时候走进来的，他去厕所蹲大便回来，可能后一句话他回来时听到了，又看到我跟他女朋友有说有笑，气得厉害，手里一本书被他飞一样丢到墙角，他问他女朋友怎么来这么早，电影七点钟才演。小唐垮着脸，在屋子里晃来晃去，一副很冲动要寻事的样子。最后他是这么干的，他走到我这儿，把提包里的票款拿出来。他说他们要去看电影，要先走一步。老林，干脆还是你到公司那儿把钱交了吧！小唐把票款一下子丢到我面前的桌子上。

　　我平时并不是一个难说话的人，而且老管门面上这两个伙计又比我小那么多，很多事情上我都还让着他们，但这个时候小唐显然就是来找麻烦的，没准他还想表现一下他的威望，当着他的女朋友，他想从我这儿找点面子。我当然不能给，所以我说，你去哪儿还不是要把事情先做完？！小唐一愣，他大概没想到我会拒绝得这么坚决。你去交一下还不是一样？他如果软一点，比如说帮帮忙，也许我也就算了，但他说得这么生硬，我自然也没有讲情面的余地，我的脸也彻底垮下来，我说，这事你都不干，老管还请你干什么？！事情发展到这时候，我们俩都有些下不了台，我们就这样睁大眼睛定定地瞪着对方，小唐先沉不住气，他气呼呼地把装票款的钱包捡起来，又朝我扔了句，有什么了不起，我去就我去！然后一甩手和他女朋友出去了。

　　我气得够呛，小唐这一下把我的火气也引着了，很长一段时间我都在那儿一动不动地坐着生闷气。我在想，他妈的，老子都成了这样子了，给大毛打工受点气都算了，还要受这个小兔崽子的气——要不想个办法收拾你，我也别活了，这四十年都白活！这两天小唐一直在抱怨他的收入，他的广州同学如何邀请他，又说去广东打工他可以挣多少多少钱，还有他谈上因特网电脑时那副轻狂相，从前这些被我认为只是年轻人傲气的东西，这时候都让我觉得格外的刺激，当时我就这个想法，要不把你整死，我就别姓林了，我跟你姓唐！这之后我一直在想收拾唐春林的办法，到晚上七点钟，很可能就在小唐搂着他的女朋友在电影院里看《不见不散》的时候，我的办法也想出来了。

十五

星期六下午来了个买吊灯的中年人，他花了三百块钱很干脆地买了个水晶吊灯。其实他是我们家的一个朋友，是我专门请来对付小唐的。那天晚上我想了半天，就是在想一个抓住小唐尾巴的办法。前面我说过，我来的第一天就发现每天的账面实际上都是有水分的，当时我就怀疑是小唐干的，况且门面就这么大，每次来人都是他在接待，怀疑他也是很自然的事。

小唐吃钱的方式其实很幼稚，老管给他一个底价，谈成的部分他就扣下二十元，也不多，每次都是二十，我观察他很多天了，发现这个特点我都觉得可笑。揭穿他要费些功夫，我请朋友来买东西就是为了和他对质，否则打草惊蛇不说，小唐还未必承认。果然这一次他又做了手脚，等我拿出收据，这小子就慌了，脸一下子煞白。我没想到的是小唐只有这么点胆量，平时这小子总是一副趾高气昂的样子，好像在这儿干屈了他多大的才，动不动就扬言要跳槽，要去广州，对农村来的小陈更是随意使唤，他大概也没想到自己转眼会变成这样一副熊样，而变成熊样的小唐反过来也弄得我觉得自己挺没意思。我说你怎么不多拿点，二十块算什么？有本事就多拿点，这世上钱多的是，就怕你不敢拿！

小唐差不多要给我跪下了，他求我不要告诉别人，这时候这家伙又说了一句不要脸的话，他说还不是在谈朋友，工资又这么低，女朋友买这买那都得要钱。我骂他一句，他妈的，不是我说你，你弄这种钱能买到你女朋友的心？！我想起那个背双肩包的女孩，我不知道她怎么会喜欢上这么个人。我跟小唐说下不为例，他忙不迭点头答应。二十块钱当然可以把一个人看扁的，但我也没有准备告诉老管，我想算了，反正我已经替他把漏洞堵上，犯不着为这点事得罪谁。不过，这样一来我接下来的日子应该很好过了，我让大学生每天清晨也来参加打扫卫生，他和小陈一人一天，中午打盒饭也是一人一天。我知道这时候大学生什么事都会答应我。

因为是星期六，快下班时小唐的女朋友又来了。这之前我和小唐像什么事都没发生一样杀了盘棋，自然是我赢了。下棋时我想起在都市报上看到的一则克隆羊的消息，我问小唐克隆羊是怎么回事儿？小唐就像找到一个表现的机会，呱呱呱开始向我解释起来。说实话他这么解释我还是不太懂，什么叫基因的自我复制？小唐说，美国有部电影就是反映这个，主人公复制了几个和他一模一样的人，比双胞胎还要像他，一个替他去工作，一个替他去和女友约会——我说不会吧，这克隆——就是一模一样也得长个几十年吧，这个人又在不停地老下去，怎么会像呢，还是不会像！小唐一愣，他显然也没这么想过，回过神来他就开始夸我，还是林哥有经验，这样说才对，这样说这世上真不可能有一模一样的人。这小子终于不叫我老林，而改叫林哥了。他女朋友来时，小唐招呼我一起去吃饭。我说，你也别这样，我跟你说的话，你好好想想就行了，听不听在你。听，听！别人的话可以不听，林哥的话一定要听！临走时小唐故意把话说得油了吧唧的。

其实那天最大的发现还是小陈。这之前我总觉得小陈只是个不太引人注意的人，一个农村孩子，他在老管这儿搞的是安装，去车站提货的也是他，应该说他是门面最忙的，但他总是不声不响就把事情做完了，又不声不响地退到一边。没人找过他麻烦，他也没找过别人的麻烦。以前我总认为这是农村人的老实和本分，他的确也给别人这么个印象，但那天我改变了这个看法。因为出了吃钱的事，我想查看一下账本，下午很早我也把小陈支走了。小陈走之前把地拖了一遍，然后他就把工具包放进他的箱子里。锁好后小陈有个动作，走了两步他又倒回来看了看那把锁，正是这个动作改变了我的想法。小陈和大学生在一起这么久会不知道他吃钱，他可以回头看一把锁却看不出大学生吃钱？这似乎不合情理，但他知道了这件事，又为什么要忍受大学生对他的指手画脚，还要为他端茶倒水？这也很难从农村人的角度来作解释。还有那天我跟小唐争得几乎吵起来，小陈怎么忽然间就不见了？一下子我当然无法看出背后的含义，但有一点可以肯定了，小陈是个人物。

十六

有两件和我相关的事情正背着我悄悄地进行着。我先说第一件，是新年第一天发生的，元旦那天江小婷请我去她家吃饭。记得八年前我常陪江小婷一起回家，吃饭当然并不代表什么，而且又是因为过节，但我一下子想到了陈新民，过节他总归是要去的，那种场合下遇到了难免会有些尴尬，我没料到的是我面临的局面比我想像的还要难堪。江小婷说陈新民不会去，他要值班。但那天实际上陈新民还是去了，而且除了我谁都知道江小婷要带她未婚夫回家，只要审查一通过，她就马上结婚，结束她的单身生活。江小婷唯独没有告诉我。

这已经是第二次了，头一次把我说成是她男朋友时江小婷刚满二十二岁，没想到到了三十岁江小婷还喜欢玩这个，大概她以为这样一来他们家的人包括我都无法再反悔了。那天我着实准备了一下，买一大堆脑白金一类的礼品，因为知道江小婷的二姐刚生了个小孩，我还特意选了几袋奶粉。至于我，新买的皮衣，脖子上还围着一块真丝碎蓝格围巾，别提多精神，原本我的想法是这么多年没去小婷家了总得弄得像个样子，别让他们觉得我出了次车祸就像倒了多大的霉，但结果呢，好像我真是奔那个未婚夫的位置去的。

中午十一点我准时摁响了小婷家的门铃。小婷家新调了一套房子，虽然是旧的，却比原来的大，小婷的父母原先都是工人，现在退了休，也没装修的兴趣，刷了一遍墙就搬进来了。我提醒自己一定不要忘记说恭喜乔迁之类的话。这时候门开了，小婷替我开的门，她身后——我不会夸张，简直可以说一刹那儿同时冒出五六张脸来，那些脸上的表情变化也都差不多：先是吃惊，然后泄气，无一不是目瞪口呆的。后来我知道江小婷事先还给他们约法三章，不准乱问、乱讲，结果自然成了我看到的样子。江小婷的父亲更绝，一看是我，扭身就进厨房了，她母亲也跑到阳台上。小婷却来接我手中的提包，故意说，天，买这么多东西干什么？但那声音就像在舞台上演戏，别提有多假了。

我不知道怎么回事儿，但我知道我还没走进门，就把这些人得罪了，我又不蠢，那种异样当然看得出来，但我想总不会因为我来早了吧，不是小婷说的十二点——没想到那原本就是一个陷阱。那天小婷的大姨也来了，她是小婷之外唯一和我笑着说话的。我赶紧问候她，大姨，身体还好吧？大姨说，好，就是最近下半身老风湿痛，老毛病啦。大姨仰坐在沙发上的确不能动。我把礼物分发了，小婷的姐姐、弟弟们都有份儿，他们都是年轻人，也不好不和我说话，便和我闲扯了几句。大姨问我是不是上班了，在哪儿上班？我告诉她在一个老朋友那儿给他帮忙。大姨说就是，慢慢混着再说。过了会儿，我去了趟厨房，小婷的父亲正在做团圆饭，一见我就把一团肉倒进油锅，油雾像股浓烟一样扑出来。江小婷的父亲一直对我有成见，这点我知道，不过以前他还不会这么明显地表露出来，这一回他可没这么好的涵养了。我在门口等了会儿才笑着说，江叔，听小婷说你腰不好，我给你带了两瓶肾宝。老头还是不看我，压着嗓子说，你没看见我忙吗，放在外面吧。有话总比无话好吧，我又去了阳台，小婷的母亲正在那儿浇花，浇了一遍又一遍，我说阿姨，浇花呢。啊，来啦。老太太不会掩饰，过了会儿，终于忍不住问我，听小婷说你出了车祸，好了没有？好了，好了，都已经七八年了。你爱人去日本了？嗯，我们离了。听老太太的口气好像有些松动的意思。

就在快开饭的时候陈新民到了，提着两大袋水果。一进门就跟所有的人打招呼，除了江小婷，也除了我。江小婷的父亲也真做得出，提着锅铲就从厨房迎出来，来了，唉，还买什么东西呢，小陈啊，这里就跟自己家一样，不要客气。好像陈新民提来的不是水果而是一口袋金砖，至少比肾宝好。陈新民忙说，不客气，不客气。江小婷一直用眼角狠狠地瞄他，但陈新民竟不理会，跑到大姨这儿从口袋里摸出一盒药，说，大姨这是我给你找的一种药，专治风湿痛的，大姨自然要谢他，陈新民说不客气，在门口换了双拖鞋就跑进厨房帮忙去了。这时候我终于看出点苗头——陈新民到江小婷家是来示威的，他越是不说话，越是埋头做事，就越能激起大家好感和同情心。江小婷的姐姐、弟弟们倒有些为难，一面接受了我的礼物，一面又抹不过情面，这时候就算他们向着陈新民也不太好表示了，干脆溜到另一间屋子里。那段时间对我来说真是种折磨，关键是我又是毫不知情的，我开始怀疑是江小婷自己在中间搞了什么鬼。我看了江小婷一眼，她正在吃指甲，她摆出一副无动于衷的样子开始吃指甲，吃得很专心。

　　饭桌上的事不用提了，那真是亲疏有别，人间冷暖，江家一家人都在替陈新民民警布菜，我和江小婷坐在那儿就像一对傻瓜。吃完饭我准备先走，但陈新民抢先一步，他说要赶去值班，我就不好跟着他了。这时候我正坐在火炉旁烤火，除了我和江小婷，一屋子人全动情地站起来，全是一脸的歉意，江小婷的母亲说，小婷，去送送新民——一个说不用送，另一个说，他又不是不认识路。两个人竟像仇人一样不看一眼。陈新民走后，江小婷的母亲说，你怎么对人家这样——江小婷说，怎么样，要怎么样？我让他别来还要来。江小婷的父亲说，怎么说，人家也是你的男朋友。这话显然是说给我听的，江小婷马上反击，他才不是我的男朋友！谁是，那谁是？！江小婷不说话了。我怎么跟别人交代嘛，弄成这样……我觉得再坐下去就有些不知趣，忙起身告辞了，江小婷跟着我站起来，她大概想跟我走的，我虽然心里气得要命，但还很平静地说，过年嘛，你就不要到处乱跑了。

　　我在街上走了两条街才知道江小婷还在后面跟着我。那时候我已经把江家发生的一切都理了一遍，可以肯定了，问题一定出在江小婷身上。不是我不帮你，你自己弄成这样你自己收拾吧！我在街上气冲冲地走着，心里一边骂着江小婷，所有难听的话我都骂到了。江小婷在我身后不远的地方跟着我，她也不追上来，而是远远地跟着。那天是个嫩阴天，因为是过节，所以街上出门闲逛的特别多，尤其是那些三口之家，孩子手里还拿着一只蹦蹦跳跳的氢气球，奇怪的是街上这么乱，这么多人挤来挤去，却没把江小婷挤掉，她一直在我身后大概十米左右的地方艰难地跟着。到百花电影院的时候我停下来，我走得有些累了，就在一排广告牌边停下来等着。江小婷慢慢地朝我这边蹭过来，我心里还在骂，你要是有理，为什么不敢过来？江小婷过来了，我冲着她嚷道，你跟我干什么，你去找陈新民好了，他那么好，又是警察，可以照顾你们全家——江小婷哭起来，又不是我喊他来的。我说，那你为什么要骗我？！你当我是傻瓜！——你们家那顿饭是做给我吃的？！江小婷哭着扭过脸去，肩膀一抽一抽地动着，我不这样说你会去？发完火，我的心也就软了，关键是这时候离我们五六步远的地方一下子站了几个不相干的人。我觉得我真的变了，换到过去我还不坚决地让江小婷滚蛋，现在，我却张不了这个口，而且我看得出，江小婷哭天抹泪的样子是真的伤心。我想也好，反正都得过这一关，过一关是过，过两关也是过，而且这么过也没什么不好的。我开始哄江小婷，我说好了好了，别人都在看我们。让他们看！行了，行了，我错了行了吧，欠你的！江小婷还要讲条件，她指着电影院门口一个卖糖葫芦的地方，让我去给她买。你那天答应的，都没给我买。我从口袋里掏钱，买，买，我说，我欠你的，行不行！

我们睡了觉。江小婷和我的物以类聚终于大功告成了，那一天也是我对"不是冤家不碰头"这句话体会最深刻的一次。天黑后我们都兴奋得睡不着觉。江小婷忽然说，要不，我们搞一个餐馆？我干脆辞职算了，那破地方我早就不想干了，我们一起搞。我有——搞一个餐馆要多少钱，三万够不够？我跟前出现一个画面，一家餐馆门口坐着一个一动不动的酒鬼,既有点像我又有点像我父亲,一个长得像小婷的老板娘说,喝,一天就知道喝,喝死你。这其实也是我从小就看惯了的,我马上说,不好!

十七

那天老管的大买卖也终于向我露出了全貌。原来他想和老秦做二手 CT 机和 B 超机生意,老管说老秦原来在医院时在全省都有他的关系网,靠这个老秦可是捞了不少好处,可以通过老秦把水货机子卖给那些小医院,而他在广东那边有个朋友正是干这个的,刚好可以联手。

这当然是第一步,老管说,搞得不好的话,也可以赚个三几十万,搞好的话,就可以赚四十万——这话当然要老秦解释才听得懂:原来老管一直想的是要做老秦的货,CT 机只是个诱饵——到时候老秦和他都会带五十万去广东,老秦也可能是四十万,就在路上、旅馆里有人用迷药把他们迷昏了,把一百万提走。我都想得不能再清楚了,每一个步骤实际上都可以说想到了,拿钱这个人,因为钱嘛——我想让你来干。可问题是老秦答应得好好的,又开始犹豫了,这家伙贼精贼精的,像条狐狸一样狡猾。接着老管说了实话,他说现在他也就这点钱了,再不想办法押一宝,以后也难有这种机会。那天老管的办公室里乱糟糟的,地上桌上到处都丢满了废纸,老管就在这些废纸上走一步说一步,唉声叹气,老管急得仿佛一只热锅上的蚂蚁。

我坐在沙发上,静静地抽烟,一边听大毛讲他的计划一边想自己的心思。很难讲这时候我是不是在同情大毛,但有一点看来是对的,江小婷误打误撞地说过一句话,大毛这种人也能发那不是满地都是钱了,江小婷不小心说出来的,却是真理,大毛没有赚钱的天赋,也就是没有发财的天赋。钱这种东西其实很娇气的,它只往热火的地方跑,老秦这种人才是一副发财相,你说他贼也好,狡诈也好,但他深通钱的品行,这种人不发谁发呢？某一瞬间我心里甚至忽然有了种幸灾乐祸的情绪，大毛啊，大毛，你也有今天，你那点得意洋洋、小人得志的管总派头到哪儿去了？大毛还在我面前走来走去，就像一只走马灯，不停，不由自主。大毛瘦了，最近一段时间他瘦得厉害，尤其这时候，他从我面前晃过去一次好像都得掉一层皮。

我开口说，就不能跟老秦好好分析一下，做做工作？大毛突然停下来，做？我没少做，他现在是不相信我，不相信这笔生意，饭都吃过多少回了，让我怎么做，该说的我都说了，我总不能做得太明显吧？！大毛朝我嚷起来，他的表情这时候就像一名无辜的孤儿，眼睛都有些湿润了，我又看到了从前的那个大毛，那个被人欺负，受了委屈的大毛又回来了，那时候他总是这么看着我。要怪的话应该是那个不可琢磨的倒霉运气，如果一直好或者一直坏下去呢，偏偏它又露过一回脸，让大毛风光过，现在的大毛只能是上不去又下不来。屋子里弥漫着浓浓的烟雾，而比烟雾更强烈的却是一种叫气急败坏的东西，是大毛做的搏斗，大毛就像一只困兽开始了他最后的搏斗——那应当是一种死亡的气息，你死我活的气息，它们从大毛身上散发出来，再弥漫在我的周围。

我想起一件事，是我出事前半年左右发生的，还没有人知道，因为我从没对任何人说起过。那天我在大十字过天桥时有一个陌生人把我拦住了，这个自称是九华山俗家弟子的人要给我看相。最初我把他当成江湖骗子，但他又说了几件事，我就猜会不会是谁在跟我开玩笑，很长一段时间我都是这么认为的，但谁会跟我开这种玩笑？我没有结论。临别时，这个人又说了两件事：一是下半年我会有一场大祸，必须离家北上；另一件他谈到了王岚，他说我那个属蛇的老婆是不会和我到头的。我还隐约记得当时那种莫名其妙的感受，我先是吃惊，接着隐隐地有些不安，我不想把它当成真的，但他说的我父亲，包括王岚的细节又如何解释？有段时间我的确生活在它的阴影里。命这种东西我从来将信将疑，半年后我逐渐淡忘，它却一一应验了。

我和大毛谈起这件事，那种被人玩笑的感觉，不知是真是假的惊慌。大毛却像发现了新大陆，他说，对啊，我们也可以给老秦下这味药，死马当活马医！我立即想起一个人选，他是一下子跳出来的——小陈。小陈那张老实的脸那么值得信赖，而且似乎永远都不会让我回想起来。大毛也表示赞同，他说刚好老秦也没见过他。小陈连夜被我们唤来。他真是个天才，知道了游戏的全部过程还是一副无动于衷的样子，我们给他找来一件旧西装，里面是一件褪色的T恤，一件开线的烂毛衣。改扮后小陈身上顿时有了一股风尘气，既固执又实诚，现在他已经是一位来自峨眉山的还俗僧人。说也奇怪，等我替小陈打扮完毕，我退到远处细看时心里忍不住就突地打了个冷颤。

　　小陈向老秦宣布的命运是这样的：你们家刚遭遇一场大难——多亏了你老婆，你老婆是个福星，才把这次大祸熬过去——最近你有一笔大财，在东南方向——关键是你女人那边，如果你女人那边不作怪的话，你就可以赚到这笔钱——我让小陈尽量说得含混些，女人是女人，老婆是老婆。我想到蒋美琴，这时候我让小陈加一句，你这个老婆好，帮夫，你的财路都是她给你带来的。这么说我觉得应该可以对得住蒋美琴了——等着吧，小蒋，你老公就要回来了！

　　第三天晚上，我和小婷正躺在被窝里看电视，大毛的电话就打来了，他兴奋地冲我喊道，成了！什么成了？我已经忘记这件事。老秦那儿成了，他答应和我去广东了！我打了个车去大毛那儿，大毛拿着一只信封正在等我，里面是一扎新版的百元大钞，一共两万。大毛说到底姜还是老的辣，脑筋好用。他忙不迭地夸我，大毛答应事成之后，再补给我八万。回去的路上我的手指又一次奇异地抖动起来，好像有虫子在里面爬着，使我忍不住想抓挠什么，我对司机说，真冷啊，把空调开开吧，可空调开到最大我还在不停地发抖。那叠钱一直在我手里，我控制不住一次次用手指在上面刮着。钱真是个好东西，就是摸着也让人心里舒服，大毛为什么没早给我呢，就在我们见面的时候，那时候我那么需要钱,他也没有给我,他让我替他打工挣钱,现在他终于给了,还要再给我八万。不用心算我也知道八万是 8 后面加四个 0,但它们会有 1 后面加七个 0 多吗?

我和大毛已经商量好了,过完年后就南下广东。那天晚上我将出现在那个叫腾龙的酒店,房间里会睡着两个不省人事的人,一个是老秦,一个是大毛,他们身边的口袋里一共有差不多上百万的现款,等着我提走——我为什么还要再把它们拿给大毛呢,大毛回头真会给我八万?我的脑筋里忽然一亮,尽管是晚上,但觉得我的全身都被它照亮了,我开始这么想,我不是有了张新身份证?我完全可以悄悄地离开那儿,到一个人群密集的地方一头扎下去,就像一滴水融进大海——我还有什么可留恋的?没有!一点都没有!!到我下车的时候我的牙齿几乎开始打起架来,天气的确太冷了,到广东就好了,那地方现在有二十多度。车门在我的身后砰地关上了,然后那辆车悄无声息地向前滑出去,又悄悄地开远,泥泞的地上只能看见两道肮脏的车痕。冰冷的雨点落到我脸上时,我想起了江小婷,我想起她还在我那儿等着我。

十八

我还是决定走,一旦下定决心,我也就从那种可怕的煎熬中挣脱出来。四十年了,我还是第一次把自己推到这么一个摇摆不定的位置,从前我也有过面临各种选择的经历,无数个机会摆在我面前等着我去抉择,但骨子里那些东西——我知道——充其量都只能算小儿科,和谁结婚,和谁做不做生意,说白了全是游戏,都是可以推倒了重新再来的。

但这一次不同了,这一次要我选择的是生或死——从我手指不停颤动的那一刻,那个念头出现在我大脑的那一刻,这种煎熬就没再停止过。一个理由翻上来说,干吧,你都四十岁了,这可是你最后一次机会。但另一个理由会立即把它压下去,你都知道自己四十岁了,离开这儿你还能去哪儿?

我带小婷去买衣服,去了我们这儿最好的商店,买了套法国时装和化妆品。这是八年来我第一次替小婷买东西,也可能是最后一次,我没有理由再吝惜。小婷都有些怕了,她说,你下个月不准备过了?不是下一个月,而是以后的全部,我只能用这种方式来补偿她。小婷是个粗心人,否则她应该感觉到我的举动绝不像是一个去外地出差的人干的,但没办法,她就是这么粗心,另外新衣服也的确让她陶醉。我们疯狂地做爱,那几天我的情绪已经提前亢奋,就像有一种神秘的力量支配着我,我恍惚间甚至有了一种错觉——我能够飞,真的能够,只要我愿意,我就能轻轻松松地离开地面,穿过那层薄薄的天花板,一直飞到天上去。上床是我平息自己最好的办法,那段时间我简直成了一名浇花的园林工人,而小婷也正像一朵被喂养好的花,她的皮肤奇怪地变得透明而细腻,只是一两天她就变得容光照人。当然,也有我控制不住的时候,夜深了,我会忽然从小婷身上爬起来,我说,你听,这是什么声音?但她听到的总是汽车在高架桥上呼呼地开远。就是不做梦我也能感到心脏正在被针一样的东西穿过,被咬噬——我是不是已经老了,已经老得不能再承受这些乱七八糟的东西,我会伤感,还会胆怯,还会像土财一样守着我的一无所有。有一天我坐在窗口,默默地望着窗外阴沉沉的天空,我发现很长一段时间它都是一成不变的,下面就是我的城市,即使过年它也是这么陌生地沉寂着,从前的狂欢不见了。我在这儿住了四十年,我的父母都死在这儿,可这时候我才发现其实我并不喜欢它。这时候忽然一只冲天炮呼啸着从我前面穿过去,我被吓了一跳,过了会儿,才听到它在极深极高的半空中炸响的声音。我问江小婷我是不是老了?江小婷是这么回答的,不老啊——你去染一绺黄头发,别全染,只染前面,别人准以为你只有二十多岁！多么好的人，我们却必须分手。

那个时刻终于来了，因为第二天一早我就要坐火车赶往广州，所以我让小婷先回去了。这之前我们去一家录像厅看了一场录像，选择这个地点告别我也觉得怪，我们已经这么多年没看录像了，还是我跟小婷谈恋爱的时候，我们爱往这种地方跑，因为那种两边高中间低的高靠椅最后总能让我们挤到一起。这一次我们却没在里面呆多久，我们俩都受不了里面那股说不清的气味，那种汗腥和陈尿混合的气味，就像一个牲口棚。我们只得离开了，在街上慢慢地走着，逛了逛夜市，大概十二点的时候我提出送她回家。我以为我们就要这样结束了。

快到小婷家时她忽然想替我买条烟，就是这时候出的事。我对小婷说，算了，明天我到车站自己买吧，小婷说，车站全是假烟——现在买还不是一样。小婷低着头从提包里拿钱。问题是烟酒铺在我们对面，买烟要走过去，我说我去吧。我从小婷手里接过钱准备替她跑一趟，我还记得小婷追着我说，买三个五吧！

事情出在我去的路上，我过马路的时候右边的高架桥上突然下来一辆东风大卡，开始它还很正常，我完全有把握抢在它之前从马路中间穿过去。可到坡角时它开始加速了，那辆客车发了疯一样飞驶起来，在我眼里它气势汹汹地奔来，那两盏越来越大的车灯也像一对怪兽的眼睛。小婷说当时我明显愣住了，就像不会动，之后才朝前一跳，来了个前滚翻。

车子擦着我的身体冲了过去，卡车尾部扬起一股巨大的气浪，尘土迷住了我的眼睛，过了最初的那一瞬间惊恐，我从地上爬起来，朝那辆越来越远的汽车追了几步才一头倒在地上，我是脚软了。

小婷当然不知道我受没受伤，她尖叫着朝我这儿跑过来，那种悲惨的声音我从来没听到过，她的声音甚至比那个唤醒我的声音还要悲惨，也是这段叫声让我知道了我对小婷来说有多重要。我坐在地上开始破口大骂，原话当然已经忘了，但有一句话小婷说我一直在说，撞吧，撞死我算了，说到这儿我用手在胸口比了一下，我的意思——你们可以从这儿压过去。

当时有许多路人围着我们，刚才还清冷的街道一下热闹起来，也不知这些人是从哪儿冒出来的，一排汽车被我阻在了身后。

我没受伤，只是脚有些发软，我在马路边的台阶上坐了很长一段时间，刚才的情形也许真的让我后怕，也许理解成某种启示也未尝不可，所以后来我干脆抽抽搭搭地哭开了。我想起一件事，就在我前面做前滚翻的时候我忽然想起一件事，那时候我的头脑异常清醒——那年我就是替王岚到马路对面替她买洗发水时出的车祸，和今天的情形一模一样，但她现在正在日本。有了这件事，所有的过去我都回忆了起来，我把我所有的经历都串连成线，往事像电影镜头一样在我脑子里飞速而过。我开始笑，独自一个人捂着脸痴痴地乐个不停。那天我可是把江小婷吓坏了，她一直以为我的神经出了毛病。

十九

我没有去广东，也就是说从那个周密的计划中退了出来，替代我的是小陈。一个星期后传来了消息，大毛和老秦都死在了广东那家叫腾龙的酒店里，他们携带的巨款自然不翼而飞，小陈成了最大的嫌疑对象，但没有人找得到他。

小陈真是个天才，他比我厉害，也比我走得更远，更彻底，他不光要财，还要了他们的命！有一天警察来电器城找到我们，他们准备按我们的描述给小陈画一幅像，但我们中谁都想不起小陈的相貌了，甚至我们在街上看到的每一个背影都觉得像小陈，小陈像所有人。没有人知道小陈的家在哪里身份证号是多少，这些资料，在大毛的公司里竟然没有！小陈就像一缕青烟从我们这座城市里消失掉。现在，小陈成了融进大海的水滴，无处不在，他是颗身价不菲的水滴，也是一颗幸福的水滴，有时候我会带着一种会心或者惋惜的心情想起小陈，那个已经没有了脸面的人物，竟会让我牵挂——他是我的延续，甚至可以说现在的小陈是作为我的一部分继续生活。

跟 上

我妹妹结婚以后搬到她丈夫家里,她原先住的房间便空了出来,第二天我父母就打电话催我搬回去,这也是我们事先商量好的。那天我刚好有个约会,我在电话里对他们说,不着急嘛,反正那房子空着也不会飞掉。我当时的确这么想。没想到这么一拖就是两个月,我一直很忙,几乎没有时间考虑搬家的事。我的意思是说,到底搬不搬回去我还没有考虑好。我父亲于是天天打电话催我,我回答他们老是那几句话,母亲倒没什么,我父亲显然急了,他先骂了我一顿,然后说,你老是这么忙,干脆,我替你把东西搬回来。我以为他在开玩笑,跟他笑喀喀地说,那可累着您老,那些破烂,我看着都头痛,整理起来,少说也得费上半天时间。父亲说,没关系,反正我们也没什么事。但这时候我仍然以为他在开玩笑,我听到他在电话里笑,也就没有太当真。

有一天下午我从一家工厂采访回来,等走到我住的那间小屋前,用钥匙刚把房门打开,我就愣住了:里面什么也没有了,只有一张床、一张桌子和两个装资料的书柜,都空空的,碎纸、烟头和用过的罐头瓶、啤酒瓶扔了一地。这几乎就是我住进来以前的样子。一时间我真有些不知所措，我否定了走错房间的可能性，因为我听到隔壁司机班的师傅们正在下象棋，他们的习惯是把棋子砸到棋盘上还要恶声恶气地骂一声对方的娘，这是我左边。右边是个只有一个蹲位的公厕，这时候大概有人刚刚解完手，那人用手提着裤子，把一只脚抬起来踩在抽水马桶的按钮上放水。一定是这样，水箱里的水跟着一段大花轿的哼哼声放了出来。没错，我在这儿住了两年了，这些细节即使让我闭着眼睛也能猜到自己正站在房间的哪个位置，就说我头顶——这时候我头顶上没有声音，声音要等到半夜，这幢楼是原来的老办公楼，不隔音，一户搬迁户强占着整个二层楼。我头顶上就住着他们的儿子和儿媳，两个人总要过了午夜才开始折磨他们吱嘎乱响的双人床，还有他们临睡前总要在脚盆里很卖力地洗脚，那声音听上去甚至比有节奏的双人床还要色情。

这些，这两年我听够了也已经开始习惯，很难想像这一切都要不存在了。

我站在房间里把这些都想了一遍，说实话，我有些难过，毕竟我在这里已经生活了两年。两年前它还破旧不堪的，连幅窗帘都没有。当时得到这间房子并不容易，我打过无数份报告弄到手时它还是间集体宿舍，好容易等另外一个人结婚搬走了，我请来几个朋友帮我把它重新粉刷了一遍，又在窗户上补了两幅窗帘，把它弄得和新房差不多。我想起进门时收发室的张大爷对我说你父亲来过又走了。我当时只是点点头，现在我明白了，他的意思是说，我父亲把我的东西都搬走了！很明显我父亲对我一拖再拖的作风已经不耐烦了，他毅然决然地替我做出选择，心目中肯定把我搬回去住当成一件必然的事情，这对他或许再自然不过的，他甚至没有再给我时间继续考虑下去。父亲有我房门的钥匙，所以他能够这么做，这也是我的错误，是我一系列错误中铸成恶果的一个，我失去了自己的房子。更糟糕的我预感到这仅仅是个开头，我再没有好日子过了，从今往后我再也没有好日子过了。记得两年前王岚曾向我提出过类似的问题，你老爹干嘛拿着你的钥匙呢，从这一点来看，我就不得不佩服她的预见力。

两年前王岚还是我的女友,同许多人一样,我们也是从对方的身体开始相互了解的,我得承认每次我们俩单独在房间里的时候我总显得紧张得要命,尤其是白天,门外只要稍稍有点钥匙串的响动,我都会立即从床上跳下来,我站在离床尽量远的地方,催促王岚赶紧把衣服穿好。自然,并不是每次钥匙串的响动都是我父亲发出,我说过我旁边还有个司机班,那些年轻小司机从我房门口晃着钥匙走过去,听起来也像随时要把我的房门打开来。起初王岚还和我配合,后来她就疲了,她慢吞吞地开始穿内衣,问题是王岚穿上衣服就不会再脱了,所以这时候她总是忧怨地说,你父亲拿你的钥匙干什么,他的好奇心是不是太重了?头一回听到这种说法我还愣了一下,我猜不出王岚为什么对我父亲的印象这么糟糕,而且说起来这个印象好像还是我转给她的,这样我又不得不替我父亲作一番开脱,我说他只是来看看我,没别的意思。那时候我父亲刚刚退休,还没有找到消耗余力的地方,来看我的次数的确频了点。有意思的是我和王岚单独在一起的时候我父亲一次也没有遇上——这么说好像是在讲老天有眼,但当时我们却不得不为我父亲随时的到来耗去一部分心力,这样对两人世界的感受可想而知,也怨不得王岚要发火。只是我不可能因为这件事去责怪我父亲的,两年前我还是个健康青年,每个周末回家一次。

钥匙是我主动交给父亲的,因为这之前我已经丢过两串钥匙,此外把钥匙锁在房里的事也时常发生,为了避免这些在家里留一把备用也是理所当然的。这也许是我所有解释中最合理的一个。有一段时间我和王岚由钥匙引发的争吵的确非常多,弄到最后我们都有些厌烦。那你说怎么办吧?有一次我忍不住问她,你听王岚怎么说——你不会砸啊,砸坏了大不了再配一个,我看你是长不大了……王岚故意把话说得惊心动魄的,从前这些听上去只是斗嘴的说笑,现在来看却像谶言一样。

我猜想父亲一定不会去惊动什么搬家公司,我那点东西,他只要在街口随便叫上一辆板车，花上十块钱就可以让个民工轻松地装走。这几年父亲来报社看我时便结识了不少人。他们大概都见到了林大爷正在给他的儿子搬家，林大爷用儿子的钥匙打开房门，再把里面的东西全部搬走。别人都在为了争取一间房子作努力，而林大爷却大公无私地把房子让了出来。路过收发室时我看见张大爷正在里面聚精会神地收拾一双旧皮鞋，那是我的，或者说曾经是我的。父亲准认为这双破鞋拖回去没什么必要，就送给张大爷在乡下的什么侄子了。幸亏张大爷擦得那么用功，否则他抬起头怎么跟我打招呼，林老师回家啊？

　　我不想回家，至少这个时候。一打定主意我反而显得茫然了，在大街上我不断阻挡身后的行人，因为挤，后面的人要超过我也不容易，他们只好在后面用力地推我。这么踮着脚尖走了一段路我就烦了，因为我并不急着去哪儿，所以路过一个冷饮店时我就走了进去。我选择了一个靠窗的座位，要了一杯名字叫黄昏幻影的饮料。这地方原来我和王岚在一起时经常来的，我们一般就喝这种有三种不同颜色的饮料，我们喝出它是用果珍做的，但一直没弄清楚它们为什么能分出三个层次，而彼此间互不混淆，到最后，杯子中残留的部分的确像黄昏时天空中最瑰丽也最迷离的那部分云彩，每次我们都留下三分之一在杯子里，不把它喝干净。

　　我对着街面坐着，外面是熙熙攘攘赶着回家的人流，差不多所有人都一律行色匆匆埋着头走路，偶尔有一两个抬起头隔着玻璃看我，神色也是十分惊愕的。我开始震惊他们强烈的目的感，而后又有些沮丧，的确在这种时候，我比谁都更像一位在外地旅游的观光客，与周遭的一切都毫不相干。最后我的眼睛落在对面宾馆外的玻璃幕墙上，那里有几个清洁工人正吊在半空中用一种特制的刷子擦洗着玻璃墙体，显然工作已经接近尾声，他们的位置也越来越低，不久就可以降到二楼的平台上。我想说的是我从来没有看到清洗建筑物外部，通常我以为这项工作是通过自然降水完成的。他们做得很不错，蓝色的玻璃幕墙开始发出一种清洁幽深的反光，闪亮簇新如同镜面，映在上面那个渐渐西沉的太阳犹如一个新鲜而安静的卵黄，还有对面也就是我所在的这幢低矮的建筑也能够看到。这时候思考一些严肃的问题是很自然，我顺理成章地开始猜想父亲让我搬回去的真实动机：妹妹走了，我就得搬回去，这中间的逻辑是什么？父亲如此急迫而固执，似乎正在用我来填补由于妹妹离家带来的空缺。我觉得自己比往常任何一个时候都靠近真相，但我又想，会不会是个错觉呢，就像那个印在玻璃墙上的太阳，尽管比往常清晰，但我知道它并不是真的。

我去了妹妹家。妹夫小安没有回家，大概还在下班的路上，妹妹正盘着腿坐在沙发上看电视，看见我她第一句话就是，你怎么来了，你不是今天要搬回家吗？看来她什么都知道了，这倒好，省得我作一番解释了。我在防盗门外耸了耸肩，妹妹才开门把我放进去。我在沙发上坐下来，等着妹妹翻箱倒柜给我找吃的。这还是我在他们蜜月后第一次上门，我仔细打量了一下，他们的房间还来不及收拾，走道被一些大大小小的皮箱包裹填塞着，妹妹和妹夫刚刚结束他们的蜜月旅行。我没记错的话，那个计划是临时提出来的，大概就在他们婚礼后的第二天上午。可以想像那个缠绵的新婚之夜，新郎新娘头碰头粘在一起，在床上精心地研读一张中国地图。他们去了乐山、青城山、黄山，再到武汉、上海，我不知道这次浪漫的长征能为他们的婚姻注入些什么，但就目前而言，迹象却非常明显。妹妹过来了，她为我端来整整一大盘各种各样的水果零食，都是他们沿途买的，每离开一个地方他们就邮回来一个大包裹。吃吧，哥，妹妹说。她脸上涌现的那种煞有介事的小主妇神情怎么看都会令人动容的。从前妹妹还是一个有些发胖的姑娘，但还不算肥胖，不过看上去让人觉得有些累赘罢了。让我们担心的倒是她旺盛的食欲，妹妹一顿能吃两大碗米饭，加上不断的零食，又不爱动，让我们对她的前途充满了忧虑，但我们一说，妹妹就顶嘴，就哭，再不然趴在椅背上对着电视脾气很不好地吃第三块糖，我母亲把糖藏在哪儿她都能够找到，我们不得不为了糖与她斗智斗勇。不吃怎么办，我饿嘛，再说不胖又能怎么样……听到这种自暴自弃的表白，有时候真想给她一嘴巴。后来，我父亲给电台一个叫人生热线的栏目打电话，当时栏目正在播出，父亲听到自己的声音从收音机里传出来："我女儿今年21岁了，非常内向，不爱说话，又老实，能不能通过你们电台交一些朋友……"父亲报上了我们家的电话。接下来的两天我们家的电话就变得像大年夜的119火警一样忙碌了，你很难想像晚上十一点钟还有这么多善良的人因为无聊而醒着，他们都听到了我父亲的召唤。第二天妹妹一下班就开始忙着听电话，给每一个打电话的朋友建档案，拒绝来访或出访，因为人数太多，给素不相识者复信时，我父亲也不得不帮着打草稿。听这种节目的人大概没几个是值得接触的，但小安就混在里面，后来，小安终于脱颖而出，因为他同样受着肥胖的困扰，于是他被请到家里做客。妹妹开始变了，还是那个妹妹，体重也只会增加，实质却发生了改变。

我接过妹妹递给我的一种小核桃搁进嘴里咬了一大口，太用力了，小核桃被我咬得粉碎。应该这么吃，妹妹教我先把袖珍核桃用牙咬裂，再用手掰开，小心地吃里面的肉。

"哥，你看它们好玩吗？"

妹妹指的是写字台上神态各异的玩具大猩猩，大概有七、八只。

"我在上海买的，小安说买两只就够了，我说干什么，这东西少了就不好看了，我又不花你的钱，我一下子把八只全买下来，气死他了。"说完妹妹胜利地笑了。

"小安——好吗？"我问。

"什么？"妹妹显然一惊，"很好啊。"

废话，当然是废话，难道我还希望是别的？幸亏这一段妹妹的注意力不会很集中，她开始说别的，说我，"那只抽屉还得归我，里面还有我好多东西呢……"

"他每晚上还那么打呼噜？"

"你掉一头睡，要不，去客厅睡沙发。"

睡沙发是妹妹没出嫁时我每个周末回家的住宿方法，硬梆梆的沙发扶手常常弄得我早晨起来扭不转脖子。这时候我们不约而同地想起我有一回落枕后的悲惨形象，都笑了。

"习惯了就好了——"妹妹说。

习惯就好了。但妹妹走了，从家里搬出去，如果不搬走她或许还会像从前一样说这日子没法过了，除了唉声叹气，每天只能靠拼命吃甜食来平衡内心，就我知道的，那时候她对我父亲的抱怨绝不会比我少，她那么胖，在家里却得不到一点儿同情。记得有一次她和小安不小心怀孕了，那真是个关键的时候，那时候的小安还是花花公子一个，划谁都还没有常性的，这一点我倒能够理解，妹妹这么个条件，怎么能不允许别人再观望一下呢。那孩子妹妹是主张留的，我父亲的态度是坚决拿掉，小安则没有表达意见。那天我父母和小安陪着妹妹去妇幼保健医院作人流，在大厅里他们遇到了我们家楼下的一户邻居，妹妹和小安朝别处一闪，很成功地就避开了。我父亲却拉着别人解释了好半天。末了，我父亲向妹妹他们表功，我只告诉她你们是来作检查的，没有别的事。妹妹立即气得大哭，她在收费大厅里闹着要去跳河，后来干脆顺着墙滑倒在地板上，在门诊室的走道里打起滚来。妹妹说我没脸见人了，你们是存心不让我活了。那一天的情形真够丢人的，我父亲愣了半天，突然冒出一句话又把妹妹气乐了，父亲说，那我再去找她解释一下？父亲不光说，他差不多准备这么干了。

小安回来了，也喊我哥，其实他的年龄比我还大。妹妹急忙跑过去给他找了双拖鞋，这时候我才想起我没换鞋就踏到别人的木地板上，但我也要过去换时，妹妹说你算了吧，踩都踩了。

我听见他们在厨房那儿嘀咕了一阵，妹妹的声音大一点，她说不，不，我不做，什么也没买。因为还有别的动静，我就没细昕，过了会儿，小安出来说，"和我们一起吃饭吧，我下去让馆子送上来。"

"算了吧，"我客气了一下。

"哥，你坐着，让他去，就楼下。"

我的呼机响了。我撩起衣襟看了看，妹妹说："是老爹吗？准是咱老爹——楼角那个小卖部有电话。"妹妹家还来不及装电话，我必须下楼。

我父亲正在5公里外的一间空房间里发火，他隔着听筒劈头盖脸地骂我一顿："怎么搞的？你自己东西也不来整理一下，那些脏袜子，有多少，我一数给你数出7、8双来，你还喊没穿的，还有裤衩，买那么多浪费不浪费……现在在哪儿？……你妹妹那儿，你去那干什么？小安呢，回来了，把他也叫上，你们一起回来吃饭……"

妹妹起初不想回去的，她说晚上可能还有同事要来，可过了一会儿，她又改变了主意。我们一起回到家，还好，父亲顾及到女儿女婿的感受，没有单独给我教诲，而是示意我，从我那儿搬来的东西都堆放在阳台上，我知道平静是暂时的，很快它们就会陪着我一起秋后算账。

吃完饭，我们一家五口人都坐在客厅里，那是个平淡而温馨的夜晚，我想像中这应该就是我父亲理想中的夜晚。小安陪我父亲下棋，妹妹则和母亲坐在沙发的一角织毛衣，我坐在他们中间，眼睛紧紧地盯着对面矮柜上的画王屏幕。我正在看一部讲印地安人和白人争夺领地的电视剧，非常寡趣的那一类。我看到男主人正试图让自己爱上一个印第安少女就把频道换了，我找到体育台，正在播日本相扑。几乎没有人说话，母亲和妹妹偶尔的交流近乎耳语，父亲和小安的棋品都很好，抽个车吃个象都跟没事一样，尤其他们的动作，看上去就像给对方赶走一只苍蝇或蚊子。渐渐，我就觉得烦躁起来，主要是不能抽烟，小安是不抽烟的，我摸烟出来就少不了要顶住他们的一通唠叨，但我现在不想听这个，我宁愿不抽烟，也不想听这个。遥控器不停地被我伸在前面按下去，这些电视，除了印第安就是相扑，再不就是琼瑶，母亲开始朝我喷喷咂嘴，于是我在一段相声那儿停下来，也没什么意思，你听听——（甲）你老婆整夜不回家。（乙）你老婆才整夜不回家呢。（甲）我跟你闹着玩的……我笑了起来，可能我的笑声太刺耳，破坏了他们喜欢的那种气氛，所有的人都不约而同地抬起头看看电视，再一起看着我，妹妹这时候冲着我的后脑勺翻了一个大白眼，她说，哥，你的裤子也该换了吧，穿了多久了，色都变了。他呀，母亲说，哪次说话听过，今天拿回来那堆脏衣服，让他穿脏了就拿回来洗，他不，给你窝着，非生霉不可。

他那屋子每次我去都有一大股霉味……

妹妹大概忘记从前她骑在椅子上吃糖果的倒霉相了，那时候糖果简直成了她的精神寄托，这些，我当然还记得的。我很想说，你呢，你当初吃起糖来命都可以不要。但我没说，因为有小安在，我不打算在他们感情还好的时候说点什么。都是这样，人就是一种时过境迁就落井下石的动物，连亲兄妹也免不了。

父亲这时候咂着嘴加入进来，他说是啊，人这么大，一点自理能力也没有。他和小安的棋下完了，看表情就知道谁赢了。我看看小安，他走过来，坐到我妹妹身边，心情很稳定地看着她织毛衣，我敢打赌他这时候心里盘算的是怎样才能早点离开。父亲开始讲他准备如何装修房子，整个房间里只有他一个人说话，但他还必须要我们回答，因为他问是不是？然后他停下来，等候我们的答案。父亲说，现在我就这么个老大难了，解决了我死也瞑目。我知道父亲在说我，很显然，是我破坏了他的心愿，他把我当成了实现心愿的一个最大的障碍。

小安他们走时，我也跟着去换鞋子，小安说，哥你不用送了。我忘了，我本来是准备和他们一起走的，我忘了从今天起要在家里过夜了。

乘他们洗漱时，我点起一支烟，父亲进来时我假装没看见，我眼睛盯着电视屏幕，5频道上面的那个横纲长得多像小安，刚才我却忘记告诉他了。我知道父亲这时候一直盯着我，在我眼前有两道烟雾像水里的气泡那样，正不可自抑地从我的鼻孔突突地冒出来。我猜想父亲心里一定在盘算该怎么对付我，我听见他用力抽着鼻子，有意发出很重的鼻息。可能临到说话时他才改变了主意，假装什么也没看见。他说，早点休息吧，床也给你铺好了。然后他拉上门进了自己的房间。我松了口气,但没用,心里还是闷得要命。我本来打算就这么坐一夜的,外面下雨了,很轻微却很细密的雨点落在齐窗高的梧桐树上,那种声音有一种很好的催眠效果,但我挣扎着不让自己立即去睡,我害怕这么一睡,一切都会变得顺理成章了。

用我父亲的话,接下来的时间我会开始过一种脱胎换骨的生活,一个星期后他就这么对我说,你看你现在脸色都好很多,如果把烟戒掉,晚上再睡早一点,我保证你的脸色还会好。父亲大概并不知道现在我每天都会迟到,从我住回家那天起,每天上午我赶到单位都超过九点,但每次我都在进大门前,因为耐不住肚饥要去填一碗牛肉粉,这样等我出现在办公室时自然要比预计的还要晚。

事实上,第一天早上七点钟我就被父亲叫了起来,我们家没有晚起的习惯。我父母们先一起去外面买回来豆浆、油条,然后再一起去晨练。我父亲是个太极拳高手,他打的太极比猴拳还要机灵,我见过一次,我的经验,观众越多他的动作就越利索,而我母亲在另一块场地上跟一帮同样无所事事的老太太打木兰拳,他们大概就这样蹦啊跳啊一直持续到上午十点半。这样终于可以把睡眠中富余出的时间打发掉。而等他们一出门,门锁一撞响,我就坐在客厅的沙发上睡着了。这一点或许他们根本就无法想到。在我印象中,这两年我还从来没这么早起过,而持续的早起只会让我越来越感到睡眠不足,整个白天我都觉得自己在梦游,我也不知道这种折磨会持续多久。

那一天我又迟到了,这是这星期我第三次迟到,我多少有些心虚。坐在我办公桌对面的林涛在我进门时正和隔壁农工部的小记者大声地谈论着什么,谈什么我不太清楚,我只听到他大声地笑,他通常用这种方式作为一段谬论的结尾。问题是他看到我进门时突然间就不说话了。我急冲冲地奔到我的座位上,把一只背包放到办公桌上,又从里面拿出一本本子,一本书和一个计算器,很长一段时间我都没有整理过我的背包了,里面乱极了,各种票据,被揉烂的纸币,还有一个不知哪一天吃剩的面包，现在已经被压成一块薄饼。我把有用的东西拿出来，再把没用的东西放进去，问题是什么是有用的，我一时也弄不太清楚。我只得假装成整理背包或寻找一个很重要的东西的样子，把它们重新倒在桌上，这时候我说，妈的，差点就把包丢在中巴车上。

林涛没理我。这家伙总是这样，别指望他会这么轻易地放过你，一旦你以为什么事都没有了，都过去的时候，他就来了，他会告诉你，老吉刚来过了，找你半天。老吉是我们的副主编，被他找当然不会有什么好事。林涛沉着的样子就像他妈的看着你没扣裤门就从厕所里出去，但他要等到人多的时候才会告诉你。不过，我得承认，这种感觉确实好极了，我自己就体会过，诀窍是要沉得住气。

他们的新一轮话题是一只乳房，很显然这不是他们刚才谈得热火朝天的话题。昨天的电影台大概演过一个与乳房有关的电影，一个美国女人患乳腺癌割乳，问题是这一刀下去乳房就没有了，女人最受不了的就是这个。林涛和那个脸红红的小记者就局部与整体，完整与非完整展开了讨论，开始有点形而上的味道了。小记者说，女人对自己的热爱，男人是无法体会的，我一个同学有个书架，里面放的全是鞋，你无法解释吧。我开始弄一篇二版要的稿件，这时候我心里踏实了不少，想也没想就笑了，当然是无声的那种，嘴角朝两边朝上提的那种浅笑，不完全针对林涛的无能。但我已经感觉林涛在注意我了，他还在说活，支支吾吾，显然无法解释那一书柜鞋子，于是他的视线就越过小记者，移到我的脑门上，我感到很快他就会给我来一下厉害的。

这一次找我的是老付，付老师，副刊部的付老师，林涛说。她已经来过两次了，林涛的声音有意拖得很长。

老付是副刊部的副主任，一个快五十岁的老娘们，热情得要命，在我遇到的老娘们中老付是心肠最热的一位，她是跳拉丁舞的，是我们系统中年组的冠军，可以预计，到了老年她还是。老付一开始给我留下的印象就很深，从我大学毕业第一次来单位报到就注意到她，她在这个地方干了大概有十几年了,她喜欢在电梯里聊天,有时候她能压着电梯按钮跟你聊上五分钟,只要她愿意,哪怕上下班高峰期她也这么干。此外,老付对她那个五十岁的腰身好像也满意得要命,两尺二,两尺三?这一点也不是一般的人能够办到的。当然对她那个年龄层,能有一个只是微微隆起的小腹已经相当不错了,因此老付喜欢穿健美裤,喜欢穿露出膝盖的裙子,几乎一天一套,比小姑娘换得都勤快。据说在家里吃饭,老付也会隆重地换一身衣裳。可是你实在找不到话讲,夸她一下,老付的话题就来了,她好像又很担心这种夸奖,她会告诉你裙子是哪个表妹的,外套又是哪个侄女的,都是些没人要的东西。结果弄得你觉得自己也跟着不值钱。有一回我遇到老付在电梯里给资料室几个娘们展示她新拍的柔调照片,照片上老付打扮成二十出头的小姑娘,头戴一顶小花帽,扎两条麻花辫,就是街上橱窗最常见的,我瞟了一眼,我当时的感觉,我认为老付对年龄的仇恨也未免太露骨了,这当然过头了,可资料室那几个无聊的娘们还不说实话,一直在夸她,轮到老付说话了,她当然要客气一下的,她说不行了,老了,换到从前如何如何。一大堆,怎么听你还是觉得她能照出这样的相片是多么的不简单。

　　那时候我跟老付的交情仅限于在电梯里打个招呼,点一下头。可后来,我父亲就和她认识了。我说过我父亲经常到单位来看看我。他退休以后有段时间一直没有选好用力的地方,来得频了点,也是我的错,那时候我一见他来办公室就心烦,一见他就忍不住把他往我那个小黑屋里领。没办法,你有这么个老爹你也会把他往小黑屋里领的,没准你还会把他带到一个他从未到过的地方,然后半路再把他甩掉。那时候他见到谁都那么的客气,最近——小能表现怎么样,还好吧?他是在问我,我的表现怎么样,为了我好,见了谁他都这么客气。但即使这样,我也猜不出父亲和老付是如何认识的,他们的相识对我来说一直是个谜,父亲有一次终于没再跟我进小黑屋,他说,不,不,我是来找老付的,顺便看看你。看得出,没有猜中他的意图,我父亲有多得意。我自然不能说什么，我是做儿子的，他就是不找我，我也没有拦住他不让他去找老付的权利。

那以后老付和我的话题却多了起来。除了工作，我的版面，她还跟我聊起我妹妹，她说我妹妹有自闭症的倾向，理由是我妹妹小时候经常喜欢躲在一只空纸箱里玩。应该多让她接触社会，老付说。有一次她甚至还对我说你应该有点朝气，年轻人嘛，她说这句话时，半个身体已经走在电梯门外了。有事情来找我吧，你爸爸还让我关心关心你呢。没等我说什么，电梯门就在我面前合上了。

记得还是在我读书的时候，我们系学生会在大街上搞了一次希望工程演讲，我参加了。全场数我的讲演最好最有煽动力，我的话音刚落，掌声就响起来，还有钱，周围听我演讲的市民们鼓完掌，把那些银光闪闪的毫子丢到我面前。那次我们只是宣传而不是募捐，人们却扔了钱，银光闪闪的毫子在我的四周围蹦蹦跳跳，扔了一地，可你又不能制止他们——就是这种感觉。当时我盯着门上那个不断跳动的楼层显示，一时间忘记应该干些什么，气咻咻地被电梯带到顶楼再拉回底楼。那一天我无论做什么事都好像踩不到点子上，恍恍惚惚的。我开始怀疑他们已经无话不谈了，继而我又怀疑我父亲把我们家所有的秘密都交代了，他那个不争气的老毛病我还不知道？上来一个财会室的娘们，她看看我，问怎么了，谁惹你了？我头一偏没有说话。对了，我失恋的传闻就是那一天在大楼里传开的。

我到老付的办公室时她却没在。副刊部的人说你 CALL 她好了，她就在大楼里。我当然没这么费事，老付在的地方想找不到还不太容易。我的方法是乘电梯下去，每到一个楼层停一下，我在电梯门口探一下头。老付有个习惯。她说话时总让你觉得她说的是悄悄话，但那只是动作，她的声音保管你在走道另一头都听得到。我在四楼的后勤处发现了她。老付站在别人门口正在跟一个比她更老的女人聊天，我听到老付正说："天，千万别让他看到了，那可怎么——"老付这时候看到我，便说,"你跑哪儿去了,我找你半天了……"她再对那个老太太说,等我啊,一会儿我下来找你。算作交代,老付才咚咚地朝我这边跑过来。那天老付穿着一件红风衣,看上去很像一只翩翩飞舞的大花蝶。

怎么样,最近还好吧?老付和我一起上了电梯,一开始她好像还沉浸在某种思绪里,我明显感到她正在寻找合适的措辞,就像黑暗中下台阶,不得不小心朝前面虚虚地探出一只脚,我立即警觉起来,我说,好。老付说听说你搬回去住了?这样好,老人嘛总是嘴巴多一点,要耐心好一点。我笑了笑,没有吭声。老付不想让话题断掉,又问起我妹妹,她说,你妹妹怎么样,上次你父亲说,他们——两个去度蜜月了。已经回来了。听说你妹夫在什么单位上班——好像还可以吧?一般吧,就一家很普通的会计师事务所。我据实答道。那很不错了嘛,不错不错,老付开始欢喜赞叹,从电梯出来老付就在这么说,一直到办公室都没停,听上去好像我妹妹能嫁这么个人非常出乎她的意料。

我真猜不出老付到底想干什么,但我觉得无论什么事都应当非常严重,老付东拉西扯的铺垫越长我就越紧张。但我又一想,会不会老付把这些事通通说完,其实什么事都没有呢?这有点像老付的为人,但老付的口气太像有什么事要发生了,这一点随着时间的推移,我越来越清楚地体会到。已经不能再做这样的指望了,得快点结束这一切,凡是老付的话题我都用最简短的回答抵挡回去,后来,我干脆说是或不是。我必须尽快把老付逼到主题上。那时我们已坐在副刊部,老付的办公桌前,她大概也没遇到过我这么难弄的人,老付把眉头皱起来,样子看上去,好像是我搞得她这么为难。很快的,老付的目的就显现出来。她在我对面想了想,终于作出一副恍然大悟的表情开始翻抽屉,她翻完抽屉再翻桌上的文件盒,最后才艰难地从她左边的一只箱子里找出一份稿纸,她递给我。那稿纸上的字在途中我就认出来了。是我父亲的。

上回——,你父亲跟我说他原来在北京的时候就喜欢写东西,还参加过一个写作班,那个写什么草原的还给他们上过课,是吧?

不太清楚嘞。我说的是实话,对父亲的历史我几乎一无所知,我也从来没有问过。我知道他在北京待过,又在上海待过,就这些,并不比档案袋多多少。

老付看着我,有那么一会儿,好像是要分析一下我话里的成分。然后她说,你父亲很有意思,那天他说有篇稿子,我就让他给我送来了……

老付说话的时候我把稿子翻了翻,是我父亲的字,写得很认真也很工整,不过,是我父亲写的也就不奇怪了。那是篇散文,名字叫《幸福》,是这么写的:

我今年36岁,是一名工厂的工程师。我有一个美丽的妻子,一个8岁的女儿,她很可爱。我们曾经有过一个非常幸福的家庭。

这只是开头,后来我父亲就发现他不再幸福了。因为"我"的妻子,一个公共汽车售票员,突然回来得非常晚,有一段时间她几乎要到收车后两个多小时才回家。这让"我"产生了怀疑。"我"的举动是跟踪我妻子,后来"我"发现妻子每天下班后实际上都是去送一位在残疾人工厂里上班的盲人。于是"我"的猜疑烟消云散。"我"不仅和妻子和好如初,还为残疾人工厂无偿地献上了一个专利。

我有些发懵,有那么段时间我都一直处在一种空洞的状态,我的脸不知不觉中红了。说实话,我不太清楚父亲的动机,也就是说他为什么要写这么个东西,我想不明白。很明显的是,它弄得我很难受,很长一段时间我都耷拉着脑袋像个挨训的小学生那样气馁地坐着。我父亲今年63岁了,刚退休,可文章里说他36岁,有一个美丽的妻子,一个8岁的女儿。我知道父亲从来没有写文章的习惯,他好像也从来不写什么日记,像别的老头弄一本过期杂志,鼻梁上塌着一副老花眼镜,每默念一个字就首肯似的点一下头,这种事从来就没有发生过。除了晨练太极拳，每天下午他总是去老年活动中心打桥牌，除此之外我想不出他还喜欢干什么。

老付问我怎么样？当然是指文章了。我没有吱声，我装作欣赏一篇宏文巨作，把总共几页皱巴巴的稿纸来来回回地翻着。

老付说，你知道的，文章应该真实感人，情文并茂嘛，这个你是知道的，有一些人一开始写文章就容易编一些故事，离开真情实感，文章当然不能够感人了，对不对……老付盯着我，大概她觉得有些实情已经被我隐瞒掉了，所以她不得不寻找一下。说实话，她的这种语气让我很不舒服，我勉强笑了笑，说，我不太清楚，真的，我一点都不知道他还写东西，我父亲从来没跟我说起过。

但老付立即反驳我，写东西好嘛，都不写东西了，我这副刊还发什么？关键是要写好，怎么写好，这才是关键……之后，老付举了一个王先生作为例子，她把一本小册子放到我面前，指着那个灰皮封面上的不老松说，这位老先生70多了，骨癌患者，除了治疗，还经常写点古诗，填填词，在我们这儿发了，再自费出版，每次他都要给我寄一本。不过，你父亲还是很有意思的。

我注意到这句话被她重复了两遍，也就是说她为我父亲辩解了两遍。我还沉浸在刚才那种气氛里，我在猜想我父亲写这篇文章的真实企图，准确地讲，我现在脑子里乱糟糟的，我没想到父亲猛地一下就让我丢了这么大一个脸——36岁，亏他想得出？一股气从我的小肚子里直往上涌，顶得我的脸开始发烧发烫。老付说的当然还是那些东西，但她已经在说什么多写多看啊，回去再改一改啊，就这些调调，好像她已经看出来我没有多少抵抗力了。她跟着我一直走到电梯口，那架势就像随时准备搀扶我，临了，等电梯上来的那段功夫，她再来一记厉害的，她说，怎么样，你妹妹也成家了，你怎么样，快了吧？

谢谢，谢谢你的关心，我有气无力地说。电梯把老付关在外面，门慢慢地合拢，先是半个身子，再是一只扬起的手。

说实话，我对父亲的兴趣来了，感觉上这就和在沙漠中找到一块潮湿的土壤没什么两样，问题是即使这样离发现泉眼还有一段不小的距离，还有不少的工作要做。我的经验，上了点年岁的人大多是经得起推敲的，因为他们本身的曲折就十分有趣，只要你很小心地剥开表面的伪饰，又不要被中间复杂的纹理所误导就几乎可以成功了。当然，一开始我并不顺利，能帮助我的证据几乎没有，我父亲除了信件一般不写什么文字，这自然包括日记或者随感心得什么的，而且他们那代人天生就有一种消灭字迹的习惯，当然这是我从前知道的，那些已经寄出的信我也无法看到了，回信我却找到一些，有一次我在父亲忘记上锁的书桌里发现了一摞信件，它们被我父亲用橡皮筋整整齐齐地扎好，但都是我父亲几个乡下的侄子或侄女写来的：敬爱的叔叔婶婶，我们很想念你们，回来看一看吧，家乡的变化非常大……就这些，看上去如闻其声。乘他们不注意，我还在某一天打开了我们家最隐秘的一只柜子，我记得那是一只不常开启的柜子，钥匙总被母亲拴在腰上，时刻不离左右，但那一天她忘记了，我于是看到我们家一些秘不示人的东西——有十来个从前有钱人家少爷戴在帽檐上很精致的银饰，几个袁大头，一只玉佩，这些东西连我也没有见过。我没找到存折，照我推测它们应该藏在家里哪个旮旯的某双烂皮鞋里。此外，我还在我父母亲的枕头下发现了一只开过口的避孕套，很明显没有用过，这我可以保证，但不知什么缘故开了口。就这些，我想，假如我不准备在这些琐碎的细节中迷失而误入歧途的话，我就得调整一下我的研究方法了。

我决定跟踪我父亲。这是一个突如其来的想法，很显然，是受了我父亲那篇文章的启发，我得承认这不是一个好方法，因为一连几天我都不得不早早地回到家，而此前这些时间我大多是在朋友家的麻将桌上度过的，尤其刚搬回来的那几天，我为了在外面多待一会儿还专门编了一大套谎话，但这并不妨碍我的呼机一到十二点就响起来，到时候不用看，也知道是我父亲在催促我。有一次我在一个同学家参加一个聚会，临到十二点时我的呼机就叫了，那天我的前任女友王岚也在，她已经喝得有些过头了，偎在她旁边新男朋友的怀里，眼睛半梦半醒地睁着，视线越过我，落在我身后一个不具体的物体上，等大家乱七八糟地在自己腰间忙活一气，王岚才吃吃地笑起来，她用手指着我说，你们别看了，肯定是能哥的爸爸在找他了。我只得弯下腰看了看，果然是。王岚说，回去吧，别让你爸爸着急。她这么一说，大家都笑了。我正想着怎么拖延点时间，好让他们不把注意力集中在这上头，偏偏那该死的机子又叫了。那天我父亲一口气呼了我四遍，就算这时候我把呼机从窗口扔下去，我都肯定会成为接下来的话题。

正是这个原因，我猜他们会不会因为我突然回家这么早而非常不习惯，这么一想，我才发觉实际上我对父亲的生活也已经非常的陌生。照理每天晚餐都是每户人家最热闹的时候，一家人围着灶台，或帮忙或主勺，富余的人在客厅里看电视，吵吵嚷嚷磕磕碰碰，这种情形也是从前我们家最常见到的，只是现在它已经在我们漫长的成长中消亡了，成为相片一类令人尊重的东西。就在我妹妹出嫁前不久，我母亲疯狂地迷上了种菜，这项技能还是她上中专前在老家遗留下来的，母亲略为复习竟然身手依旧，就成了我们家天大的喜讯。她在离我们家差不多要步行二十分钟的一座小山上开发出一块像裙带一样狭长的山地，一星期有那么几天她都会去那里酣畅淋漓地干一下午。据说选样的日子越来越频繁了，我们家也吃到越来越多的绿色食品，我回家经常能听到母亲津津乐道她的庄稼长势，以及她不能浇点大便作肥料的遗憾。母亲的投入到了令我吃惊的程度，有时候她兴致所至直到天色擦黑还把自己留在山上，而这时候，她或许忘了我父亲是一个人呆在家里。

对我的早到，父亲表现出一种由衷的高兴，他很满意，正是这一点让我略微有些伤心。那篇《幸福》连同那本不老松最后被我打上铅字送进邮筒，细算邮路，父亲应当收到了，一个证据是我父亲一度养成的看报习惯突然间中止，我带来的报纸几乎不见他去翻动。我们一起等母亲回家的时候,他会提议和我杀两盘象棋,把我杀得大败,一时兴起还要再让我个车。在我做这些事情的时候,渐渐地情绪中也会混入一些失望,父亲谈论邻居摸奖摸到一台彩电时的嫉妒是十分健康的,还有他谈论后楼技校生陈平当了厂长后的骄奢时,那种气愤也十分健康,父亲可能比我想像的要平静。又或许我期待中父亲的垂头丧气,抑或沉默地干着类似给花培培土、浇浇水的杂事,以及他一遍一遍抚摸老照片时带反悔意义的静坐都是一种想当然的失误。但我还是在父亲的言谈举止中捕捉到一点蛛丝马迹,我几乎要放过去了。吃饭时,母亲谈起她的绿色食品,母亲说有人乘着天黑偷了她眼见成熟的茄子和扁豆,父亲这时说,这有什么意思吗?忙活这么一阵什么都没有,有什么意义吗?我注意到父亲谈到了意义,他用筷子使劲地敲击着碗沿。这是不是有点不应该,无论对辛劳的母亲,还是就要吃到嘴里的扁豆?

前面我说过我有睡懒觉的习惯,哪怕住在家里,被父母叫起来,我也会想方设法在床上多赖一会儿,或者等他们出门后再睡个回笼觉。但自从有了那个念头后,我就觉得自己彻底地变了,我的生活目标一刹那变得清晰起来,也是忽然之间我就变成了一个精力充沛的人,晚上我想着种种行走的路线和方式,以及跟踪时各种可能发生的问题,激动得让我直想抓自己的头发,直到早上醒来我依然兴奋不已。这当然与我有一段时间喜欢看侦探小说有关系,我没想到事隔多年,那些惊险故事中激动人心的片断也能在我的生活中出现。我唯一的疏漏是我从头至尾丝毫没有想过我可能会看到什么样的情景,我承认我根本就没有想过。这么多年来我第一次对我父亲的私生活发生了兴趣,但我却把真正想关心的东西忽略了。

我是这么安排的,早上起来我去单位签一个到,然后再悄悄地潜回我们家附近,在离我们家不远的一个出租录像带的小铺子里坐着,一边和一个新婚不久的小少妇闲聊,一边朝我们家住的单元门瞭望。第一二天没有什么异常,我父亲上午去集市上买了菜和米油后一般都不再出门，下午他换了一身衣服去离我们家不远的一个老年活动中心打桥牌，两天都是如此。那种地方我不知道别的城市是否也有，名为老年活动中心，实际上是一个不折不扣的赌博场所，我们这儿都叫它精武馆，去那儿的人没有几个不是去玩麻将的。我父亲是个例外，他不赌博，也看不起麻将。幸运的是，他在那儿还能找到几个赌赌钱，偶尔也玩玩桥牌的人，一个星期他总会去玩几次。

有几个下午我几乎都在精武馆对面的一个游戏机房里猫着，和一群逃学的孩子打摩根，我的技术实在不能让人恭维，几个拖着鼻涕的留级生一直在一旁叽叽喳喳地嘲笑我，可也不太过分，因为我遇到危险时我允许他们来帮忙。后来我拖了条方凳坐在窗口吸烟，尽量不把脑袋暴露在窗台上。从这个位置我看不到父亲，他和牌友大概在屋角的一张桌子，屋子里飘着一缕缕蓝色的烟雾，不用多长时间就可以听见炒豆一样的洗牌声，还有牌品不好的人不迭的抱怨和后悔。就在这间屋里，我听说有个老太太因为自摸一把报听的龙七对，而当场休克，然后死在送往医院的途中，她手里的那张牌因为实在无法取下，整副牌中只好混进了一张贴着胶布的幺鸡，谁拿到这张牌都得自认倒霉。这个传说在这个街区非常流行，很多不打麻将的人都知道。这时候我脑子里忽然闪过一个念头：我父亲为什么不打麻将？他不打麻将真的是因为不喜欢？本来我心里已经在怀疑继续跟踪的价值，这么一想我发现我在这个问题中的意义已经找到了。

果然第三天就有了新进展。那天是星期一，星期一对我们家来说意思不大，但我知道那一天我母亲要去我妹妹家，就不同了。那天同样我又谎称有一个采访早早便出了门，我仍然坐在那家小铺子里，我母亲是十二点出门的，一点钟不到我父亲也走了下来。父亲换了一身西服，那是他老人家六十大寿的时候专门为他订做的，看上去还十分合身，这时候刚好太阳从云层里冒出来，他的茶色眼镜黑得像副墨镜，配上他脑袋上至今没有变白的几缕头发，简直就跟电影里周润发演得小马哥一样帅。父亲在楼梯口略微停了一下,我感觉他眼睛在镜片后飞快地朝四周一扫,之后他就转身向背着我的另一个街口走去。很显然,父亲是有目的的,我赶忙从录像店那低矮的窗口下站起来。

跟踪是一桩苦差,这是我立即就有的体会,我的感受是跟踪者远没有被跟踪者坦然,除了意想不到的情节,还需要面对自己的心理负担。就我们父子而言,我父亲因为对他的身后一无所知而显得从容不迫,而我则需要不时地借助各种地形和行人来掩藏自己的行迹,我不得不在一些提包或者纸箱等杂物组成的障碍中艰难地行进着。有一次我甚至以为我已经被发现了。那一刻我陡然变得紧张,但父亲只是扭了扭脖子,并没有回头,随即又行走如常。这时候我忽然想起还没有想好合适的理由来解释我和父亲的巧遇,仅仅这么一愣神。父亲就从我的视野里消失了,远远地,我只能看见他后脑勺上一绺不肯服帖的头发,越过前面一颗颗攒动的人头以及正午刺眼的阳光,像一面旗帜一样随着他的步幅向我舞动着。

我想起小时候的一件事,小时候我就这么走失过,那是父亲还在玻璃厂配料车间下放劳动,我因为年龄太小上不了学,每天我都被心急如焚的父亲拖到他的工厂里。然后丢在一个用来堆煤的球场上。但我还是太小了,路上这三十分钟即便我紧追慢赶,在我父亲身后走得精疲力竭,还是只能看见父亲越来越远的背影。有一次便跟错了人,被我误为父亲的人直到我去拽他的袖口时才转过脸来。那一天我站在熙熙攘攘的大街上放声大哭,我被过路的人围在一棵女贞树下。当时的情形我已经记不太清楚,用父亲事后的话说我差点被一位来出差的广东人或福建人带走。父亲找到我时,他正用一辆新买的玩具车逗我。父亲说,你看到汽车的样子——人早已经不哭了,他再用点力你保准就跟他走了。这一段父亲经常向我回忆,每一次回忆他老人家都会补充一点新细节,比如有两辆车,一辆小轿车。还有一辆翻斗车,最后那个广东人或福建人想给我父亲一点钱把我带走。现在,我可以很轻松地回到那个画面上:我被一群人围在一棵女贞树下，其中一个人向我诱惑，而我几乎就要被诱惑了。随着年代的推移，父亲话里面后怕的成分越来越少，相反我听出他不过借题发挥，乘机对我天性进行一次有益的谴责，父亲从来就没有想过，也不可能把它当成一件趣事。

　　无论是广东人或者是福建人，如果真像我父亲讲的那样，他稍稍迟一步，那么我今天应该就是另外一副样子。我不止一次这么设想过。说实话，我这么设想时心里不会有任何自责。

　　父亲在前面走进了我们这座城市里最大的一个文化宫，他选择这个地方作为他行动的终点，我看到他在文化宫旁的一个小窗口前站了会儿，把手伸进窗口，又说点什么，之后他还很谨慎地回了一下头，然后，很快地他就在文化宫门前狭长幽暗的甬道中消失了。这地方我来过，还算熟悉，不过我和我的朋友——包括王岚都是晚上才出现，白天我们几乎很少光顾这里。大楼里面有棋牌室，那是二楼，有一个舞蹈培训班，三楼，之后是四楼，也就是顶楼，有一个常年超负荷运转的破烂舞厅，晚上一张门票20元，白天只要5元。父亲刚才在门口购票，那么他的目的地终于显现出来。

　　我没有买票，而是在门口拿出记者证虚晃一下。我本来想解释自己准备做一个老年人文化生活的采访，但门卫根本不听，就挥手放我进去了。事实上我并没有进舞厅，四楼有一个大晒台，把舞厅围在当中，我仅仅转了一圈，就发现了一个可供观察的好地方。怨不得每次王岚都不愿意到这儿来玩，这地方除了陈旧的灯光，声响效果也极差，四周的落地窗户上的亚麻布窗帘已经落满了灰土，上面还留下一些烟头烙的焦痕，这些在阳光下尤其触目。另外白天这里几乎就是老头老太们自娱自乐的天下。我在舞厅背后，也就是尿躁味最冲的地方发现了一扇窗户烂了玻璃，用手把里面的窗帘一扒。过了两秒钟的适应期后我就把里面的情形看清楚了。

　　大概有三十几个人。这一天的老太太没有我想像的多，倒有几个看上去还不算太差的年轻女人混在里面。不过她们一般都是自己跳，不和男的跳，两个两个结成伴，从表情上看这并非她们的本意，她们更像一对结怨极深的仇人，有一个开始转圈，绕着另一个，拼命想把裙摆甩起来。白天没有歌手伴唱，都是放盒带。我父亲就坐在门口，那地方靠近一只大音箱，通常没有人愿意坐，但他就在那儿规规矩矩地坐着。

我在那块破窗户下站了一会儿，每过几分钟我就要到另一面没有尿臊味的地方去透一下气，顺便再抽一支烟。每隔4、5分钟——也就是半支烟的功夫我就回去看我父亲一眼，但每一次我看到的都是他老人家两手握成拳放在膝盖上，一动不动的姿势，他的眼睛落在别人不断移动的脚面，跟着不停地来去。看多了我也不由得着急，我站在阳台上，对面隔着一条被污染得不成样子的河流就是海关的大钟楼。已经三点多了，父亲还没有行动。父亲什么时候对跳舞发生兴趣的，或者他为什么要选择这样一个地点？他一直没有行动，这是否说明他的兴趣只是看——看别人跳舞，或者他要等的人还没有来？有好几次父亲从裤包里摸出一块手绢小心地擦了擦掌心的汗，那样子就像他老人家马上就要上场一样，但他很快就用行动告诉我他仅仅是擦汗，曲子一开始他又稳稳地去研究别人的脚。每到一支曲子结束时，父亲的眼神才有一阵子散乱，那些舞伴们突如其来的分离总让他不知道该把眼睛落到何处，于是长呼一口气之后他便抬头去寻找注意他的人，或者跟着别人的脚一直追踪到某个座位上。有一次一个还算年轻的女人朝我父亲走过来，那时候舞厅里的人不知不觉中又多出许多，我以为机会来了，但我父亲，他很客气地站起来，把自己的座位让给了她，然后两手操在口袋里，若无其事地走开了。

这之后我下楼到广场边的一家烟酒铺买了一包烟。那天下午不到一小时我就差不多抽掉了一包烟，说不清为什么下楼时我心里竟会有些隐隐地失望，也就是说父亲穿得西服革履，穿着盛装去看别人的脚，我却感到了失望，难道这种局面外我还希望过什么？想到这一层，我自己也忍不住笑了。我在广场上站了会儿，靠近花坛的地方有两个孩子在玩"斗鸡"，那种游戏很多年没见人玩了，我一直以为已经失传。他们是一高一矮两个孩子，都抱着一条左腿蹦来蹦去。通常这种游戏总是高的一方占尽便宜，因为腿长，只要把腿架到别人腿上一磕，就可以赢下来。偏偏矮的不服气，所以他老输，被撞了几跤后小个子干脆哭了，我长大会赢你的，我明年就会赢你的——大概他们在打什么赌，小的那个终于被打跑了，他边跑边哭。到这儿这个游戏已经变得有些伤心了，我没有看下去。另外，在我的头脑里舞厅的格局已经发生了变化，这么长的一段时间，父亲应当做了什么。所以我又一次心急如焚地朝大楼里赶，就在文化馆前那排阶梯上我遇到了同样行色匆匆的父亲，他正迈着急促的步子从里面出来，几乎要与我擦肩而过了。

  应当说这是一个令人非常尴尬的时刻，但这就是我们的父亲了，你看他多么自然，看到我他头一回，手朝身后一指，告诉我，那儿有个鱼池，很有意思——我觉得我好像又重新爱上了父亲了，你看他多么可爱，又多么沉着，就好像什么事都没有发生过一样，就好像这么长的时间，他一身西装都在那个鱼池边度过的。我想起我的母亲，这时候她很可能正在那座小山上忙着整理她的茄子、扁豆，那些她一度想用大便培育的茄子、扁豆。她当然解脱了，而我和父亲，应该说是我不小心就钻进父亲的一个秘密，知道嘛。很快我们又要一起落进别人的陷阱里了。父亲拉着我的手，带着我走过那条黝黑的甬道，重新走进文化宫。里面，也就是院子里有一个巨大的雨棚，雨棚下就是父亲说的那个有意思的鱼池，里面的水很清澈，瓷砖铺的池底有几十条鱼正在里面快活而无知地游着。乘父亲不注意我用手背抹了下眼角溢出的一颗眼泪，我盯着那个水花飞溅的水池，我面前正有一条鱼贴着池壁喘息不已，好像一瞬间我就爱上了它们目瞪口呆的样子。

  后来的时间我们都是在那儿度过的，父亲租来两根钓竿，一根他的，一根我的。那儿实际上是一个有奖钓鱼场所，对钓鱼我实在是外行，但墙上贴的奖励办法我还是看了一下，比如我记得上面说，钓到 3 个 A 可以得一台王牌大彩电，钓到 2 个 K 也可以得一箱健力宝。其实那天下午应该都是属于父亲的，因为我对钓鱼一窍不通外，我还缺乏必要的耐心，十几分钟我就换了七八个位置。父亲起初还嘲笑我的急躁，他说你这么急，就是鱼想吃也来不及嘛，但自从他钓到一条肚皮上标有 A 字的鱼后，父亲就不再理我了，他开始全心全意地对付他的鱼。5 点钟的时候。父亲钓上来 6 条鱼，其中有两个 A，那天父亲的运气确实好极了。

　　我早已经把鱼竿丢到一边。抽着烟，或者给对面健身房里练杠铃的小伙子数次数，我记得那时候鱼棚里除了我们父子已经没有旁人了，钓鱼的只有我父亲，旁观的，连我也算不上。管理拉棚的那个秃顶时不时出去一次，所以整个鱼棚内真正算得上关心那些鱼的只有我父亲。随着时间的推移，父亲的脸色开始变得发暗发青，显然他已经把钓鱼当回事情了，我注意到他手里的鱼竿并不像他教我的那样水平的放置，它开始激动，尽管非常轻微。这是个不祥的征兆，只是我并不知道事情已经开始朝着我无法控制的方向发展了。秃顶男人这时候又一次离开那个倒霉的鱼棚，那是他最后一次离开那里，一等他离座走开，我就看到父亲从他的座位上站了起来，仅仅一翻身，父亲就从那堵瓷砖砌的池壁上跳了下去，父亲此刻正站在到淹没到他大腿根池水里。当时我还乐观地以为我的眼睛花了呢。

　　父亲开始在水里笨拙地追逐那些灵动的游鱼，他今年 63 岁了，干这些怎么说都显得十分的笨重。我看不到那些鱼，但我相信，从父亲的动作上我相信它们都游得很快，但还是有些水性不好的鱼被父亲抓住了。每当父亲抓住一条鱼，就看一眼它的腹部，然后把它们扔到地板上。离开水的鱼们在地上噼噼啪啪地打着挺。父亲边扔边骂，哪有 3 个 A，骗人，骗人的！父亲显然愤怒了，他抓鱼的动作越来越快，骂声越来越响。后来，后来就是那个秃顶回来了，他跑到办公室去喊人，来了两个保安，两个大概是从运动队下来的，他们冲到鱼池边想把父亲从里面揪出来。父亲在几双大手组成的巨网中钻来钻去，他充分利用他在水池中的优势，仍然不断地从水里把那些没有 A 的鱼丢出来，那些飞鱼扭着身子在半空中优美地划出一条弧线。接着再像炸弹一样落到地上，很快又有五六条鱼在尘埃中打起滚来。后来父亲就被两个保安抓住了，父亲腰部以下全被池水浸湿，濡湿的裤管贴着他的脚面，水滴还在不停地往下渗漏，这使父亲的下半部看上去像被什么力量缩小了。父亲挣扎着，用脚蹬着池壁不让自己倒下去。但就在这时候，神奇的事情发生了，父亲的太极拳开始发挥出威力，一个野马分鬃式，再来个云手，两个被酒色淘空的保安就被父亲甩了出去，他们也像鱼一样被甩了出去。接下来父亲就像动画片里那个渔童戏弄外国传教士一样开始折磨那两个可怜的保安，他手里的鱼竿舞得就像一根金箍棒，左打右刺、上劈下挑。把另外几个闻讯而来的保安也打得前仰后合，一齐横扫在地，干完这些，父亲把鱼竿一扔，他骂了一句骗人的，哪有三个 A 之后，就从门口围观的人群中挤了出去。这时候的舞厅的日场刚好散了，很多人都挤到鱼棚里看到了跟前的一幕。那些七扭八歪躺在地上的保安从地上爬起来，个个都捂着脸，打 110，他们在喊，追，揪住这个老杂毛，揍死他！

我随着兴奋的人群从鱼棚里冲出来，在文化宫前的台阶上我看见父亲正在前面朝河边跑着。我没有喊父亲，这时候我知道只要我一出声他们就会把我撕成碎片，作为替罪羊打死，那样的话，天王老子也救不了我。我只是让自己拼命地跑，混在那些追赶父亲的人群里，小心地掌握好节奏，让自己稳稳地冲到队伍的前列。这时候父亲停了一下，他大概想起我了，他还有一个儿子掉在后面，父亲转过身朝我招手，快啊快啊。父亲或许以为我也是被人追赶才这么玩命地狂奔。不过，这一来我也只有玩命的份，那个秃顶管理员这时候恍然大悟，他在后面喊起来，抓住后面那个，抓住后面那个，他们是一伙的！

我立即遭遇到空前的麻烦，有几次我差点就要被身后那两个人高马

- 143 -

大的保安抓住，他们都是从运动队下来的，运动不怎么样，抓人却是长项，有一个保安甚至已经揪住了我的手，但怎么说我也是我父亲的儿子吧，一不小心我就用了一招在鱼棚里父亲退敌时用过的野马分鬃式，那记招法如何击出的我也不太清楚，我只看到离我最近的保安已经被我打倒在地，这样一来其他人出于顾忌，奔跑的速度不得不放慢下来。真是神来之笔，我不得不用一种钦佩的目光看着自己那只突然间暴发的拳头，那里面流着和我父亲同样的血。我们汇合了，我和我父亲。他老人家也这么说，对吧，就是这样，现在你该知道锻炼身体的必要了吧。

扶贫札记

一

我们都没有想到，家里那场旷日持久的混乱最终还是因为父亲的一场大病才得以平息下来，最初我以为它会像一场战争，一直这么持续下去，永远地混乱下去，耗尽我们的心思和体力——现在来看，世界上任何事情都会有终结的时候，或许这是又一轮新混乱的开场吧，以致我们不得不把过去丢到了一边，重新抖擞起精神去面对这令人厌恶又无休无止的现实。那的确是个多事的年份，很多事情都是突如其来的。

听到父亲病重的消息时我正好在赶水乡，当时我是作为省直机关的代表在赶水乡扶贫的。赶水乡无疑是个贫瘠之地，除了不知什么缘故收不到无线讯号，乡里与外界唯一联系的那台电话也时常处于休克状态。据给我打电话的小王说，那天上午他好像唯一做的事情就是给我挂电话，几乎每过去十分钟他都会往乡政府挂一次电话，结果，回应的无一例外全是忙音。小王说他早就不耐烦了，但就在他决定下班前，他最后一次，也是无意识地拨了一次电话，这一回，这个古怪得近乎邪恶的线路却终于奇迹般的通畅了。

那时候时间已经是中午十二点，我在线路的另一头刚刚吃完饭，躺在床上正准备午休。乡政府小吴秘书的喊声就响了起来，"电话电话，你的电话。"小吴先敲门，再敲了更刺耳的窗玻璃，但等我从床上爬起来，这个性急的姑娘已经跑掉了。因为几天前我们的队长说过他要来赶水乡看看，所以去办公室的路上，我都认定电话是胡队从县里打来的，因此由我或者和我一起下来的小刘接其实都是一回事儿。

话筒里传出的却是另一个声音，如果这已经让我觉得意外，那么紧接着小王的话就吓了我一大跳，小王说："你赶紧回来一趟，你家老者住院啦！"

在我们的方言里老者就是父亲的意思。我有些发懵，跟他的话不由自主地反问："住院？咋啦？！"我听到我的声音甚至在话筒里响起了回声。

"不知道，你妈上午打电话来说的。"

"那是在哪儿住院？"

"哟，没来得及问呢，好像就是你们家附近的……"

到这时候我终于可以确定父亲住院的真实性。那一年父亲65岁，身体也不太好，突然间生场大病的可能性完全存在，这也是我当初下乡前最担心的，看来它还是发生了。我问小王我父亲现在情况怎么样，病情有没有得到控制——但小王的了解仅此而已，其余的他一概不知。等我挂上电话，再拨家里的号码，这时候我却发现我根本就无法把电话打出去，一连数十遍都是如此。线路已经变成一个有生命的混蛋，仅仅苏醒了那么一次，让小王进来散布消息，此后它就进入休眠，对我的任何呼唤都不予理睬。这时候一个可怕的念头扼住了我的喉咙，我开始想父亲会不会已经死了？单位上担心我在路上发生意外，或者知道了真相无法赶回去才让小王说了谎！这个念头随着话筒里不停的嘟嘟声，也变得越来越强烈了，它越来越像是真的——我渐渐有些沉不住气，等我想去请假,已经在电话机上浪费了整整十分钟时间,我拼命敲击着电话键,一边还在破口大骂,桌上一只茶杯也被我碰到地上,摔得粉碎。

请假却比我想像的要顺利,一位留守的副乡长为我批的假。那天我记得几乎所有乡里的干部一清早都进山去抓大肚婆了,只有一位生病的副乡长留守在家,当然还有我和科协的小刘。其实请假只是个形式,我们平时在乡里也没什么事做,扶贫款还没下放到位,所以更多的时间我和小刘都是在乡里东游西逛,名为调研,其实比那些不再务农的老头还要悠闲。

这其实已经是我第二次请假,头一回是因为妹妹的事,短短的几个月就要请第二次假多少让我有些内疚,而且这一次情况特殊,我也不知会在上面滞留多久。副乡长听完我语无伦次的介绍,显得通情达理,他说既然这样,你还是赶紧回去看看吧。

现在的问题是怎么才能及时赶到火车站。我知道,一点多有一班回去的火车经过,但从赶水乡赶到平堂火车站,还有17公里,不光道路是条黄泥小路,最关键的,只有逢3、8的日子,也就是赶水乡的赶场天,才会有进出的车子。这一天是7号,也就是说在通往平堂的路上根本就不会有什么顺风车。

乡政府修在一块高地上,从这儿就可以看到那条通往外界的砾石马路,此刻它就像一条被人丢弃的黄布条,松软地摆放两座山峰之间,很安静,没有车,甚至连马车,牛车都看不到,这是一眼就可以认清的事实,我却跑进跑出,满怀希望地张望着。副乡长看我一付焦急无奈的样子,最后不忍地说,要不,我用摩托把你送过去吧。虽然我知道他正在生病,但好像也找不到什么好方法,狠狠心赶紧答应下来,除此之外,我也害怕稍稍犹豫别人就会反悔。

我已经想不起这段颠簸的山路我们是怎么过来的,因为那天早晨下过一场大雨,所以途中不时有飞溅的泥点落到我脸上,可能我一直挂念着父亲的病情,归心似箭,所以对那一路的水塘、泥坑反而没太留意，我只是在想快啊，快啊，坐不上一点的那班火车可就糟了。等我们赶到火车站，下了车我才发觉副乡长身上，我的身上都布满了细密的泥点，甚至相比较副乡长身上的泥点可能更多更密，尤其一想到别人还在生病，我更过意不去。副乡长却说，"你赶紧进去吧，只要老人没事比什么都强。"我没有说话，只是用力握了握他的手，我的眼圈立马红了，我不知怎么才能表达我的感激，父亲的病已经把我变成一个脆弱的人。

我上的是一列从湛江发来的火车。其实我刚踏上站台，火车就急急忙忙进站了，我挤上一节硬座车厢，乘客主要是群打工者，烟味，甚至还有一股牲畜圈里一样的腥膻怪味——那天的确非常奇怪，事后回想，如果换到平时，我一定会去卧铺车厢补办卧铺，但那一天，我却这么直直地站在过道上，一边打着盹儿，一边在那种龌龊而混乱的环境中恍惚地想心事。显然我忘记了还有卧铺这回事，当然极有可能我就是想受点皮肉之苦的，也许在我看来挨这点苦属于分内之事，只要吃掉它，父亲就会康复起来。

7个小时后我回到城里。

二

父亲的确只是因病住院，小王没有骗我。

下车时天已经黑尽，我赶紧在出站口往家里打电话，母亲接的电话，她证实父亲只是住院而不是别的。母亲告诉我，父亲是突发心肌梗塞住进医院的，但母亲知道我是个急脾气，所以她又赶紧说他已经得到了控制，已经没有大碍了，现在小雯，也就是我妹妹正在医院照顾他。

我还是决定直接去医院，虽然母亲的话让我宽慰，但毕竟我还没有见到重病中的父亲，所以我告诉母亲我还是直接到医院去，"让小雯回去吧，我在医院守着就行啦。"

我打了个车。从车站到医院大概还有二十多分钟车程，那家医院也是父亲单位的合同医院。其实那地方离我们家已经很近了，几乎穿过一个夹在它们之间的小村子就可以走到。顺便说一句，我父亲的单位是一家老牌的兵工厂，从前生产战备物质，后来才转成民品，这样的工厂从前只可能建在郊区。我父亲曾经是厂里元老级人物，64年工厂刚刚成立，他就已经来了，他还是当时的筹备组的核心，只是，可能连父亲可能都没想到，他会越混越差，而且每况愈下，退休时把自己弄成个没职没衔的技校教师，已经很少有人能说出他和这家工厂的渊源。

我在车里打了个盹，时间非常短，因为我醒来时汽车还在朝郊外极速地奔跑，这个盹告诉我，这时候我的心情已经变得十分轻松，这当然是母亲的那番话给我带来的。但接下来我发现真正让我轻松的不是母亲说的话，而是她说话时的态度，母亲的淡然，她刚才就像在谈别人那样谈论着父亲的病情，这一点后来父亲病情反复时又一次重现了。我们觉得惊心动魄的过程对母亲来说都是不真实的，我猜会不会母亲这段时间经历的事情太多，才会把细节统统忽略掉，只要父亲活着，其他的都不重要，甚至连话题都算不上。

我很快就找到了父亲，那毕竟是家小医院，门诊部和住院部都混在一起。父亲住在三楼走廊最顶端一间病房里，那是个双人间，父亲对面还有张床，妹妹就抱着一本书坐在上面。

我到的时候，父亲的鼻孔里还塞着氧气管，床边竖着一只巨大、形如炮弹的氧气瓶，因为在输液，父亲的一只手平放在床沿上，他的目光也集中在头顶的那只药瓶的液面，于是门与液面就成了父亲注意的两个焦点。我到的时候父亲这一天的治疗也到了尾声。

父亲首先看到我，可能枕头比较矮，他看我就像看一个位置很低的东西那么费劲，然后他认出来了，脸部一阵活动后，父亲笑了笑："来啦。"

父亲看上去的确像伤了元气，不知道是不是灯光的缘故，他的脸让我想起那些放久后开始变黄的蜡烛，他的头发，早已经花白的头发就像一篷枯干的茅草在枕头上散开。当时天气已经很热了,我只穿了件衬衣,但父亲身上却盖着厚厚的棉被,但在那床棉被下我却看不出父亲身体的形状,这情景让我有些伤感,其实我猜任何做儿子的看到这种情景都会有些伤感的。我赶紧朝父亲笑了笑,问他好点没有。父亲点点头,说:"好多了,昨天才危险,把你妈妈、妹妹都吓坏了。"

父亲是昨天下午回家的路上突然间发病的,他当时在城里走了整整一天,刚一下公共汽车,就被迎面扑来的一股热气腾腾的汽油味闷住了。父亲说他立即就觉得不行了,胸口那儿就像锥刺一样难受。所幸的是前面不远刚好就是这家医院。

"你就坐坐车嘛,这么热的天在街上走来走去,年轻人都受不了,何况是你——"

到这时其实我还不知道心肌梗塞是种什么毛病,但很明显,它应该和焦急、劳累有关系,没准和年龄也有关系。这段时间父亲一定在为妹妹的事四处奔走,他又是个节省的人,在城里他无论去哪儿,无论什么天气他都只凭自己的脚力走过去。这个问题我们从前争论过无数次,父亲还是忍不住节省,而且他总能给自己找各种各样的理由,但这一次,不知是不是因为劳累,他没有同我争辩。

"哥,来啦?"妹妹终于插进来,她还是我刚进门时的样子,只是那本书被她丢到了一边。我懂她的意思,妹妹其实只是想问候我。我们家的人都这样,不善于表达,这一点表现在妹妹身上尤其突出,特别是这一两年她与别人,甚至和我交流都会显得很生硬。不过,与父亲的瘦形成鲜明对比的是,妹妹与我上次见到时相比又胖了一圈。

我点点头,顺便同她开了句玩笑,"你还是要少吃点呢,又肥了。"

妹妹羞涩地笑了笑,然后起身去值班室喊护士,其实这时候瓶子里还有一些药水,妹妹显然是不想和我谈她的腰才出去的。我看着她的背影,努努嘴问父亲她怎么样?我的意思是妹妹的精神状态怎么样。父亲说这两天还好,也不老是叹气了。父亲的话出奇地简短,看来这场病对他的影响比我想像的要大。

过了一会儿，妹妹跟着一名护士走了进来，出于对医疗工作者的尊重，我从床边那张方凳上站起来。"这是我儿子，他在报社"，父亲忙替我介绍，能动的那只手朝我挥了一下。

对父亲来说这也许再正常不过的，有段时间他逢人就会介绍我是他的儿子，在哪儿上班，就像我会不承认或者别人看不出来。我随着父亲的介绍朝来者点头，护士的年龄在28到35岁之间，长着一张大长脸，她用眼角的余光瞥了我一下，在喉咙里嗯了一声算作回应，"还有不少嘛"，她抬头看看头顶那只药瓶，口气多少有些不高兴，可能因为有我这样一个儿子在场吧，她的不高兴才没有进发，相反的，她麻利地将针管从父亲手腕上取出来，又把手里的棉签压到针眼上，于是父亲这一天的治疗就这么结束了。

等父亲解完手后，我和妹妹就出了医院。我准备先送妹妹回去，当然我也得吃点东西。父亲听说我还没吃饭，忙问我吃不吃饼干？这时候我才注意到他的床头上还放着两只糕点盒，可能是哪个探病的人送来的，但我还是决定吃点带汤水的东西。

我们走出医院后，小雯并没有立即回去，而是陪着我在马路边一个小吃摊上坐下，我要了一碗面，另加了一只鸡腿，"你吃什么？"我问妹妹。以我的了解，她是不会拒绝的，果然妹妹依样要了一份，只是把鸡腿换成了鸡蛋。可能我真有些饿了，那碗面再加一只鸡腿都经不住我一通风卷残云，很快连碗底都显露出来。于是我点了支烟，一边抽着，慢慢地等着妹妹。

也许是那碗面和那只鸡腿的作用，这时候我终于有了种安定感，下午坐摩托，坐火车，坐出租车一路奔徙积累下来的焦灼才算真正地一扫而光，这样一来突然间我还感觉有点累。这时候大概十点来钟，不算太晚，但在一个工业区这却似乎是个很晚的时间，看不到几个行人，因此紧邻的几家小摊都没什么食客，显得很萧条，那几盏红灯更加深了这种印象。我的目光落到妹妹身上,具体说是她的右手,这也是见面后我第一次注意她的右手——她还是戴着一只白手套,妹妹正用她戴白手套的右手吃着那碗面。

妹妹曾经是父亲那所技校的学生,毕业后她成了一名光荣的锻压工人,如果不出那件事,我并不知道锻压工人有什么不好。两年前妹妹的手被冲床压了一下,听说冲工应当手脚非常协调才行,至少你的手在机床下就不能用脚去踩开关,但妹妹却踩了一下——虽然手术很成功,手指都保住了,但妹妹却从此戴上了手套,为了隐藏她的白手套,夏天妹妹也不再穿不带兜的裙子。

我父母应当非常懊悔当时没让妹妹继续去念高中,如果当年逼她一下,如果不是存有女孩子读不读书都无所谓的想法……父亲也许更容易自责,毕竟是他混得不好,才让妹妹成了一名锻压工人。当然,影响并不大,至少从吃面的角度上,妹妹戴着白手套的右手仍然很灵巧。想起来,我还用张海迪的例子宽慰过她,我说你这样子总比人家张海迪强多了吧?

"明天,你过来时帮我把毛巾牙刷带来吧。"妹妹已经吃完了,她开始吃鸡蛋,所以她答应我的声音也囫囵不清的,我也不知道她是不是听见。接着她开始喝汤。

"这两天,你辛苦了。"

妹妹这时候抬起头很认真地看了我一眼,然后继续喝完碗里最后一口汤,"你为什么这么说呢?"妹妹说完后看着我。

我一愣,真的,我为什么要这么说呢,我也不知道为什么?

三

妹妹出事是在3月,当时我们的扶贫任务已经开始了,但还在县城集中学习,如果是在赶水乡父亲大概并不容易找到我。我记得很清楚,父亲打到县政府招待所的电话一开头就是："你不要着急啊"，接着他才说，"今天下午上班的时候，你妹妹被人给打啦。"

"什么——谁，哪个杂种？！"我这个人容易激动，哪怕有父亲事先的警告，我还是听到自己的声调忍不住提上去。

是在她的单位。妹妹的手自从受伤后，已经无法再做锻压工作，只好在车间里作保洁员，除了清洗各种零件，她还要等其他人走后把整个车间都打扫一遍。出事时妹妹正在拖地，当时下班铃已经响过了，那天工人们为了抢工时，都走得很晚。妹妹可能有些着急，因为那天母亲让她下班后带两把小葱和半斤辣椒回去，如果等她把地拖完，大概铁道边那个临时菜市都早已收摊了。妹妹一直记挂着这件事。

当时车间里还剩下一个叫唐成的青工还在赶活，妹妹的拖布就这么渐渐拖到他面前。已经无法知道那时候这个叫唐成的青工是存心不理，还是根本就没有听到，反正妹妹手里的拖布拖到了他的鞋面上。妹妹自然不是故意的，没想到唐成站起来迎面就给了她一拳。妹妹气得用手里的拖布进行还击，但很快，她就发现自己根本就不是青工唐成的对手，她被唐成踢倒在地，等隔壁车间的工人赶来时，妹妹早已经哭得惊天动地了。父亲说妹妹整个右眼眶都被那个混账打肿了。

"你等着，我马上回来！"

放下父亲的电话，我就气汹汹地朝胡队的房间跑，我去找胡队请假。胡队住在三楼，这也是我第一次上楼找胡队。

我和胡队以及科协的小刘都来自不同的单位，只是以扶贫的名义临时组合到一起，所以平时我们并没有过多的交往。到了三楼，我却发现正对着楼梯口有一间发廊，一道暧昧的红光远远地飘过来，我上楼的过程，早已经把里面的人惊动了，长沙发上那几个乌眼妹于是用她们的电眼盯着我。

我有些吃惊，这是我预先没想到的，县政府招待所还藏着一间发廊！而且就紧挨着我们胡副县长的房间。难怪小刘要说胡队会享福了，连挂职都那么潇洒，原来指的就是这个。

我开始敲门，大概十秒后，门开了。胡队正在洗衣服，他穿着一条秋裤，一手的肥皂泡，满脸诧异地立在房门口。这时候我才意识到自己的莽撞，万一胡队不是洗衣服而忙别的呢——也许我的门敲得真有些急了，让他看上去有些狼狈。

我把妹妹的事告诉了他，我说我必须赶回去一趟。胡队没立即表态，他洗完手，抽出一支烟递给我，乘我点烟的功夫他才从嘴里喷了声，"这件事情啊"，胡队看着天花板说，但他的目光应该落到外面无尽的天空，他正面临一个天大的难题。"我们刚刚才下来扶贫，这样不太好吧？"我猜胡队这时候正在肚子里骂我。

"我不管，总不能家里出了事也不管吧！"我把话说得很死，没有商量的余地，我要让他意识到，我只是上来告诉他一声，并不是来请假的。"而且，扶贫嘛是强的帮弱的，现在我家里这个样子，真不知道谁来扶我？！"

我的声音听上去仍然充满了怒气，就好像妹妹挨打与准不准假之间存在一种必然性。胡队没有说话，他应当在利用这段时间充分地分析形势，他或许想到了，我们这种上下级关系只是暂时的，一年以后我们各不相干。

可能我给他的压力在起作用，胡队把烟蒂摁熄在烟灰缸里，然后才做出痛下决心的样子说，那你回去吧，快去快回。接着胡队向我大叹苦经，因为他手下并不只有我这么个兵，如果小刘也向他请假怎么办？胡队要我充分体量他的处境。我点着头，既然请假没了问题，我自然不用再做出得理不饶人的样子，我说是啊是啊，人活在这世上，怎么可能没点事情呢？

本来我准备连夜赶回去，但细算一下，我到省城的时间应当是凌晨，所以这个计划最后还是被我放弃了。第二天一清早我赶到火车站，从县城回去有五个小时车程，所以中午前我回到家里。

只有母亲在，母亲说父亲带妹妹去医院看病去了。经过这一夜后，妹妹的右眼圈全青了，父亲想给她拍张像作为证据。从母亲那儿我没得到更多的消息，她只是说车间里大概想大事化小，小事化了，通常哪个单位都会这么办的，他们想让唐成来赔礼道歉，但这家伙还不情不愿。

"不要！谁又稀罕他的道歉，操，让我找人收拾他一通，咱们也给他道歉！"

等父亲那段时间，我开始给朋友打电话。在报社这些年里，我倒是结交了不少各路朋友。比如第一个叫王宁的，是个架犯，也是条好汉，他和我只是一起吃过顿饭，就一直惦记着什么时候替我打上一架，听完我的话，他立即说，程哥，那我过来，我们先揍他一顿再说！王宁这么干脆倒把我吓了一跳，主要是怕他一出面立即就把事情搞砸了。我赶紧说，好的，有你这句话，老子算没白交你一场！我准备把事情了解清楚后再与他联系。我找的第二个人是老孟，他的意见是最好报案，因为事情说大可大说小可小，到派出所立了案就不怕他们乱来了，以后上法院或者私了都可以作为依据。最后我还找了报社的老许，老许的意思是可以先听听我妹妹领导的意见再作决定。

应当说打了一通电话，有了这些意见和建议，我心里才算真正有了底。这些人都是我的朋友，兄弟，他们听到妹妹的事义愤的程度丝毫不逊于我这个当哥哥的，只要我伸臂召唤，他们就会很快会集在我的周围，这也是我的力量所在。

不久，父亲带着妹妹回来了。妹妹在鞋柜边磨蹭了会儿，她可能不想让我看到受伤而委屈的眼睛，但她还是要抬起头，"哥——"，妹妹的右眼眶有一块手心大小的青淤，看得出她正努力控制着不让眼泪掉下来。

妹妹的脸此刻是陌生的。其实由于年龄相差悬殊，我和妹妹的关系并不亲密，我们都属于那种很内向的人，加上她很小时我就外出读书，之后工作繁忙，我们之间甚至没有过什么像样的沟通，但我们毕竟是兄妹，十指连心的兄妹，所以一看到妹妹的眼睛，一种像狂风骤雨一样的愤怒很自然地升起在我的胸膛里。"这个杂种——",我没说下去,我听到自己牙床摩擦的声音。

听父亲说那个姓唐的还当过他的学生,父亲感叹道:"现在的学生啊,有几个还会记得老师的——"父亲说着摇起头来。他告诉我这个叫唐成的甚至倒打一耙,把责任都推到妹妹身上。接着父亲开始介绍唐成,是谁谁的儿子,父亲是谁,母亲是谁,其实我对父亲的工厂并不熟悉,他说的这几个人我也毫无印象,无疑都是些小人物,但这些小人物却让父亲觉得自己丢尽了作老师的脸面。

吃完饭我跟着父亲到了妹妹的车间主任家。因为我觉得还是我们单位老许的建议更有道理,先去听听领导怎么说,不行我们再做下一步行动。

妹妹的车间主任叫丁强,这个人我倒是认识的,比我大两三岁,他父亲和我父亲一样也是建厂的元老。小时候我们都住平房时,时常在一起玩些捣蛋的游戏,不过那时候他还是个跟在别人身后配盘子的角色,当不了主角。我对他的记忆主要还是有一年他父亲把他送进医院,让大夫把他发炎的包皮割掉了,那年头没包皮的孩子绝无仅有,所以丁强一度十分狼狈,也因此多了个红蛐蛐的外号。现在,红蛐蛐算是修成正果了,怎么说大小也混到个中层干部。而且从前的红蛐蛐又矮又胖,现在却又枯又瘦,让我想起小时候看过的《沙家浜》里的刁德一。

替我们开门的大概是丁强的老婆,丁强本人则站在客厅里,他应当一下子就猜到了我们的来意,因此样子看上去十分警觉,他捏着鼻子,尽量显得无所谓。我们分客主坐下后,扯了几句从前的事,以及后来各自的情况,然后就直奔主题。我问丁强他们准备怎么处理这件事。

丁强介绍了一下情况,情况和父亲说的差不多,只是丁强描述时用的都是十分模糊的句子,比如"可能碰到鞋子了","也许你妹妹骂了他一句难听的话",但到后面,正是我来之前担心的,他准备各打五十大板,他说妹妹在她被打的问题上也是有责任的。

"我倒要听听,她一个女孩,被打成这样,还有什么责任——"

"有些事情你可能都不了解"，丁强为了强调他的权威性，这时候故意停顿了一下，"我们每天在一起上班，每天八个小时，对你妹妹肯定比你还要了解吧——她脾气太怪了！前年出的事肯定对她也有影响，好多事她都给你拧着来，对谁都是气呼呼的——我们一起上班，这我了解！"

"就算脾气怪——"，我想说即使这样也不能构成她被打的理由吧？但父亲显然比我更快，他抢过去说，"她可是个残疾人呢。"

"残疾人嘛，也不能想怎么做就怎么做吧？"丁强一下子抓到了父亲的毛病。

父亲仍然坚持比我快，"她可是为工作为工厂才弄残疾的吧？！"

也许和父亲一起来本身就是个错误。我忽然间就明白了父亲为什么这辈子总当不上官，为什么混到头发花白还是个平头百姓？这一会儿我算是终于弄明白了，他总是这样，冲动起来准保把自己也弄得稀里糊涂。我已经有一种落入圈套的感觉，而父亲还不知不觉。所有的办法中很可能我们选择了一种最糟糕的。

"我还是那句话，先去看看病，该怎么看怎么看，病嘛，总是要治的，唐成呢，我们也会批评教育——"

"仅仅是批评教育？"红蛐蛐开始作总结发言了，我不想让话题朝他有利的方向引，这时候父亲又想说话了，被我制止住，我想我也该来句漂亮的："其实我们也不是忍不了气的人，这事情说起来可大可小，但如果真让我们这么吞下去，我也用不着来找丁主任，要收拾他我随时可以，你不妨告诉那个姓唐的。"

"没有这个必要吧——"，不知是不是没找到一种控制局面的感觉，丁强在送我和父亲出门时又故作亲切地补了一句，"你还是应该经常回家里来看看，老人嘛总是容易孤独——"

这句话也好像意味深长，会不会父亲经常来找他？我说我正在乡下扶贫，"是吧，那你们单位看来准备栽培你了？"

本来这是人人都有份的事，谁都逃不掉，但我却不想这么告诉他，我说,"那倒也说不定。"

四

梅玲来了。第二天上午父亲刚刚输完一瓶丹参,梅铃就出现在病房里,当时我正躺在床上翻着一本妹妹留下的旧杂志,就从书页间看到一条素花点的裙子,裙子停在门边一动不动。起初我以为是妹妹,等我放下书才知道是梅玲。

梅玲看上去和我一样惊讶:"你回来啦?"

"你怎么来了?"我没回答她。

梅玲立即有些不高兴,"我怎么不能来——你这贫扶得人都找不到了,我再不来——"我只得替赶水乡道歉,解释电话如何如何难打,赶回来需要多长时间。不知为什么梅玲的一段话倒让我产生了一丝愧疚,倒像是她父亲生了病,我没能及时赶回来。

"小玲——人家昨天就来过了",我们这么一闹,父亲也醒了,他上午的治疗九点准时开始,输液的过程中父亲不止一次迷迷糊糊地睡过去。

"爸,好点没有?"梅玲把手里那只装水果的塑料袋放在桌上。

"好了,好了。"父亲赶紧客气,他让我替梅玲搬凳子。

梅玲是我前妻,我们三年前一个逢两双的日子结的婚,去年初冬时分的手,记得那是个暖冬,去办事处时我还穿着件衬衣,算算时间也差不多快大半年了。

"你妈妈打的电话,找你又找不到,急得她只好给小玲联系了",父亲大概怕我生气,忙向我作解释。平时我总是反对他们去找梅玲的,既然我们那层关系已经不存在了,那么他们之间的关系也自然应当消失,但不知道是不是因为梅玲一直没改过口,所以给了父亲我们还会和好的印象,在他眼里从来就没有不能发生的事,他大概以为我们还会像小孩子过家家,闹上一通还会和好。我又一次注意到桌上那只很精致的糕点盒，一问果然是梅玲提来的。

"你没去上班？"

"请假嘛——我们哪有你舒服，命那么好。"一到我这儿梅玲的气总有些不顺，我们离婚后，偶尔见上一面她也会先发一通莫名其妙的脾气，我计算过，只要顶过最初的三五分钟就好了。

"他好什么，还是你好——你看他搞的那个版，看的人肯定没有你的多！"父亲又抢着替我客气，总是这样，从我有记忆那天起他好像就喜欢这种没道理的客气。他可能想安慰一下梅玲，只是这一次客气得可笑，所以不光我笑起来，连梅玲也忍不住笑了。

梅玲和我是同行，她在另一家报社负责财经版，从前为了那些狗屁经济消息，不时要来往于诸如证券交易所，省市经委这样的场合，后来她做了经济部副主任，这种忙碌才算告个段落。那时候我们时常争论自己工作的意义，梅玲说我的副刊只是宴席上的冷盘，我则提醒她昨天的股市新闻就是废纸一张，那时候当然都是玩笑话，父亲应当记得的，他的话也应当是他真实的想法，从他的角度看，当然是梅玲的工作更有意义，除了私营老板，大型国企的总裁，还可以接触到几个有头有脸的领导干部，比起我那些只会风花雪月的穷酸哥们自然要体面。

我和梅玲坐在父亲对面闲聊了几句本地新闻，大概又输完一瓶葡萄糖，妹妹进来了，手里提着一只饭盒，不用问也知道那是我和父亲的午饭。看到梅玲时，妹妹明显一怔，然后才从喉咙底喊了一声玲姐。

妹妹的确是个不经世事的人，我和梅玲离了婚，这原本是我们的事，但不知为什么却让她和梅玲的见面别扭了。记得还是我们结婚前，梅玲有次跟我抱怨说，你们家除了你父亲都不喜欢我。我当然骂她瞎说，我开始开玩笑，我母亲和妹妹都是那种人，就像女人买衣服，千挑万选，成了自己的就是好的！当时梅玲还骂我瞎比喻。事后回想，妹妹真是这样，母亲一开始确实不喜欢梅玲，理由其实也很简单，就因为她比我大两岁。

当然那阵短暂的不自在很快就过去了，妹妹想起来，啊呀叫了一声，说："哥，我只带了两个人的饭——我不知道玲姐要来。"我说没事的，等会儿我们出去吃。我看看梅玲没表态，知道她已经同意了。过了会儿梅玲说，要不雯雯也一起去吧？妹妹说我吃过了。梅玲说那再吃点嘛，吃点菜。这么说妹妹倒有点动心的意思，对于吃她有种很盲目的热情，但父亲抢在她点头前把这个机会消灭掉，"你去干什么，你去干什么——他们是有事情要商量！"他用力伸着头，就像妹妹已经决定跟我们走了。结果这样一来，任我们再怎么劝，妹妹都死活不肯去。

这时候父亲说他想方便一下，起初我还以为这种事我在场的话父亲会觉得方便些，可等妹妹和梅玲都避出去才知道他老人家还有别的指示。父亲慢慢地在床沿退下裤子，他说，"我说啊——你还是再考虑一下你们的事情吧。"父亲慢慢把他枯瘦的大腿暴露出来。

"什么？"其实我已经猜他准备说什么了。

"你和小玲啊，我和你妈都说，她还是适合你的——你们也没有什么大矛盾，对不对？有很多人都走过你们这样的弯路，但后来，又再走回来——谁家不吵架，我和你妈也吵的。"父亲开始对着尿壶放水，叮叮咚咚的声音配上这段评论，让我有种荒唐的印象。我们离婚时谁都没通知家里，父亲知道已经过了两个星期，他为此一直耿耿于怀。

"爸，我的事你就别管了吧，"换到别的时候，我一定会发火，我克制着。

父亲慢慢地靠回床上，"我啊，等我闭上眼睛就不会管了。"父亲说得很悠然，他慢慢地盖上被子，一副与世无争的样子。我没敢接这句话，尿壶里浓酽酽的，像是隔夜茶，我提着它往厕所走过去。说实话，父亲的话让我的后背都起了层寒意，如果换到平时我或许不会当真，但这是在医院，裹在一团来苏水的气雾里，我不可能无所谓。我回来时在走廊上看到妹妹和梅玲正靠在阳台上说话，妹妹的白手套在裙子上比划着，我想起来，那条裙子还是两年前梅玲买给她的。我猜想着她们此刻说话的内容。

可能父亲的那句话，我和梅玲离开时，脸色一直显得阴沉沉的，梅玲问我怎么了，突然间就这么不高兴，我也没理，我是想反正这件事已经和她无关了，没理由再把她扯进去。等我们坐在一家小餐馆里点完菜，我的心情才开始转好，我对梅玲说早晨起来时我真想吃一碗肠旺面，可周围就是买不到——其实在赶水乡这段日子早把我给馋坏了，我和小刘都不会做菜，我们做的方式也是当地最有名的"一锅烩"，也就是把所有的肉食蔬菜都煮到一起。这原本是个很有意思的话题，但梅玲却置若罔闻，我一追问，梅玲反而故作惊谅地一叫，啊，你在跟我说话啊？！我知道她是故意的，是对刚才我忽略她的报复。我看着她，然后笑起来，父亲的原话我当然不能告诉她，只好扯谎："刚才老者让我喊你给小雯找份工作——你又不是不知道，他一天到晚没事就喜欢瞎操心。"

梅玲的气算是顺了些，"这算什么，我看一下嘛——不过你爸就是心里装得事情太多了，上个星期他还跑到我那儿，说他想打官司，让我替他找个律师——我们楼下不是有家事务所嘛，我就带他去找了个熟人——人家说这种合同方面的事，不续签也说得过去的——可能人家比较客气，没说死，你家老爸后来又背着我跑去找人家一趟。"

梅玲说的合同指的是小雯和厂里的一份续约合同，因为小雯他们那批工人都是合同制的，两个月前合同到期，别人都签到了新合同，唯独小雯的厂里不说签也不说不签，一直这么拖着。我知道为了这件事，父亲一直在劳动局，劳动仲裁中心，包括法院这样一些地方来回奔走，他背着我去找梅玲也在情理之中，可惜好像没哪条理由是站在他这边。

"厂里也不要脸得很，就因为上次小雯被打，我们去找过一些人，就一直怀恨在心，小雯后来休息了一段时间，她再想去上班，他们就说让她继续休息，原来就是为了这一天，合同一到期，他们好不再聘她！"

"现在这世道是这样的，你看白岩松来签名售书，光现场收到的告状材料就有这么多",梅玲的手斜斜地伸到半空中,我的感觉,她的手如果再长点,她还会无限地伸上去,"没办法的,有点权利的都是这样乱来,只好自己想通了。"

"问题要想得通喽——累死累活地为厂里卖命,手也弄残废了,你再不要——"

"那还不是要想通,想不通也得通,否则只有自家吃亏。"

其实梅玲说的也不是什么新鲜东西,那些话平时也是我用来劝父亲的,只不过现在我站在他的角度,梅玲再站在我的角度重复,这也充分说明我们对生活的看法其实没个准数。

上完菜,我的呼机突然叫了起来,原来是我一位久不联系的朋友,约我晚上去茶馆打牌,我说打什么牌,我老爸都住院了。这个电话我是在餐厅柜台上回的,梅玲递来的手机我没接,我是想替她省点钱,但这个动作倒像我有了什么存心想隐瞒她的秘密,她一定是这么想的。所以我回来后梅玲问,"那个温什么吧?"

"瞎说!你不是听到了,吴群立叫我去打牌——"

那个温什么是我们那儿广告部的一名业务员,和我偷偷摸摸来过一段,曝光后也成了我和梅玲分手的原因,不过这样一来,在梅玲看来和我联系的人好像都成了那个温什么,世界上只有那个温什么才会和我有联系。我补了一句:"我和她早完啦。"

梅玲立即从鼻孔里哼了一声,"哄我不是——不过,关我们什么事,现在吃醋也轮不到我。"梅玲大概就是为了这句话,说出来,我看得出她心里简直乐开了花,而当时我的表情,你在场的话就看到了,我一定后悔极了,我补的那句话把自己的肠子都悔青了。

五

看来指望单位是毫无希望了,第三天,乘着妹妹脸上的青淤还没完全散尽,我带着她去了一趟工业区分局。

那天和我们一起去分局的还有一位电视台都市镜像栏目的朋友,他就是在电话中让我报案的老孟。老孟曾经替分局做过一部专题片,因为这他说跟局里的几个头头都很熟,小雯这点事儿找他们帮忙还不是举手之劳!

那天我却和妹妹在路口等了将近四十分钟,我们其实也迟到了,因为我知道老孟会迟到,这家伙在我印象中从来就没有什么时间概念,但我没想到老孟会这么大牌,他足足让我们在马路边吸了一两斤灰土才肯出现。那时候已经是下午三点多钟了,我早有些等得不耐烦,如果不是跟分局的人不熟,我肯定会一脚把老孟踢开,等我看到老孟那辆黑色的越野车闯进我的视野时,我的脚边都丢满了烟蒂。真奇怪,刚才我心里还在骂东骂西,一肚子牢骚怪话,这时候却烟消云散,只剩下对老孟的感恩戴德。

老孟在车子里就对我抱歉,他说上午有个朋友结婚,请他去帮忙录像,他录完都预备走了,没想到别人过意不进,硬拉着他又喝了通酒。我说:"老孟啊,看来你在哪儿都是抢手的宝贝啊!"本来我的意思是咱们虽然都在媒体混日子,搞电视的就是比搞文字吃香,我想夸夸老孟,让他高兴高兴,可那话里的酸味我自己首先就不喜欢,所以我又说我还以为你把我给忘了呢。老孟说哪能呢哪能呢。他转身从车里提出一架摄像机,因为要锁门,所以我赶紧替他把机子接到手里。

那架机器的确是个宝贝。有它没它就是不一样,分局门口专辟了一间接待室,等老孟那会儿我就看清楚了,进去的人都必须登记。但老孟说不理他们,那些都是些杂牌。杂牌也就是联防。所以老孟领着我们直接走进去,我心里正悬着,一个戴红袖套的把头伸到窗口,扯着嗓门朝我们喊,"找哪个找哪个——话也不说就冲进来!"他的视线落到我手上,声音立即柔和了,"什么事吗?"老孟说我们电视台的,找周局搞个采访。

其实这时候我们已经知道,所谓的周局,包括老孟认识的其他几位头都已先后调离,毕竟老孟拍的那部专题已经是两年前的事。我说那怎么办,老孟说,走,进去看看再说吧。

我们在办公楼里找到一位姓李的副局长,这位继任者对我们还是很感兴趣,至少还算客气。"就是她啊?"听明了来意,李局长指了指妹妹。

也许我们在门口站得久了点,妹妹脸上原有的那点期待也被一种木然和疲倦替代了。她先是木呆呆地盯着李局看,这时候又忽然间打起了哈欠,幸亏她反应快,才没冲着别人亮出她那对老虎牙。不过,这样一来她显得沮丧,脸上的那块青淤也更加明显。我说对对就是她。又赶紧把前一天发生的事解释了一遍。

虽然我不善于言辞,但毕竟是自己的事,再小的事也够剜心挖肺的,何况这还不是什么小事,反正我的气也随着我的叙述腾腾地冒出来。看来还真起了点作用,李局长终于拿起电话,他拨了个号,我正在想这么快就要去拿人了?却听到他对着话筒喊一个叫吴兴贵的人。我发应过来,他是在和我们父亲他们那家工厂的保卫科联系,这个叫吴兴贵的人正是保卫科科长。

很长一段时间我都不知道那边在说什么,但既然李局在问情况,那边自然也应该在介绍情况。李局边听嘴里边发出嗯嗯声。这期间大概持续了五分钟,我们能听到的也只有李局鼻孔朝外喷气的声音。老孟当时坐在李局的对面,他大概闲极无聊,就把手里的机子打开来,然后把镜头冲着李局开始找感觉。李局应当是个敏感的人,但我想,普通人对镜头总会比较敏感,所以李局从嗓子底咳了两声,很明显坐直了腰,哼出最后一个嗯字,他开始说:"他们现在就在我这儿,人家都来报案了……我怎么是偏听偏信?你这个——人,人家眼睛现在还肿得像只桃子一样,我怎么是偏听偏信?……妈的!"李局脸涨得通红,随后他就像撒气一样把话筒丢到座机上。

正是这句妈的让我反应过来,李局前面一直在使用普通话,方言味极重。显然话筒那边出了点情况，出乎了李局的意料和克制程度，他才会忽然间忽略掉对面的老孟，以及那个让他变得敏感的镜头。不过这样一来，我就有些紧张了，我没想到公安局长出马也会这么不顺利。

"妈的，419厂全他妈这么自以为是，有点钱就这么了不得——"，李局有些失态，自说自话，刚才的事一定伤了他的面子。

他的报怨倒并不是没有道理，我曾听父亲说整个工业区似乎也就他们厂还有些效益，这年头有钱人总要骄横一些，单位也一样。对他们单位，父亲的感情一直是复杂的，几乎可以说是骄傲与仇恨并重，就看在什么处境里了。

"他们不肯处理吗？"我多少问得有些不甘心。

"他说处理过了，你们那个保卫科长说这样的小事，车间就已经解决了……"

"这还是小事啊？再过来点眼睛就打瞎了，再说，对以后的视力有没有影响还不知道，要是视力下降了，再来个神经萎缩——以前厂里又不是没这样的先例，那个人你知道吗，就是眼睛这儿挨了一拳，视线只剩下0.1了，后来几个大学都不要他……"

"像这种事，我们也只能协助处理，他们不出面就不好办……"李局的声音懒洋洋的，显然他的兴趣已经过去了。

"那局长，你看能不能这样，让我们先去做个法医鉴定——如果好了当然好，如果有问题，以后再打什么官司，也好有个依据。"老孟替我退了一步。

但没想到李局还是摇头，这个还是要回厂里去解决，如果保卫科不出证明，也得不到做鉴定……

我没想到会是这么个结果，这个结果和我最初的期望相差何止十万八千里？但这也可能是最后的结果了。我的脸一下子涨得通红，我相信这里面的不合理谁都能一下子看出来，他一个公安局长更应当清楚，我说怎么能这样，这样不是随便他们整，哪个有权哪个说了算？

显然李局已经不打算再理我,他说话都是对着老孟,他眼里只有这个电视台记者。

"那么,没办法了,想想办法嘛。"老孟说。

"没有办法,不是我不想帮你们。"公安局长摊开他两只大手。

老孟把我劝走的,老孟后来说我当时的情形几乎有些失控,红着脸在那儿发愣,倒像是别人不解决,我不肯善罢甘休。想开点吧,老孟说,没办法,这就是现实。

那时候老孟其实心情好极了,就在最后那几分钟他和李局谈成了一部有偿专题片,说好了过两天去录像。这倒好,妹妹被打成全了老孟,我这边却一事无成。

下楼时我一定气得够呛,心里憋着团火,看在走廊上的盆栽都想去踢一脚——当时真不如直接去揍那小子一顿,先打了再说!老孟在一边劝我,算了,算了,你也别气了,晚上找两人打打牌吧。"事情既然出了,你又尽力了,还有什么好气的?"

我猜正是老孟的这句话让我彻底解脱,那时候我和妹妹跟着老孟朝外面走,我也这么想——他妈的,该做的都做了,还能怎样?我这么安慰自己。我对身后神情抑郁的妹妹说你自己回家吧,我和孟哥去城里办点事。妹妹噢了一声,然后听命地走了。我看着她孤单的背影,我想这一下午一事无成,她心里不知有多难受,我就是个无用的哥哥,竟然帮不了她,而且我还可以找人诉苦,她又怎么消化这股怨愤——想到这儿一股苦涩和无奈的滋味再次涌上来,让我心里一阵阵发酸。

那天我和老孟,还有他叫来的两个同事打了一整夜的"双抠",是在一个叫好心情的咖啡吧里。有段时间,就是我离婚之后,我和老孟他们几乎天天都在这儿打"双抠",这一次再来真像是旧梦重温。仍然是我和老孟打对家,这一晚老孟可没少挨我骂,老孟牌技还像从前那么差,这么长的时间他竟然毫无长进。不过老孟这个人,一向都是好脾气,也可能有了白天那笔进项,他变得肚大能容,再难听的话,他也是打个哈哈就让过去。最后我们小赢了六十，一人一半。分手时我才醒悟，这笔钱不是刚好就是我回乡下的车票价格？

第二天下午我坐火车回到了那个叫王武的小县城。

六

父亲正在一天天走向康复，这是不用问也看得出来的，除了脸上的气色，还有他的口气，刚住院那两天，父亲说话时语调总往下掉，就像一节老挂不住的绳子，也说不了几个长句子，当然这都是他虚弱的表现，可结果老让我觉得父亲是在和我客气，或许父亲对住院，包括接受我的照顾还一时无法适应，所以一旦到了父亲和我不客气的时候，就说明他的病症快要好了。

事后来看，我们都有些乐观了，可能因为无知吧，对医学也包括我们的身体，我们都是无知者。由于这种无知，我们才会对医院有一种盲目和固执的依赖，即使生病，只要住进医院也会平安无事的，在我的周围这似乎也是一条铁的定律，所以我相信父亲很快就会好起来。

其实，我们每个人同死亡都只有一线之隔，父亲也不例外。

父亲住院后，第三天开始下床活动，他原本就是个闲不住的人，加上几天的卧床治疗，父亲也闷得难受，他自觉不错，忍不住想显示一下医疗成果。那是第四天，他做了个心电图检查，输完液后还在阳台上做了几段广播体操的伸展运动。

吃过午饭，梅玲来了，她提着两袋水果刚一进门，我就说你来了正好，我正愁没人照顾老爷子呢，我得去厂里开张支票。

那天一大早，医院就通知我们赶紧去补交支票，父亲住院这三四天，医疗费已经花了三千，等于一天一千，这个结果自然让我咂舌头。下午医院方面又来催促一次。

我让梅玲陪着父亲，自己赶紧去父亲的单位，那天还是个周五，所以一开始我很担心，会不会开不到支票引出什么不必要的麻烦。还好，去卫生科、财会科都很顺利，出来时我已经把一张三千元的支票拿到手。

尽管如此，等我办完一切回到病房时也已经快下午四点了，原以为父亲会借着输液睡上一觉，而梅玲呢，大概会翻我丢在床头的那几本杂志来打发时间，谁知并不是这样，我离开的这段时间他们俩一直在开诚布公地聊闲天，还在走廊上，我就远远地听到梅玲在笑，父亲也跟着她，父亲好像很长一段时间没这么高兴过了。

"聊什么呢，这么热闹？"我在门边笑着问。

"不告诉你——对吧，爸——不告诉他！"

我吓了一跳，梅玲多久没用这种腔调跟我说话了。我看看父亲，他正含笑答应，好像已经默许，他们似乎达成了什么协议，我很好奇，但我还是做出毫不在意的样子。

梅玲又坐了会儿才走，我把她送上车，回到病房后，和父亲谈了谈去厂里办支票的情况。而对于刚才梅玲不让我知道的事情，我故意没问，我知道，以父亲的脾气，这样他反而会更来劲。

父亲是从他的存款开始谈起的。这么多年其实我都不知道父亲有多少钱，曾经有多少钱，现在还剩多少，我自己是从来不存钱的，有多少都会花个精光，父亲却不是这样，或者说他们这一辈都不会出现这种情况，也是我该死，在医院和父亲谈起这种事，倒像是在交代后事。

"多少？"

父亲伸出五个指头。"五十万？！"我故意这么说，我知道父亲没有这么多钱，也不可能，可他的表情就像他有五十万，甚至五百万，他为此而得意。

父亲没有否认，"本来有七万，你结婚我给了两万，还有五万——怎么样，我和你妈都想有个孙子抱抱，每次啊，她看到别人家的小孩都高兴地去逗逗，你怎么样，给我们生个孩子，我再给你——"，父亲这一次伸出两个手指头。

"二十万啊？太少了吧，这点钱怎么养得好，买架钢琴都得十好几万吧"，我知道不胡搅一下，父亲还会这么自说自话下去。

父亲叹了口气，他下午的好心情算是被我搅了，父亲说每次一聊到这个问题我总是用胡搅蛮缠的态度在对付他。我说没有啊，你就想抱孙子也不用抱她的嘛。我得承认我和梅玲已经不可能了，理由是我们俩已经覆水难收。

"那还不是你的错——你如果不和那个姓什么温的乱来，小玲也不会这样子——当然啦，我也跟她说，男人嘛有时候就是这样，难免有失控的时候……"

我一声不吭，只是脸色越来越阴沉，呼吸越来越浊重，我发觉我气的是梅玲，也不看看什么时候，就是有什么想法也不用这个时候谈吧？但真正让我生气的却是父亲，一副起哄的样子，父亲是越说越来劲了，在我看来，他越说越得脸了："你看怎么样，刚才我说这些她也没生气，要不要我再努把力？"

最后父亲干脆告诉我，如果再这样下去，能供我选择的女人不是带小孩的就只能是那些寡妇了。这当然也不怪他，父亲是作老师的，有老师所有的通病，老师的通病就是把最差的结果告诉你，让你看到。父亲让我看见的就是，如果不选择梅玲的话，我的前面就只剩下寡妇一条路。

"行了，你还嫌不够乱啊？！"我只说过这么一句话，这突如其来的句子是我从胸膛里蹦出来的，所以尤其厉害，话一出口，我显然就已经后悔了。

半夜一点钟左右，也是我刚上床不久，父亲就在对面喊起来，其实根本不能说喊，他只是模糊地嘟囔着。说不清为什么我忽然间就有一种不祥的预感，我猛地坐起来。

我打开灯，什么？

从父亲重复的口型上，我看出他说的是，冷，我冷，我很冷！

我已经知道，心脏病人要是感觉冷绝对不是什么好兆头，尤其父亲的脸呈现出一种青灰色，比起他平时的蜡黄，这种颜色只能让我更感不安。我飞快地把这边的一张被子搭到父亲身上，但看来这改变不了实质，我赶忙拉开门，用最快的速度冲到值班室。

是那个长脸扎马尾的女医生。她听到我的叙述，在门后囫囵地答应。接着拉开门，白大褂在我眼前一闪，她已经跑到了我前面。

插上氧气管，输液，马脸医生紧张地忙碌着，后来她消失了一会儿，接着随着走廊上响起一阵隆隆的车轮声，她推进来一部心脏监视器。马脸医生拉开那两床厚棉被，把监视器的探头贴在父亲瘦骨嶙峋的胸口上。等监视器出现那个有节律跳动的绿点，她才松了口气，我也跟着松了口气。然后长脸医生说如果情况有变，马上要通知她。我答应了。

我们煞有介事的样子可能也把父亲吓着了，他也许感觉到什么，就在长脸医生给他检查氧气瓶时，父亲忽然间哭了起来，他虚弱地看着我，说，我对不起你们，你妈妈，妹妹……

我却有一种滑稽感，我怕父亲看出来，赶紧安慰他：没事的，放心吧，没事的。天知道，我都在说什么，我就像哄一个受尽委屈的孩子。但父亲的确渐渐平静下来，慢慢地闭上眼睛，只有监视器嘟嘟的跳动声，镇流器的声音，还有父亲的呼吸……我像长脸医生要求的那样监视着父亲，哪怕他忽然的一个抽搐，一次小小的痉挛。我们到了一个什么样的世界，那么安静，静得可怕，我相信只要说点什么，天边就会有回声传过来，但这时候外面黑漆漆的，我感觉中，好像有什么东西一直盯着我。

就是这时候我开始找那本书的，这段时间妹妹从家里给我带来很多书，我有些烦乱地翻着，那是本南怀瑾翻译的《药师经》，作者释迦牟尼。我翻到这一段，并开始念：

　　复应念彼如来本愿功德。读诵此经。思唯其义。演说开示。随所乐求。一切皆遂。求长寿得长寿。求富饶得富饶。求官位得官位。求男女得男女。若复有人。忽得噩梦。见诸恶相。或怪鸟来集。或于住处。百怪出现。此人若以众妙资具。恭敬供养彼世尊药师琉璃光如来者。噩梦恶相。诸不吉祥。皆悉隐没。不能为患。……

我停下来，是因为听到一声清晰的鸡叫，它好像沿着某个边界划出的一道弧线，宣告着过去与现在的分离。这时候窗外的景物已经开始浮现出来，有一层模糊的雾气浮在那块空旷的菜地上，天色也接近透明，几乎同时，我听到父亲说："好热，你把被子拿开吧。"这句话对我来说，一定是世界上最华美的，我预感到警报解除了。

我替父亲拿开被子，同时关上灯，屋子里只剩下那种嘟嘟声，还有就是我们几近于无的呼吸声。外面似乎又亮了一些，亮度每时每刻都在发生着变化，我望着那些越来越清晰的景致，长长地松了口气，也许最难熬的一段时间已经被我们挺过来了！

七

正午时，母亲和妹妹一起来给我们送饭。那一天是星期六，按事先的约定，母亲准备把我换回去洗个澡。你大概想象不出我见到母亲时的那份激动，我用一种劫后余生的口气描述着头天晚上，甚至只是几个小时前在黑暗中发生的危险，那段让我迄今都觉得后怕的经历，我们是怎么熬过来的，我用一种怎样的速度和声调去喊医生，然后我和父亲又怎么一起回到这个世界……这段经历其实已经在我的叙述中变了味，它已经变成悬念片中某个刺激而神秘的片断，还有那记鸡叫声也变成了一种暗示。母亲在听我的介绍时，还能保持兴趣，然后她说，是啊，心脏病就是这样很危险的。这是母亲的原话，口气很淡，这自然不是我希望中的反应。

当然，也可能我的要求高了，我想要别人都来重验我的感受，因此母亲说完后我立即有些失望。紧接着，母亲谈到一个人，她是对我父亲说的，这个人的名字一出现，我就知道了，昨天晚上发生的事已经被母亲轻轻松松地放过去。母亲说："昨晚上刘卫民打电话到家里，他说知道你住院了，赶紧来问一下情况……"

我不夸张，父亲的眼睛立即就像通电的灯泡那么一亮，母亲刚一说出刘卫民这三个字，父亲的眼神就变了，他就像服了兴奋剂，那种病中的萎靡一扫而光。也好，这样一来，对父亲来说，昨天晚上经历的小劫难也算彻底结束。

刘卫民是我父母亲一个共同的学生，母亲教过他的小学，父亲又继续教工业模具，后来在父亲的帮助下，刘卫民又以一名青工的身份参加了高考，复旦大学毕业后他在上海某个区做宣传干部，现在也许正在成为一个处级或者副局级领导干部。刘卫民应当是我父母亲最成功的学生，他们教了几十年书，大多数学生都只能成为普工，变成干部的都很少，能在上海当干部的自然更少。尤其难得的，刘卫民不忘师恩，每年回家探亲时，都会抽时间到我们家来坐坐，这样一来，我父母对刘卫民的印象自然更加的完美。也许对刘卫民来说，这再自然不过的，但对于我，不知从什么时候起，"刘卫民"已经变成一个让我排斥、反感的名字。

可能从我五年级起，父亲就开始这么教训我："你看看人家刘卫民！""你要是有人家刘卫民一半用功哪会是今天这样子？！"我得承认，我一直有些嫉妒刘卫民，他几乎没费什么事就弄得两个老教师昏天黑地地推崇，刘卫民这三个字已经成了一把标尺，也成了他们唯一值得记忆的东西。虽然这不是刘卫民的错，我还是忍不住厌恶，包括我父母大人的反应——所以乘着他们还在刘卫民打慰问电话这件事情上翻来复去地自我陶醉，我离开了病房，我是准备回去洗澡的。

那是个大晴天，外面很热，但就在我头顶上，满天空都是一种快心的蓝色，这让我心里涌动着一种久违的轻松，这种轻松足以让我忘记包括暑热在内的一切。毕竟，昨天与今天已经泾渭分明了，灾难已经过去，在我看来，没什么灾难会是接连不断，接踵而来的。我甚至闻到自己身上那股浓重的汗酸味，在医院时它们就已经存在了，只是被更强烈的来苏水味覆盖不能显现，这时候才开始强烈地释放，但我喜欢这种气味。

回家后，我很快烧了一锅水，打开电视，吹着口哨，慢慢地脱光衣服，临进卫生间前，我还在穿衣镜前打量了一下。这些天我明显瘦了，这很好，小腹已经开始收进去。

电话铃响的时候，我正开始洗头，我被狠狠地吓了一跳，第一个念头就是，糟了！我预感电话是医院打来的。

我就像一只洒水壶，一路滴滴嗒嗒地冲进客厅，洗发水进了眼睛里，我也只能闭着一只眼睛把听筒放到耳边。"喂——"

是胡队，谢天谢地，我首先松了口气，"胡队啊？"

"你是搞哪样嘛，别的队员材料都交上来了，你还在上面！"胡队不知道我的心理，自然不能体会我的欣喜。我只好说我父亲还没好，昨天晚上还下了病危通知。但他似乎没有听进去，绕山绕水地抱怨和责备，最后他说的是你的事怎么这么多？！

这显然不是人话了，我的口气也立马硬起来，"是多嘛，但哪件不是重要的，你说说看？"

"你们单位怎么会派你下来噢？"

我感觉他在仰天叹息，我几乎想骂人，"你以为我想下去？"

那边的电话已经重重地挂上了，我气得也把电话挂上，但我知道还会有电话来的，所以洗澡的心思也没了，胡乱冲一下就出来坐在沙发上看电视。这期间我一直在胡思乱想，也有点后悔，怎么就和胡队把话说崩了？我当然不是怕结束时胡队给我写个糟糕的鉴定，只是担心家里再遇到事，他还会不会准假？那个人是极讨厌的，一看就知道喜欢给人穿小鞋的，可也犯不着这个时候得罪他。我细细辨别自己刚才发火的原因，发现还是被胡队这个突如其来的电话吓住了，我以为父亲又出了什么问题。

又过了十几分钟，电话铃又一次响了，我以为是胡队，结果却是我们报社王总编，原来胡队挂完我的电话，就打电话到我们单位告状。人事处长来问情况，因为按规定我应该在下面呆着——我把父亲的情况说了一遍。看看，毕竟是要与我们共存亡的领导，就是不一样。王总问："那你父亲好点没有？"王总的话让我感到温暖。我说好点了。我开始陈述自己其实很想在乡下认真扶贫，如果不是父亲突然病重，我肯定连过年都在乡里呆着。但这是生病，又是心肌梗塞这种急重病，我也没办法。我接着说，"王总，你看——这么多天了，我一直都在医院，连洗个澡的时间都没有，今天要不回来洗澡，还不知怎么被人误会……"

这种情况王总也不好说什么，他很为难，一直咂着嘴，我可以想像他眉头紧锁的样子。最后他让我照顾好父亲，让他快点好，然后快点下去，组织部那边由他负责解释。我松了口气，尽管我不知道怎样才能让父亲"快点"好，但还是坚决地答应下来。

这只是个小插曲，与父亲的病情相比，这世上是没有任何事情可以相提并论的，所以我想——如果父亲的病能"快点"好，那自然是好事，如果还是这么不稳定，我肯定会在"上面"坚守下去，不管冒多大的风险和压力，谁打电话来，我都不会下去的。

所幸的是，老天爷开恩了，他不再为难父亲，就是对我开恩。父亲的病终于像我们期望的那样好起来，而且好得很快，仅仅过了一天，他就重新下地，第三天，他又在阳台上做了套完整的广播体操。父亲和我说话开始用大量的长句子，声调也总是扬上去，而且他又开始对我指指点点，对我不怎么客气了。这也让我们相信，那天晚上的经历其实就是一道坎，过去了就是海阔天空。结果，我们一起过来了。

八

按医生的说法，父亲其实最好在医院里多住上几天，多调理一下。

但到了第十二天，我们又收到一张催费通知，这说明我们又要从厂里要钱了。我问父亲是不是再去补支票，他坚决地摇头。我以为这时候父亲是在为他要负担的那部分医药费心痛，所以就劝他不要在乎钱的问题，不就百分之十嘛，我给你出。没想到父亲还是摇头，他说，"反正都是调理，都是那几样药，我干嘛不回家调理呢？我已经好了，不信你看！"父亲说着两只手朝后伸，做了个扩胸动作。我见他态度坚决，最主要的，父亲说得很有道理，就同意了。

第二天一早，母亲和妹妹都来医院接父亲。母亲还告诉我们为了庆祝父亲出院，她一大清早就去菜场买了条大鲢鱼！等我们回到家，家里的确弥漫着一股迷人的喜气，这是久违的东西，让我们兴奋，父亲更是一进家门就开始四处乱转，东摸西看。虽然他住院只有十多天，但这段短暂的离别却足以让他感慨。后来，在阳台上父亲终于发现一滩刚留下的麻雀屎，便兴冲冲地找来块破布，他先吹掉干的那部分，再用抹布把余下的擦干净。父亲擦得很细心，做完后他的表情是满足的，就像为我们完成了一件大事情。

我细细品味着家里的变化，那种喜庆的气氛，应当说寻常的节日里都无法找到，从前，也只有父母亲头一次调工资，我考上大学以及我和梅玲结婚才出现过那么两三次。但那时候我们家都有所收获，比如一级工资、一所大学、一个媳妇，只有这一次，我们一无所获，当然父亲的病好了，恢复了健康，这一点最重要，甚至精神层面的收获更大，我们一起战胜了病魔，共同度过了难关，因此这喜悦中应当还有一种苦尽甘来的含义，它让我们彼此珍惜。

乘着父亲高兴，我告诉他明天准备回赶水。父亲说，"是啊，你也该回去了，这段时间你这么辛苦——你这么长时间照顾我，别人会有意见的吧？"父亲在工作上从来不愿意拖我的后腿，有可能这也是他要出院的理由。

我说我才不辛苦，妈妈和小雯辛苦了，"晚上，我干脆带小雯去夜市上买几件衣服吧,顺便也让她散散心。"

其实是我自己想散心了,我想去泡泡吧,打打牌,这十几天的确让我憋得难受,每天都对着医院的白墙白床,还有白医生白护士,我的眼睛也像缺油的胃口那么垂涎于各种颜色,那是都市夜晚的喧嚣的霓虹灯在召唤我。前面,父亲的病情还能约束,现在我整个心思都有些失控。更何况我还要下乡了,那儿更是个寡淡的地方……父亲正在兴头上,说去吧。过了会儿,他忽然说,你去找找梅玲嘛,一起聊聊。这是个馊主意,换到平时我一定会腻烦,但这一次,我没吭声。

下午我们家早早吃过庆功宴,我就和妹妹一起进了城。我们先回了趟报社,我在那儿有间宿舍,那是我离婚后跟单位要来的。因为几个月没开门窗,里面不仅落满了尘埃,还有一股沉郁的霉味。我赶紧打开窗子通风,小雯也找了块抹布替我清理了一下。那时候不过六点来钟,离夜市开市还有一段时间,我下楼去给老孟打电话,我想看看他今晚上能不能出来打牌。

接电话的是个女声。只是一瞬我就反应过来,我刚才错拨了电话,我的手,很自然,应当说有点鬼使神差地拨通了梅玲的电话。

"喂——"梅玲在那边等着。我说是我。

梅玲当然听出来了,她说,"是你啊,我说这电话有点熟,你楼下的吧——爸怎么样?"

我说今天出院了。

"这么快啊,我还说这两天去看他——那你要下乡啦?"

"明天下去吧,"我忽然间想起小雯,就问她现在有没有事。

"干什么?"

"我等会儿带小雯去买衣服,你知道我的,又不会买,要不你去帮着参谋一下?"

梅玲在那边犹豫了一下,说她正在吃饭。我说那么算啦,我们自己买吧,我的话还没说完,梅玲又说,"要不你等我会嘛,我一会儿吃完了就过去！"我和梅玲客气了一下，但她还是说要过来。

梅玲出现时，天已经黑尽，远远的我就听到了脚步声，于是站在过道上调侃她，"哟，大主任终于陪完客户啦——当正主任就是和副主任不一样嘛"，梅玲惊奇地笑起来，问我怎么知道这件事的。我得意地说这种事你还瞒得了我。其实这件事我也是前两天才知道，报社老许向我慰问父亲的病情，顺便通报了这件事，记得当时我还十分感慨，心想没准梅玲离这个婚还是离对了，她离霉运已经越来越远。

我们一起来到青年路。青年路白天是商业街，一入夜就成为夜市，人行道两边都被两三米见方的小摊位铺满，各种廉价的百货商品应有尽有，琳琅满目。这时候正是开市时间，纳凉的人正从家里三三两两的出来，一到青年路，刚才还显得慵懒的神情明显一振，接着就汇入前面那条遥遥没有尽头的长龙里。

平时我很少逛夜市，就是嫌人多，挤得难受，又嘈杂，就是近在耳边也要声嘶力竭地说话，但那天显然我喜欢上这里普天同庆的热闹，这一次我和这么多人挤在一起，甚至连他们身上的汗臭味都闻得一清二楚，我都没有厌烦，别人同样如此，也许他们也和我一样，刚刚才从困境中走出，因此都有些莫名的兴奋。我们给小雯选了套秋装和一条裙子，裙子是梅玲买的，她说本来就想送小雯点什么，又说让我选件T恤什么的送给我。我忙推辞。

看得出等两套衣服提到手里，妹妹也变得很满足，平常她难得有这样逛街的机会，所以还在热情高涨地东张西望。这时候梅玲突然伏在我耳边问，你等一会儿送小雯回去？这时候我才发现我们三个人已经调换了位置，本来我走到妹妹和梅玲中间，现在却变成我打头，妹妹落在了最后。我告诉梅玲小雯晚上住在我那儿。

"那你呢？"

"等会儿我去找找老孟他们吧——"

"那又何必，要不——你就去那边嘛"，那边就是我们从前的家，梅玲的家，我当然知道的。我看了梅玲一眼，心里突然间一热。

到那天我应该很久没做那种事了，也想不起最后一次是什么时候，反正不是梅玲。梅玲对我来说已经有些陌生，但也许正是这种陌生才突然间使我心驰神往，梅玲其实不错，性感女人的一切她都具备……也许那个打错的电话就暗藏着预谋了，父亲让我找梅玲时我还有些腻烦，其实是被他说中了心事。于是与梅玲有关的一些片段在我脑子里急速而过，我们喜欢在镜子前做，所以浴室总是首选，浴室里的蒸汽不停地蒙上一层水汽，我们便不停地擦……我感到呼吸正在加快，身上的血开始奔涌，最后又在小腹那儿慢慢聚拢……这的确是个消费的夜晚。

梅玲应该觉察到我的异样，她又娇嗔地补了句，是睡沙发噢。

"沙发就沙发！"梅玲的想法赖不掉，即使睡沙发，她也可以叫小雯去睡，但她选择了我。

我有些急不可耐了，看看身后的小雯，她还在一个礼品摊前看一只水晶花瓶，我赶忙催促。等我们心急火燎地把妹妹送回去，没上楼，我和梅玲就转身了。我们拦了辆出租车。

从报社到那边坐车要一刻钟。上车后我变得踏实了些，就好像事情至此已经无法反悔，不可逆转了，就只剩上床一条路，我只需放宽心慢慢地享受。我承认我的脑子出了错觉，也许前面的全是错觉，我把可能当成了必然，才会在接下来的变故里手忙脚乱。那天晚上我几乎要把自己毁掉。

变故是我们快到那边时发生的，梅玲接了个电话，打电话的是前面刚和她吃完饭的那个"老客户"。他请梅玲去盛希友泡吧——梅玲把手机按在胸口上征询我的意见，我看得出她很想去。其实我也想去，明天我就要下乡了，我要在下去扶贫前把所有该进行的消费都消费到。这么想了想，我就开始点头。梅玲盼咐司机去盛希友——车子开始调头了，司机师傅喊我注意左边有没有车。

那时候也许我已经有了种不妙的感觉。

九

　　李哥大概三十七八岁的样子，上唇留着一道小胡子，脸色苍白，甚至有些发青，但也可能是酒吧里的灯光造成的。我跟着梅玲也叫他李哥。

　　我跟梅玲下车时李哥就看到了，他坐玻璃墙边，对外面的一切洞若观火。等我们进了门，就看到一棵巨大的发财树后伸着一只手臂，梅玲说那就是李哥。等他站起来，我才发觉那是个高人，足足有一米八几，虽然有些偏瘦，劲却不小，我们一握手就知道了。

　　梅玲说李哥是个茶老板，有一片茶场，两处茶庄，一座茶楼，真正的产供销一条龙，而且正准备开发第二个茶场。我发现梅玲介绍时，李哥都在很欣赏地听着，不知是因为内容，还是因为这一切是梅玲介绍的。轮到我时，梅玲说得很笼统，只说他在某个报社。李哥却接过话，知道的，知道的，大名鼎鼎，你写过一篇在乡下被狗追的文章，很有意思——要不停地蹲下来，对不对？说完李哥开始笑。和所有搞文字的人一样，我喜欢别人记住我的文章甚过我的职业，从前我很讨厌小胡子，但李哥的开头却让我有了几分好感。

　　我们的话题是围绕着茶叶展开的，梅玲说李哥有一块清末的茶砖，是他的镇楼之宝——我算长了见识，至少头一次听说茶叶还可以越陈越香，上了百年的普洱可以与黄金等价，听起来就像天方夜谭。有了这个前提，李哥再说解放前的人因为喝茶而倾家荡产，我已经不再有任何惊讶了，反而心生向往，我顾不得考虑和李哥有多少交情，便问他能不能哪天请我们去见见这个宝贝？李哥说，没问题，哪天想看就和小梅一起来好啦。接着，我们就聊到了小雯。小雯成为一个话题，最初我以为只是个意外。李哥说你们刚才是帮谁买衣服嘛？李哥这番话自然是冲着梅玲。我猜梅玲接电话时，李哥就在旁边，所以他知道我们的动向。但接下来的一句话就让我费解了。

李哥问:"就是那个遭人欺负的女孩?"

我连忙望着梅玲,这种事李哥怎么会知道的?而且他用的那个"欺负"也让人听着很不舒服。梅玲赶紧解释她上次曾托李哥为小雯找过工作,说了一些她的事。我低下头开始喝酒,桌上有两种酒,红酒和啤酒,我喝啤酒。

"妹妹现在怎么样?"我注意到他妹妹前省了一个你,自然是故意的。

"还好吧——"

我不知道李哥的意思,他突然间想起小雯,没准只是想帮她一把。也许只需一句话,小雯就可以去他的一条龙,当不成茶楼里的茶小姐,至少可以在茶庄卖卖茶叶,没人会因为卖茶的戴着白手套而嫌弃那些茶叶……我开始解释小雯现在的处境,尤其要说清楚"欺负"的含义,当然这就必须从小雯断手开始讲起了,到小雯被人打肿眼睛,事情又不了了之我才停下来。

应当说我讲得声情并茂,我跟别人讲这么多次小雯,唯独这次讲得最好,也许旁边放着音乐,更可能我希望李哥帮帮小雯。如果换一个人,我猜他至少会表示一下义愤,附和地骂骂那个叫唐成的青工,对那个工厂,人们习惯的说法是——天下的乌鸦一般黑,这是我理想中的,也是我期望中的,结果却是另一回事。

李哥听完后眉毛倒是竖起来,他说:"这种杂种,欠揍嘛!你去狠狠揍他一顿,没什么比这更管用的,你看他还敢不敢乱来?!要找什么人?还不如不干,你们这些人啊——"说到这儿李哥的嘴皮子咧了一下,显然我对他"斯文"的第一印象是个错觉。

"我当时也是想听听单位是咋处理的。"

"咋处理?打嘛——这世道就是凶的怕恶的,恶的怕不要命的——你看,要是换到我,我不去灭了他,打人?手都给他下一只!"说到这儿他笑起来,我听出来了,是那种哀其不幸,怒其不争的意思,李哥真正同情的其实是我不是小雯。

我脸上一阵发烧，照理，酒精的作用要过一会儿才能反应，但因为惭愧，因为这句话是从别人嘴里说出来，我才意识到从未有过的荒唐，的确，细想，我难道不是全天下最无用的人？可能只是几分钟前，我还沾沾自喜的，其实，我就是个无能的人，可笑的人，既无力帮助妹妹，也不能为父母分忧，看来梅玲离开我是对的，和我在一起的人只会倒霉！

梅玲说：你就少喝点，这么喝——这是劝我。我开始呵呵自嘲地笑，我推开她的手，这一次不用人请，我就把面前的啤酒和红酒全喝干净，我对李哥说，那你遇到这种事你就会去揍他？你让条狗咬了，你也会去咬狗一口？

李哥乘胜追击，他笑着说："我可以找人嘛，让别人去咬……"

"你就别逗他了——你少喝点！你看看，全是你，要是生出哪样事——我可饶不了你。"

"好说，包在我身上，你想干什么，我全受……哈，哈哈！"

这也是我记住的最后一句话，那天晚上发生的一切应当是另一个我干的，对此我毫无记忆。

从酒吧到梅玲那儿，在我的记忆中是块空白。醒来的时候已经是第二天早晨，我睡在地上，旁边是沙发，先前我可能睡在沙发上，大概一翻身，才会落到地上。我也不知道自己是不是摔醒的，或者是渴醒的，反正头痛得厉害，嗓子眼干得冒烟。

我坐起来，发现地板上还有床毛巾被，这应当是梅玲替我盖到身上的。等我回过神，才反应我睡的就是梅玲说的那张沙发——沙发自然在客厅，我却费了半天劲才把它认出来，原来梅玲把客厅换了个位置，东西都调换了方向，除了书架，那是固定在墙上的。

我试着去厕所，走起路来还有些不得要领，有些脚软，就像走在一块看不见的海绵垫上，这时候我经过卧室，房门关着，梅玲还在睡觉。我醒来的时间很早，在医院这些天我已经养成六点半起床的习惯，虽然父亲已经出院，这习惯却还保留着，连醉酒也不能幸免。

卫生间的那面镜子倒是从前的，很平静，也没什么水汽，所以能清晰看见一个睡眼惺忪的男人正在撒尿，他打着哈欠，然后在结束时打个尿颤——可以说，到这时候还一切正常，我对梅玲没有一丝责怪的意思，换了我也不愿意把个烂醉的人丢到床上，哪怕他是自己的前夫。只是，昨天我是怎么回来的，我搔破头皮大概都想不出答案，所以我猜极可能是李哥和梅玲联手，才把我弄回来的，这样做他们可费了不少劲，毕竟和结婚那时候比，我重了不少，有了个不小的油肚。

我泡了杯茶，我想喝点水，看看书，到九点来钟时再把梅玲叫起来——就在我泡茶的时候，我一眼看到门边，先前被我忽略的——就在鞋柜旁的鞋垫上，放着两双皮鞋。我的那双自然是一眼就认了出来，另一双男鞋却出现得蹊跷，这也是我发呆的原因。它显然比我的鞋大，我甚至把自己的脚放进去试了试，确定大了两只手指的样子。这自然不是我的鞋子，我看看里屋，仍然房门紧闭，仍然听不到半点动静。

应当奇怪的是那时候我会那么平静，我可以保证，当时我一点想闹事的心思都没有，甚至连往那双男鞋里吐泡口水的想法都没有。我只是平静地喝着杯子里的茶，直到喝完第二道水，茶自然要喝第二道——我觉得够了，才放下茶杯，打开房门走出去。我没弄出一点声音，连最后那记关门声，我都让它小到尽可能小的程度。我去了火车站，在车站边吃了早点，然后买了半个小时后去湛江方向的火车票。七个小时后我到了平塘，接着又顺利地回到赶水。那天的车没什么问题，因为是赶场天，所以来往于平塘和赶水间的交通车有六七辆之多。

事后回想，那天唯一让我觉得不可思议的是那双皮鞋，我其实一眼就可以确定不是自己的东西，却还是抬起脚进去试了试。

十

十月份，一个小阳春天气，我突然接到梅玲打来的电话。她的说法，她一直在不停地打电话，可打了几个月，我们这儿的电话就没有通的意思，总是嘟嘟嘟，嘟嘟嘟……梅玲开始模仿忙音。"你们就这么忙啊？连休息时间都没有，一个劲儿的打电话？"

"哪是这样啊，我们这儿的线路是坏的，坏的时候就是忙音——有什么事吗？"我想起上次小王的经历，是不是这部电话只准那些坏消息传进来。

"没事没事，你家里都挺好的，放心——我昨天还跟他们通过电话，都好的，爸倒是说过你们这儿的电话不容易打通。"

我松了口气。梅玲接着问："你们的项目搞定了，希望小学修起来没有？"

我说在修，不过快完工了。但我随即问她是怎么知道的，就算梅玲在报社干主任，也未必能知道修小学的事，我们这个项目又不是什么大项目，不知道很正常，知道了反而不正常。

"哟，你自己说的嘛，你真是贵人多忘事！"

"我说的？"我记得上次回去时，扶贫款还没下放，自然谈不上立项。

梅玲说："就是喝酒那天——看来你是醉糊涂了。"

我故意说："噢，我早上起来就走了。"

梅玲不理："你喝酒的时候说的！"

"噢，对了，我是怎么回去的，你们可能扛不动吧？"

"还说呢，你那天打了李哥一拳，你知道吧？把别人一颗槽牙都打掉了，要不是我拉住李哥，你们还不知打成什么样！"我没吭声，就像听到一个瞎编的故事。

"后来，你就趴在桌上开始哭。"

"哭？"，我忍不住笑起来，"怎么可能？！"故事有些荒唐了，这的确不像是真的，从15岁起我就没掉过眼泪，我相信以后也不会掉。

"你说你们那个乡，最远的那个村子，离乡里还要走五六个小时，对不对？你说你都不敢喝别人递来的水，那杯子上面净是黑手印，但你们不喝是因为他们担一担水要走四十分钟，对不对？"

我没说话。

梅玲接着说："后来，你又讲那个村子里没有学校，学生都是在猪圈里上课，一大群孩子，你说就和两头哼哼叽叽的母猪关在一起，你说他们全都脏兮兮的，所以，你才说你要替他们盖一所新的学校……"

直到梅玲说完我都没再说话，梅玲说的无疑都是真实的，那么说我的确喝醉了，并且开始痛哭，并且在醉酒的情形下打飞了茶叶商的一颗槽牙？但在我眼前出现的还是那双大号的男鞋，它放在门边，和我的鞋子放在一起，甚至，我还伸脚试了试。梅玲那边也没了声音，她在等候确认。

我想像自己号啕的场面。那一定非常滑稽，那样一个高尚场所，周围应当有不少观众在倾听我的哭述，我在讲猪圈，讲干旱缺水，讲那些与猪为伍，永远肮脏的孩子。但我所说的这一切都是真的，它们全都是曾经发生过的事情。

李明起有话要说

第一章

一

老太太是晚上八点钟没的,事先也没什么征兆,走得很突然。当时李明起正在楼下,为了马拉多纳的那只手到底是不是上帝的手和别人争得口沫横飞,就听到他父亲在窗子那儿发疯似的喊,老三,快来啊,你妈昏倒啦——等他们合力把老太太送到医院,已经不行了,甚至,按医生的说法,他们来医院的路上老太太就不行了。

不会啊,她不是还有心跳?李明起的父亲指着旁边的心脏监视仪,果然,上面还有只绿点在有节律地蹦跳,边跳边发出嘟嘟的声音。

医生被他的话唬得一愣,随即想明白,噢,那是我手压出来的。等他的手从老太太胸口上一移开,绿点也立即像条麻绳一样软下来,慢慢成为一条没头没尾的直线。这时候李明起就听到他父亲的喉咙里发出一段模糊的号啕,妹妹啊,妹妹——你就这么走啦!跟着身子一软,好像随时都准备朝后倒下去。李明起赶忙扶住父亲,他还是头一次听到父亲这么称呼母亲,原来母亲还有个妹妹的小名,他活这么大还是头一次听到。

几个赶来的亲戚替老太太换了老衣,就用车子运了回去。灵堂就设在李明起家楼下,也是先前李明起和别人谈论马拉多纳的地方,那儿刚好有块空地可以搭灵棚。

在家里设灵堂是舅舅的主意,李明起没什么意见,他们的父亲正在哀痛中不能自拔,更不可能有意见。大哥李明亮是有头有脸的国家干部,心里很不情愿把老人弄回家,不过大家都这么说,也不好直接反对,只是委婉地提醒舅舅,现在搞殡葬改革,如果有人去告的话,办事处派出所都可能来干涉。除了他们的父亲,这时候最难过的人就要数这个舅舅,舅舅正在痛苦的关头,听到这句话,没好气地说,告,哪个没人性的去告,他们家就没有老人了,老人就不会死啦?其实舅舅的意思倒不是针对李明亮的,可他这么一嚷,李明亮也不好再阻拦。

搭灵堂的事全部交给丧葬一条龙。从前李明起以为丧葬一条龙都是一家人,现在才知道干这行的全叫一条龙,而且因为竞争激烈,时刻有专人在医院埋伏着。李明起父亲的哭声一起,门外已经有两家一条龙闻风而至,围着舅舅拼命地自我介绍。李明起看着那两个唾沫横飞的女人把舅舅都挤到了墙角,心里奇怪她们怎么会知道这件事情上舅舅说了算?他怀疑这中间一定有什么他不知道的窍门。

李明起是最后离开医院的,他去账房结完账,才提着母亲换下的一包衣服打车回家。等他到时,灵棚正在飞快地搭建,而且初具规模了。他舅舅选的那个留马尾的女人正叉着腰,泼辣地吆喝工人们拉电线,一切都似乎有条不紊地进行着,而且考虑到夜里天寒地冻,还在灵棚里拢了堆火,接着,冰棺、圆凳、麻将桌,包括音响都运了过来,接上电,喇叭像老人咳嗽发出一段怪声,撕心裂肺的哀乐就飘了起来。

家里人都坐在客厅里,除了几个邻居,舅舅舅妈,还有没来得及去医院直接赶来的姑妈姑爹,沙发上还坐着一个八十多岁的老姑太。他们

- 186 -

中有的已经很久没有走动了，李明起也很长一段时间没见到他们，如果不是母亲去世他们可能还是无法见面。李明起的父亲坐在沙发上正在向这些迟到的人介绍当时的情况，他一手抱着头，眼睛有些发直，没讲几句又开始痛哭：

"是我害了慧兰啊，是我害了她——就这么点时间，她说头昏，要休息一下，连切的菜都还在菜板上——我要是早一点给她吃药就好了，是我害了她啊……"

李明起想起在医院他父亲突然间暴发的那段哭声，他当时叫的是妹妹而不是慧兰。

"你也不要这么想，慧兰走得是快了点，但她也没受什么罪嘛……"

"你要想通点，人死不能复生，你就不为自己，也要为几个娃娃着想，你要是再出点事，你让他们怎么想？"

"医生都说当时如果不要动，急着送什么医院就好啦……"

"小三劝一下你家爸爸嘛——"

李明亮和李明起一起喊："爸——，你要想通点呢！"

他们的父亲终于抬起头，脑袋就像挣脱什么一样，用力地点了几下，开始下保证："我会想通的，我一定会想通的，你们放心吧！"这时候李明起的一个乡下堂妹从厨房端过来几碗面，李万达却两眼发直，看着外甥女说，我吃不下去，我怎么可能吃得下去？又是几位老人们一通狠劝，才让他把那碗面端在手里。

在另一边李明起的大嫂已经开始整理老太太的遗物，李明起从医院提回来的衣物自然交给她。大嫂问，老三，家里有没有大袋子，最好是编织袋，这样装好，到后天上山时可以直接带过去。没想到这句话却惊动了他们的父亲，李万达听了一惊，问什么东西要带上山？大嫂说，妈的衣服呀，好一点就送人嘛，旧的就烧给妈——话还没说完，李万达又哭开了，送什么人，送什么人，你妈才死呢，你们要送，等我也死了，行不行啊？

众人忙劝，不送不送。大嫂讨了个没趣，顾自解释她母亲的旧物就是这么处理的。李万达嘴里还含着口面，囫囵着说，她不是你妈，你妈要怎么处理我不管，她的东西你们就给我好好地放在那里！大嫂眼睛看着天花板，嘴里万分委屈地嘟嚷，似乎说早知道这样她才不想管！

丧事基本上是按舅舅的意思操办的，他是老辈子，又是过来人，见多识广，所以舅舅亲任总指挥，又推举了李明起一位能干的表姐专管总务。至于守夜，舅舅是这么替他们分工的，头一天由李明起守，第二天再由李明亮守。舅舅说头一天事少，第二天事多，所以老大要辛苦点，又劝兄弟俩这两天一定要瞅空休息，你们休息不好，光磕头就够你们受的。李明亮和李明起都没什么意见，相互看了眼，准备按舅舅的意思办。吃了点东西后李明起就起身下楼。

孝子守灵，对李明起来说并不陌生，楼里的老人过世，他至少帮着守过不下五回，当然那时候对他来说也就是普通的熬夜，打打麻将，很快就过去了，他甚至就是头一次守夜时迷上了麻将。他喜欢去帮忙，图的就是这份热闹，但这次到底有些不同，死者是他母亲，没人会主动找他玩麻将的。李明起下楼时，灵堂基本上已经安置就绪了，冰棺前他母亲的遗像已经摆放好，照片似乎是从哪本证件上撕下来的，再加上放大，脸上就有一块像没洗干净的墨迹。灵棚里的火这时候已经发起来，冷倒也不冷，却有股呛人的煤烟，两桌打麻将的人都浑然不觉，显得十分斯文，也没见有人为了张牌大呼小叫。

李明起悄悄走到供桌后。这也是他回家后第一次见到他母亲，她睡在冰棺里，两手被人弄成个捧腹的姿势，脸上化了层淡妆，原本就很平静的脸上似乎有了点笑意。她真像睡着了，正做着美梦，随时都可能坐起来喊他，李老三——从小到大他母亲都叫他李老三。李明起转身轻手轻脚地出来，好像怕惊搅了这个美梦。有人说，李三，替你家妈烧柱香嘛，他说好的好的，然后依言跪在供桌前点了三支香，插在香炉里。

原本李明起以为他能打上会儿麻将，他的经验再晚点儿总会有人走，单纯的熬夜并不容易，所以三缺一时他得去替补。但他还没等到这个机会，仅仅看了几圈，他哥哥就下来了。李明亮把他叫到一边，和他商量能不能调换一下，也就是今天晚上干脆他来守夜，明天晚上再由李明起守。

"你对家里面要熟点罗，老者要点什么你也知道放在哪儿……"李明起本来已经答应了，李明亮还要补这么一句，这多余的话倒让他起了疑心，等他回到家，就知道被哥哥算计了。家里其实根本就没有睡觉的地方，他的床被他嫂子和侄女占着，外面的长沙发上睡着乡下表妹，他总不能去和他父亲睡，一想到要睡母亲睡过的地方，他心里就有些发憷，再说他父亲可能也不愿意，所以挑来挑去，家里似乎也只剩下那张破单人沙发能将就。

这一晚，大门是关不上的，因为楼下随时会有什么需要，这么虚掩着门，客厅里不时飘过一阵穿堂风，虽然家里也有炉子，却未见得比灵棚里暖和。李明起找来一件皮衣，正准备蜷着身子睡下，他父亲屋里的灯却亮了，里面唏唏簌簌一阵响，接着门开了。

"爸——你要什么？"

李万达嘴里嘟囔了一句，一只手伸到后背像梦游一样朝阳台上走过去。他们家的厨房和厕所都在阳台上。

李明起觉得父亲的表情并不像去厕所，赶紧跟过去。果然，他父亲正站在阳台上发呆。爸，你搞哪样？这一次，李万达指了指搁在灶台上的菜，然后定定地说："我想把它们收一下，明天可能要坏啦！"

李明起哭笑不得，"唉，几碗菜嘛——再说这种天怎么会坏？"

"你妈妈都是放在冰箱里的……"

李明起被"你妈妈"弄得心里难受，赶紧拦他，你去睡，你去睡，我来搁。李明起架着父亲往房间里送，他摸到父亲时才发觉他藏在棉毛衫里的肩膀其实很瘦，除了皮就是骨头。他父亲也架不住他这么送，终于同意回去。

李万达第二次出来，李明起几乎睡着了，他听到他父亲站在门边冲着他说："老二什么时候回来，明天她能赶回来吗？"

李明起模模糊糊听到耳朵里，他觉得老头子在捣乱，口气就有些不高兴："刚刚我还听到哥告诉你，明天下午明天下午。"

"我是怕她来不及。"

"你就放一百二十个心，二姐要是回不来，你把我煮了吃，好不好？"

李明起打定主意了，他父亲再说什么，他都不会再理睬。他听到他父亲磨磨蹭蹭地进去了，重新关上门，他显然并不是想证实李明芳的归期，李明起听到他父亲长长地叹了口气，然后顾自地说："好好的一个人，怎么就没了呢？"

李明起没吭声，这一次他是不敢吭声。

二

第二天，果然像舅舅预言的是个忙碌的日子，各路人马，包括一些他们从前并不熟悉的人也跑来致奠。

最早出现的当然是和李明起母亲一起做晨练的几个老太太，她们是在做晨练时得到消息的，于是约好结束后一起到齐老师家看看。李明起的母亲曾经是个运动爱好者，先后练过气功、太极剑、木兰拳，最后一项是扇子舞，所以来的人中主要是跳扇子舞的。李明起一大清早就看到一群穿着一致，每人手里拿着两把红扇子的老太太，并没有马上意识到与自己家的关系，反倒是她们的打扮，让他以为居委会又有了什么重要的活动，直到她们开始小心翼翼地喊齐慧兰，李明起才一下子站起来。

看过冰棺里的母亲，李明起把一帮老太太送到家里。这时候李万达已经起来了，正在喝稀饭，一群老太太围着他又是安慰，又是叹息，弄得他也跟着鼻涕一把泪一把。李明起听到父亲又开始介绍他母亲过世的情形，这个过程他至少已经听过三遍了，关键是他父亲越说越详细，过程也越说越曲折。他不想再听，就转身下了楼。

这时候第二拨人也到了。都是李明亮的同事，他的部下，他们应当是从单位赶过来的，所以穿戴得都比做晨练的老太太们正式，不仅西装革履，还抬来四五个花圈和花篮。本来灵棚外看上去有些空旷，被这几个花圈花篮一占，至少从视觉上让人看了感动。照例是磕头，烧香，孝子答礼，一通忙乱后会计拿出两个信封交给李明亮，告诉他一个是大家凑的奠仪，另一个则是单位上的安慰费。接着，李明亮的几个领导也坐着小车赶来了，他们出现时，李明起看到他哥哥的眼圈红得要哭，远远地就迎上去。两个秃顶胖子在灵前行的是鞠躬礼，李明亮却抢先在垫子上跪下来。本来他们站着还礼就行了，他这么一跪，弄得李明起也只好跟着跪下去。

下午开追悼会。李明起母亲从前的一些老同事都跑来了。李明起的母亲曾经做过小学老师，和丈夫李万达一个单位，一个教语文，一个搞收发兼打钟。一个白头发老头，好像是母亲从前的校长，亲自做悼词。

老头自己也是风烛残年，加上又没有讲稿，触景生情，激动得好几次都说不下去，后来李明起发觉老头不是激动而是哮喘，老头说话一多就呼呼地像扯风箱，好几次大停顿，李明起都担心他会一口气上不来。最后老校长开始喊三鞠躬，大家才明白他的悼词已经结束。

二姐李明芳是向遗体告别时到的，比起刚才的庄重这又是另一番热闹了。那时候绕完棺的人都开始朝院子外撤，就听到同院的小四喊，来啦，来啦——也不知什么来啦。人们朝大门望过去，那儿的人开始朝两边分开，就像河水撞到岩石上，很自然地空出一条道路。接着一个黑衣女人就出现在门口。李明起首先看到李明芳的，对父亲说，二姐来啦。李万达正在和老校长握手告别，一听到这句话，嘴唇都颤抖起来。

和李明芳一起来的，还有她的丈夫和孩子。李明起记得昨天大哥打电话时，二姐还在犹豫要不要带孩子，毕竟广东天气热，孩子从来没来过，会不会一下子不适应。看来李明芳最后不光下决心带小孩，连老公也一起带来。这个结果自然有些皆大欢喜，他们三个进来时，整个院子里的人都停下来注意观看。李明芳跑了起来，直直地扑到父亲的怀里，开始放声大哭。李万达本来也瘪着嘴，想哭一哭，但大庭广众之下，眼泪竟没流出来，便拉着女儿去灵堂里去看她母亲。

这边，李明亮的老婆已经把黑纱拿给二女婿戴上，那个小侄儿倒天真烂漫，用白话吵着要见外婆。李明芳出来了，又把丈夫和儿子引进去。等李明芳再次从灵棚里出来时，情绪已经稳定，只是眼圈红红地跟各位亲友打招呼。李明起这时候站在外面抽烟，他正想怎么跟二姐问个好，李明芳却一边往胸口上挂着麻线，一边朝他这边走了过来，没等他张口，李明芳就说，小老三，你是咋搞的？喊你好好照顾他们——李明起说我照顾的嘛。李明芳说照顾？鬼——老者说你一天就在外面憨玩……李明起当然知道他二姐并不是想谴责他，不过母亲的死倒是真的，所以赶紧歉意地对着李明芳笑了笑。

晚上是重头戏，一帮土公子来替老太太做道场。负责开路的本来是个不起眼的中年人，他打开带来的一口破箱子，取出里面的唐僧帽唐僧衣换上，马上就显出与众不同，其他几个敲锣打鼓的显然只是配合他的随从。这时候所有的孝子，儿子女婿都披麻戴孝，拄着哭丧棒，随着锣鼓点开始绕棺。

唐僧帽开始唱：

……
前面的道路几多条啊，要去你只往西方走啊，
奈何桥下水滔天哟，你一心只念阿弥陀；
……

李明起家儿子女婿不多，他记得同院麻武家爷爷死时，那场面才叫

壮观，孝子女婿足足二三十位，光那支队伍就可以排满半个篮球场。哭丧棒也很有讲究，它只是根挂满白纸条的木棒，要走一步挂一下地，所以那些土公子常常因人而异，惩罚那些不顺眼的人，比如女婿，通常就是对象。李明起注意到，他二姐夫得到的哭丧棒就比他和哥哥的短，幸亏他是个矮个子，否则一两个小时绕下来，大概腰都直不起来。

绕棺要绕到夜里十二点，中间有一刻钟休息。第一场结束时，李明起就听到外面有个女声喊他，出来才发现是表姐，表姐身边还站着个女人，穿着件毛领皮衣，一双手正伸到炉膛上烤火，眼睛却笑成两条细缝，也不说话，只是这么看着他。你来啦！李明起认出来，忙惊喜地喊。

女人叫赖丽，是李明起从前的朋友，那是两三年前的事情，其实两个人的关系也没维持几个月，因为李明起母亲的反对而作罢，后来，李明起得知赖丽又去了广州。

"什么时候回来的？"

"有一会儿啦，"赖丽以为李明起问她什么时候来的。李明起也不纠正。

"伯妈去了，你也不来说一声，要不是刘老杆去我那儿洗头，我还不知道嘞！"赖丽的口气里有责备的意思。

李明起本来想说我又不知道你在哪儿，但他嫌麻烦，也懒得解释，抓了把瓜子塞到赖丽手里，然后看着她憨憨地笑。赖丽这时从提包里拿出一只封好的纸包递给他，又解释刚才到处都没买到信封，否则早就过来了。李明起知道是奠礼，随手交给旁边的表姐，表姐打开专门用来记账的小本子，数了数纸包里的钱，忍不住说，哟，四百噢！表姐可能无心的，不过这一喊，李明起也忍不住回头看了看。这一天，李明起其实也隐隐有个心愿，他看到哥哥姐姐的同事朋友，一来就是一大群，哪个信封里不是装着一百两百——只有他，数得着的几个哥们，送的不是三十就是五十，所以他一直盼望有这么个人出现的，好让他有个露脸的机会，现在终于冒出个赖丽，而且一出手就是四百，这样一来，连他哥哥那些同事都比下去了。

李明起看着赖丽,一来替她心痛钱,二来也是心里感激,忙说你拿这么多干什么?这话当然有些不得要领,赖丽又笑起来,说我们俩谁跟谁,况且,伯妈过世,我怎么也要来一趟嘛!

这时候灵棚那边的鼓点又响起来,李明起看到土公子又开始往脑袋上戴唐僧帽,知道上场的时间到了,赶紧嘱咐赖丽一定要等着他。"十二点我们一起吃宵夜!"赖丽点点头,也赶忙答应了。

绕棺结束,所有人都统统松了口气,李明起忙着解头顶的孝帕,他二姐却拦住了他,她也是刚从表姐那儿得知李明起有个朋友给他们家送了份厚礼,忙过来打听。"是不是那个开发廊的?"

李明起其实心思早就不在这儿了,听到二姐的话,眉头都皱起来,有些不情愿地点点头。

李明芳对这件事隐隐约约知道些,"听妈说,她原来在广州混过?"

这样一来,李明起更加不高兴,他看了看李明芳,又看了看坐在外围的赖丽,很想说你自己还不是在广州混,但他从来不喜欢说重话,所以临了还是说,"干什么嘛,我们又不干什么——我总不能把钱还给她吧?"

李明芳被他这么一问,倒不好再说什么,只能眼睁睁地看着弟弟朝那个叫赖丽的女人走去,她看到那个黄发女人冲着李明起做了个媚眼。两人又说了几句话,才一起去旁边那个小馆子吃夜宵。

天刚蒙蒙亮时,殡仪馆的车子过来把李老太太接走了。十点钟,火化结束,李明起一家人又把骨灰送到城边一个叫清水湾的村子。墓地是一条龙帮着联系的,因为不是公墓,把价还下来也不算太贵,所以不到下午四点钟,他们的母亲就入土为安了。

三

这三天事后回忆起来总仿佛在做梦。李万达私底下早不知哭过多少回，但悲痛固然悲痛，办丧事的热闹却还是让他分了些心，不能悲痛彻底，当时的情景还恍然让他有种过节的印象，与过节不同的是，还有这么多必须接受的问候，所以恍恍惚惚就像在水上漂，天上飞——但到了第四天，等一切结束，那些障眼的过程也烟雾一样消散，他才像跌入深渊一样，被那团来自死亡的阴影重新包裹起来，悲痛仍旧是他的。

第三天晚上原本有个答谢宴，凡是送过奠礼的，按习俗都要统统请来吃饭。李明亮根据人数在一家酒店里定了十来桌。李万达却不肯去，他说我去干什么，吃又不能吃——还是你们去吧。他的声音是虚弱的，在他看来——吃这种饭就像庆祝，老太婆一死他们却要庆祝，这和吃老太婆有什么两样？！但习俗如此他也无法制止，唯一能做到的就是不去。三兄妹轮流劝了一番，都没有结果，只能由他在家里煮面条。

李万达早早地上了床。房间还是从前的样子，很冷清，这更显得刚过去的三天像个漫长而嘈杂的梦境，他刚做完一个很热闹的梦，醒来后面目全非。床的这一边放着齐慧兰的被子，他照例把它们铺开，然后才钻进自己的被桶里。被子是冰浸浸的，他嗤了嗤牙，不过坚持一会儿就好了。李万达把自己捂严实，才拿出枕头边的一本影集开始细细地翻看，这一看才知道，从前他都没有发现，原来老太婆照相都是笑着的，笑得这么好看，他把几本影集从头翻到尾，证实了这一点。这个发现又让他眼角开始潮湿，眼泪一滴滴掉下来，这时候他倒不着急擦拭，只是想，都四十年啦，四十年的夫妻，他们都睡在一张床上的，怎么说没就没了？这么好的人怎么就没了呢……四周围那么宁静，不会有人回答他。李万达忽然觉得胸口有些痛，就像有什么东西在那儿钻动，他不紧张反而有些宽慰，如果这是老太婆来接他的信号当然最好。

迷迷糊糊中李万达听到有人开门，起初他以为是老三，耳边响起的却是个女人的声音。他一惊，睁开眼睛发现是二姑娘，原来三兄妹已经一起回来了，小外孙也已经睡着，被女婿抱在怀里。他赶紧起来，说抱上来抱上来，不要着凉啦。女儿却示意丈夫把孩子抱到老三的房里。

李明芳替他带回些饭菜，说，爸，你再吃点吧。李万达果然有些饿，点点头，打开盒盖，发现里面有虾有蟹，这些都是老太婆生前爱吃的，他拿起一只虾，忍不住又叹息一下。

女婿过来了。他是来辞行的，爸，明天我准备回去了呢——李明芳忙替丈夫解释，爸，他们公司只给了他三天假，刚过完年，现在是最忙的时候。李万达边吃边点头，好好，你也一起回去吧。李明芳说只是他走，我起码——怎么也得把妈的二七过了。李万达还是点头。李明亮却插嘴说，那怎么行，不是已经说好了嘛，明天过去一起吃个团圆饭，后天走吧，你这两天这么辛苦，怎么着也要一起吃顿饭。李明芳的丈夫只得做出着急的样子解释，大哥这么说就见外了，我们真是忙，那边不像这边，搞不好饭碗都得砸了——下次吧，等我们下次来，一定过去！李万达这时吃完一只虾，用手背抹了抹嘴，说，下次就下次吧……那小希希走不走？李明芳说，他不走，和我一起走。李万达说那你和小希希搬回来吧，住到家里来吧！

李明芳面露难色，他们这一次住的是假日酒店，这也是早在广州时旅行社给安排好的。其实结婚后，李明芳和丈夫回来过两次，都是在外面住酒店，并没有真正在家里住过。李万达虽然在吃虾却看出来，立即改口，也行，住哪儿都随便你们吧。

李明芳怕父亲多心，忙解释住酒店主要是好冲凉，在广东这些年，她一直有每天冲凉的习惯，在家里烧水什么的毕竟不方便。李万达决定把这个话题放过去，他看儿子女儿都围着他，而且都没有立即走的意思，就问了问晚上吃饭的情况，女儿在广东的生活情况——最后，谈话还是不知不觉转到老太婆身上，李万达说看来一切都是有预兆的，就在你妈去世前一天，我晚上忽然梦到有人在我们家后面砍竹子，而且上个星期，她突然告诉我她的两条金项链放在哪个地方，这不是交代后事是什么——说到这儿，半天没吭声的李明起忽然惊坐起来，说头天晚上他也做了个怪梦的——爸晓得我晚上都睡得很死的，那天半夜我却醒来一次，外面的灯却亮着，好像妈起来了……

既然有预兆，自然就是天意，天意如此，也就没什么好报怨的，大家感慨一番。其实这些话，这三天没少说，只是当时谁都没留心去记，所以才说了又说，不厌其烦。李明芳怕父亲钻牛角尖，一再强调母亲虽然走得突然，但没受什么苦，不像她婆婆得的是晚期胃癌，最后痛得连吗啡都不管用——这些当然也不管用，李万达想不通就是想不通，痴痴地盯着手里那本相册，一只手在上面摩挲着，又开始重复，这么好的人啊，为什么就走了呢……

李明起把哥哥姐姐送下楼时，李明亮不停地嘱咐他，晚上不要睡得太死，注意老者晚上需要点什么。李明芳又想起那天来的黄头发女人，警告他这两天就不要东跑西跑，老者再出事她可不会饶过他！李明起嘴里唉唉地答应，肚子里却委屈地骂，你们就知道说，自己跑得远远的！不过，他对哥哥姐姐一向有些敬畏，这些不愉快一点也没从脸上流露出来。

第二天下午，李明起陪父亲赶到哥哥家里。李明芳已经来了，她刚刚把丈夫送上飞机。乘着晚饭开始前的这段时间，李明亮把这三天的收支账本交到父亲手里，此外还有份名单，一张明细表。

"爸，你看这是总数—— 一万五千八百五十元，扣掉这几天一条龙，火化费、坟地费——对了还有昨晚请客的钱，还剩七千多，七千一百三十二。"李明亮把明细表交给父亲过目，又把一摞钱放到父亲面前。

李明起看着父亲数钱，他吃惊的是这笔收入，他没想到办次丧事还会收到这么多钱，虽然钱都是零零碎碎拿来的，拜奠的人也来得断断续续，但一汇总还是有些惊人——也难怪人们都愿意把丧事办得热热闹闹，当然李明起也有些得意，因为里面很大的一笔钱是他的朋友送的，他猜他父亲也应当看到了。

李万达拿着那张明细表看了很久，倒不是算那些数字，这些数字对他至少这个时候没有任何意义，他注意的是那些支出，每一项几乎都能让他想起刚发生的一段场景，他当时在做什么，甚至站在什么位置，但为什么这些事就像是很多年前发生的？

吃饭时李万达宣布了一个决定。

"你们妈妈过世了！这些钱我不会要的"，说到这儿李万达又重新把口袋里那七千块钱取出来，"老太婆走了，我又能活多久？这些钱我都带不走——我全部都会替老三，存起来的——你们家妈最大的心愿就是能看到老三成家，她死之前还在说院里许大妈要给老三介绍个对象，但人家嫌他没个正式工作，我们那个房子也是又潮又黑……"

李明起很惭愧，头埋得低低的，他知道这时候所有人的眼睛，包括侄女外甥都在看他，这让他如坐针毡，他真想让父亲停下来，不要再说下去，但这个阵式他又知道是自己制止不了。

"当然，我知道你们也乖，很孝顺，每个月都给我们一百块钱，原来你妈还有份工资——现在她一死，我和老三生活虽然没有问题，但钱确实存不出来啦"，李万达说到这儿看了一眼大儿子二女儿，才告诉他们，以后他们每个月给的钱要增加一百，这些钱要存起来给李老三买房子，聚媳妇。最后他再加一句，"我也就这个心愿啦！"

其实李万达的话一开头，所有人都明白这句话会是个归宿。李明起也不例外，头于是埋得更低了，也显得坐立不安，他知道这时候哥哥姐姐姐大嫂的眼睛全齐刷刷地盯着他，而且他们沉默着，眼睛里应当全是责备和敌意，他能感觉到它们的分量。但他也只能在心里怪父亲，早不说晚不说，这个时候开口，倒像是他这么要求。

李明亮首先打破沉默，他表示多一百也没什么问题，只是——他看了一眼老婆，才转向李明起，老三以后也要争口气啦，不要一天就去泡麻将馆，死赌滥赌的。李明芳也马上接上话，老三，你也老大不小了，三十四五的人了，也不知道用点心，婚姻这种事还是实际点好，你看看你认识的人，难怪老者老妈会有想法……李明起知道姐姐在指什么，他抬头用一种很凶的眼光看着李明芳，制止她进一步胡说下去。这时候他真想跳起来，朝他的哥哥姐姐喊，有什么了不起？你们不就有个工作嘛，我又没用你们的钱，管我干什么？但他只是这么想没这么说，没说是因为他们的确给过他不少钱。他有些气馁。

李明起只能埋头吃饭，拿吃饭来撒气，吃得气乎乎的，两个腮帮子全被米饭塞满了，他还在拼命地往嘴里刨着。你们会后悔的，他想，记住这些话，总有一天你们统统都要后悔！

四

晚饭结束后，李明起把二姐和外甥送到酒店大厅就跑去找赖丽。原本他打算上楼去李明芳的房间参观参观，但那天晚上李明芳着实说了不少让他难堪的话，另一方面，已经整整两天没见赖丽的面，她的诱惑也变得越来越大。最重要的一点，他们的父亲已经被大哥挽留下来，至少这一天晚上，他无拘无束，自由快乐，他就像只单飞的鸟，随处是家，不朝赖丽飞过去才是怪事，所以他把李明芳母子丢到酒店大厅就转身跑了。

赖丽的美丽发屋在黄金路，那个地方李明起虽然知道，但要在黑暗中找到一间发屋，难度应当不亚于美国人寻找萨达姆。他给赖丽打了个电话，她还没下班，所以答应到路口来接他。还好，等他兴冲冲地赶到黄金路口，赖丽已经像个路标立在那儿了，夜幕中她那头黄发倒不怎么显眼。黄金路是从前的老街，沿着一座小山坡缓缓地铺上去，两边还是那种老式的二层小木楼，美丽发屋就在离路口十几米远的一幢小楼里。

"哟，少爷，再晚点来，我都要变成石头啦"，赖丽笑眯眯地报怨。

"那还不好，饭钱都省下来了，再说这个时候又没什么生意。"

"呸、呸，乱讲，乌鸦嘴，我们晚上生意才好得很！"

屋里果然没生意，一个小工看着门。他们进来后，赖丽就让她下班了。

李明起一屁股坐到转椅上，又是蹦又是跳，好像要检查那椅子的质量，赖丽又忍不住喊他少爷，少爷，再跳我的椅子可要散架啦。

那还不好，让你换新嘛。

说得轻巧，你买啊？

我买就我买。

哼，你穷光蛋一个，拿哪样买？！

命嘛，拿命换嘛……

李明起也不知道为什么和赖丽在一起就会这么自在，从前他们在一起时也喜欢斗嘴，说说呛话，可越斗越来劲。当然还有个原因，他们已经这么长时间没见面了，这也是他们兴奋的原因。

赖丽是李明起理发时认识的，那时候她还在替一个亲戚当小工，发屋离李明起家不远。当时时兴毛栗头，也就是北方人说的板寸，半个月就得剪一次，这也是李明起跑发屋跑得最勤的一段时间。每次和李明起同去的都是院里的几个孩子，他是个不争的人，回回轮到最后，别人剪时他也不声不响地坐在旁边看。有一次赖丽就说你咋不先剪啦，每次都是最后一个！

当时大家也都熟了，能开几句玩笑话。小四就说，好啦好啦，老板，你家小表妹看上我们李老三啦！老板也是能开玩笑的，说，好啊，就不晓得他喜不喜欢我们妹儿啦？结果李明起和赖丽都弄成个大红脸。不过这样一来，李明起有事没事都爱到发屋坐坐。

他们的第一次是在李明起家。两个人手忙脚乱的热闹刚一结束，李明起的母亲就回来了。老太太对这种事总是加倍地敏感，先是咻咻地对着床单抽鼻子，然后再板着面孔细细地盘问，盘问下来自然不满意。李明起记得他母亲说，"这姑娘站没站相，坐没坐相，又是乡下来的，将来有个娃儿，连户口都上不起……"

其实赖丽家是在县城，老太太一不高兴，就把她说到农村去了，但她最不情愿的还是赖丽的职业，现在开发廊的名声这么臭，她自然不愿意家里有个这样的儿媳妇。李明起当然没他母亲想得那么远，他想既然老妈不喜欢，他不带赖丽回家就是了，所以每天都是他跑去发屋。

有一天李明起的母亲偶过那家发屋，无意中看到李明起坐在里面，当时她真有种受骗上当的感觉，原来这么长时间他们还搅在一起！儿子的不听话已经够让她难受了，旁边那个叫赖什么的姑娘还拿毛巾一块接一块朝他脸上扔，李明起不以为耻反以为荣，末了跟着她一起哈哈大笑。李老太太在门口站住，然后喊，李老三，你家老者正到处找你——正事不做，泡在这种地方，你以为能泡出钱来啊？！老太太这么一喊，连老板也不高兴，什么叫这种地方，什么叫泡——但别人教训自己的儿子也不好开腔，只好让李明起以后不要再来。

赖丽说，你们家这么瞧不起我们，我们当然高攀不上。又骂李明起，球钱没有几文，工作都没有——只有你家妈把你当成宝贝！于是分手。分手就分手，李明起当然不会有什么可惜，他从来就不会可惜——性这种东西，对他来说就像种食物，别人给了就吃，不给就拉倒，没什么好可惜。

这一两年，赖丽走南闯北算经历不少世面，也见过无数个男人，经历一多，自然知道还是李明起这种人拿捏起来最牢靠，加上年龄也大了，便有了叶落归根的意思。因此李明起母亲的死，对她来说是喜讯，她和李明起中间最大的障碍可以说已经清除了，至于李明起的父亲还有其他人，在她看来都不在话下。

赖丽从镜子看着李明起，两个人眼睛一下子就撞上了，赖丽说："给你洗个头吧，看你的头发脏得——"

"胡说，我昨天才洗的澡！"

赖丽不由分说，还是把他按在椅子上，开始往他头发上倒洗发水，手指动弹了几下，李明起就老实了。

"舒服吧？"李明起闭着眼睛哼了声，赖丽又问，"你家姐走啦？"

李明起告诉她姐夫走了，姐姐要等到二七。

"你家姐——说我什么没有？"

李明起睁开眼睛，又闭上，"没有什么。"

"骗我，肯定说了的——"

"她哪个不说，我们家哪个她都不顺眼——"

这么说赖丽倒气顺了些，她想那女人反正马上要走，又管她说了什么，便撒气一样狠狠地在李明起头顶上抓了两爪。

洗完头，赖丽把门关上了，两个人一起上楼。二楼是赖丽的宿舍，除了一张床，两只箱子就没有别的东西，床上很乱，堆着一些衣物，赖丽把它们胡乱理了理，给李明起腾出位置。

"这两年你们家就没帮你介绍个把朋友？"

"没有——"李明起靠在床架上摇了摇还有些潮湿的脑袋。

"你——哄我？"

李明起只好点头，交代那几个送上门的寡妇和离过婚的女单身。

赖丽记得从前李明起告诉过她，18岁那年他就被同院一个老女人勾引过，稀里糊涂地成了男人，当初听到这件事她都没太大反应，这时候却奇怪自己竟会觉得仇恨。她酸酸地问，你肯定跟她们睡过觉了——李明起说屁，我连手都没挨到，"你啦，你调查我，你自己呢？"

"我们这种人，开发廊的，当然有好多好多人啦——"赖丽开始笑，李明起的话也让她的猜测一下子烟消云散，最主要的，他几乎完好无损地等着她，这一点很重要。李明起看到赖丽笑得有些厉害，也忍不住伸出手去抓她的痒，惹得她又笑又叫。这样一来，李明起的兴趣一下子就上来了。

赖丽看到李明起的眼睛开始发亮，身子一振就要压上来，忙推他，说你妈可是才走啊，这种事，起码也要过了二七嘛。这句话果然有效，李明起就要变成翅膀的手一下子就被打回原形，而且脸上的笑容也立即消失了，重新换成丧气的样子。赖丽一边整理衣服，一边问，你生气了？李明起摇摇头。我说的是真的呢——赖丽开始理弄乱的头发，李明起还是摇头，他的确没生气，不光没生气，倒有几分感动，甚至肃然起敬。他觉得赖丽是个深明大义的人，她能说出这样的话，他当然要尊重。

那天晚上李明起没有回家，抱了床被子去睡楼下的沙发床。等一切安定下来，赖丽却发现自己怎么都睡不着，平时不起眼的那只小闹钟也吵得厉害，还有外面汽车过往的声音，让她不停地翻身。于是赖丽有些后悔，干吗要说那种话，好像这种事还要定什么日子似的。她气自己，其次也气李明起怎么就当真了？

五

二七转眼到了。二七的晚上在本地又叫回殃夜，据说亡者会回来取他（她）在阳世的三魂七魄，所以那一天的拜奠尤为隆重。

李明芳是下午回家的。这几天她带着儿子去了临近的一个风景区，头天晚上才赶回来，为的也是回殃夜——其实除了开头那几天，其余时间李明芳都是从酒店打电话向父亲问安，毕竟她去广东这么多年了，许多朋友同学都要见面，母亲的死给了她这个机会，往后类似的机会也将越来越少——当然轮到她父亲时，她还会回来一次，但之后能不能回来就只有老天爷知道了。

走廊上的铁门关着，李明芳敲了半天里面都没有动静，既不见父亲也不见弟弟，问了两个邻居都说不清楚。李明芳掏出手机，准备往里面挂个电话，屏幕上却显示这个位置没有信号——不会出什么事情吧，李明芳记得昨天打电话时父亲可是好好的，还劝他们好好玩，听声音也似乎较前几天开朗。这么一想李明芳心里就有些烦乱，如果父亲再出点事，他们家就太悲惨啦，但这种事情可能性并不是不存在，有些人家就是一个老的前脚刚走，另一个后脚跟上，结果两起丧事联在了一起。李明芳一想到父亲的心脏病，更有些紧张，她决定到外面去打电话。等她走到院子里拨通家里的号码，那头却没有人接，响了一段时间，李明芳反而释然了，也许父亲根本就没在家，去了什么地方也说不定。

等李明芳爬上楼，门口却空空的，儿子不见了。李明芳额头上立即冒出一层汗，喊了两声，儿子却在铁门里答应了，再一看，原来铁门虚掩着。她走进去，正赶上她父亲出来，边走边扣着衣服上的扣子，头发乱蓬蓬的，显然刚从床上爬起来。

　　李万达说，这电话怎么响了几声又不响了？李明芳解释是她打的。"爸，你不是不舒服吧——都四点钟了，还在睡啊？"李万达终于扣上最后一颗扣子，说没有没有，就是早晨起早了，想休息一下。

　　屋里黑乎乎的，有股湿漉漉的霉味，李明芳站在门口时就忍不住抽了抽鼻子。他们家后面紧临着一堵陡坡，虽然是二楼，从徒坡上看下来倒像是在地下二层，前面又被一幢高楼挡着，可以说终年不见阳光，也难怪总是这么阴森森的。当年他们家随着一批拆迁户搬到这个地方，别人都拎着礼品找门路，他们这种没有门路的当然只能得到这么个位置。算算他们住在这儿也快二十年了，新房子也变成旧房子。

　　李万达打开灯，灯是8瓦或者更小的节能灯，只能给房间里添些青气。李万达摸索把铁炉子打开，他问小外孙冷不冷，一会儿就不冷了。小外孙不理他，顾自用白话嚷着要看《机器猫》。

　　李明芳问父亲："老三啦，他又跑到哪儿去野啦，今天是二七呢，他不知道？"

　　李万达说："他——早上就出去了，一整天，连个影子都还没看到！"

　　"这个狗家伙！"李明芳骂了一句。

　　"早几天还好点，还老是问我想吃什么，吃不吃这个，吃不吃那个，回来也早，我还以为他换了个人——"

　　"那谁给你做饭吃？"

　　"他？他不要我给他做就好啦——昨天喊个女生回来，倒是做了顿饭，每碗菜里都给你放那么多辣椒，这么多辣椒怎么吃，害得我一晚上拉了四五回肚子……"

　　李明芳知道父亲肠胃不好，赶紧问他吃药没有。她猜这个女生应当是那天见到的那个开发廊的黄头发。

"好家伙，做完饭把所有的东西都给你弄得乱七八糟——还说这样子方便。我说算啦算啦，不要你做一回饭，我什么东西都找不到了——她还跟老三说，你们应该把客厅这堵墙打通，这样子亮堂点……"

"这个老三啊——爸，你也不要想得太多，他这么大了，随他去吧！"

李万达用铁钩收着炉子，看着红色的煤渣哗啦啦落到下面的铁盒里，"你看嘛，要不是我啊，这火熄了都没人管——唉，我是哪辈子造的孽——还是你妈好啊，两眼一闭，什么烦心事都没有啦！"

父亲的牢骚话听得李明芳头皮发麻，"爸，你不要这样想——要不你去广东住一段时间吧？"

"我不去，我哪里也不去"，李万达把铁钩挂到烟管上，烟管发出叮咚一声，倒像他在撒气。

"真的，建平走的时候也这么说。"

"我们家是死错了人啊……"

还没等他们落座，铁门外就传来一些怪声，接着是一个人的大笑。笑声中李明起抢先冲了进来，手里提着一大捆钱纸香烛——他不是一个人，后面还跟着李明亮一家。李明起正和侄子小文开玩笑，两个人比赛谁先占领厕所。

李明起看到李明芳，忙结束游戏，停下来和二姐招呼。李明芳却不理他，径直问李明亮晚饭的事。李明起抢着说，那还不好办，要不去外面馆子里订菜嘛——没有人理他，不过不理他的人商量来商量去也是这个办法——上馆子订菜。李明亮已经预备出门，李万达却拦住他，让老三去，你也累了一整天啦。同时预备掏口袋。李明亮说爸我这儿有的。李明芳也说我这儿有的。李万达说这钱怎么能让你们拿，上次不是还剩好多——他从里面兜里摸出一张一百块的票子递给李明起。

李明起接过钱正准备走，又被二姐拦下来。李明芳说你写张条子，按条子点菜。李明起说要什么条子，就那几个菜。李明芳说，屁，要是你都点些辣菜来，我们怎么吃，昨天你们都给老者吃了什么，他拉一晚上肚子，知不知道？！这么说，李明起就不得不停下。

李明起走后，李明芳问李明亮怎么会和老三走到一起的。李明亮叹了口气，摇着头说，那狗家伙，我们来的时候正在菜场边看几个背兜玩金花——不喊他还舍不得走！李明芳听了也跟着摇头，把昨天父亲拉肚子的事告诉他，又说，"哥，你还是要管管他呢，他老是这个样子，还不把老者气死？！"

李明亮看了父亲一眼，作出副忍了又忍的表情，"怎么管——他都这么大了，我总不能暴打他一顿嘛……"

李明芳也看了看父亲，"他也不能老是这样嘛，好吃懒做的，他到底要别人养他多久？"

说到这儿李明芳叹了口气，又把去广东的事提出来。"爸，你就去吧，我们一起坐火车，我把机票退啦！"

李万达却还是那个态度，摇着头说："我哪儿也不去，我要在这儿陪你们的妈妈……"说着，李万达把头转向客厅的墙上，上面挂着老太太那幅放大的遗照。这时候他就像变成一个脆弱的孩子，而且这么一说，连他自己也被刚才的话感动了，眼圈慢慢地开始发红。

开饭前舅舅舅妈来了。多了两个老人，外加几个孩子，刚才还安静的房间一下子热闹起来。老人们在一起无非聊身体，都劝李万达要保重身体，最好每天早晨起来去公园走一走。李万达原来一直有早起上公园的习惯，但这两个星期因为突然的事故，变得心灰意懒，干脆说算啦，早死早超度，活这么久干什么？

舅舅和舅妈自然劝他不要这么想。李明起却知道这是他父亲的开场白，这两个星期只要有人一劝，他就会这么来劲，倒像存心要和别人过不去。果然他父亲开始说，从前他妈妈一说什么，我总嫌她唠叨，现在——奇怪得很，没个人唠叨我反而心里空落落的——哎，要是她能活回来多好啊……

这些幼稚的唠叨李明起早不知听过几千百遍，换到平时，他会像对付电视里的广告那样溜到厕所,但这时候,他无法走,只能耐着性子陪大家一起听,他发现他的哥哥姐姐不仅显得忧心忡忡,李明芳更是朝他瞪眼睛,就好像这一切都和他有关系。

吃饭前大家依次给老太太敬香,李明芳挑了几样母亲生前爱吃的小菜放在供桌上。别人敬香都是默默地,规规矩矩地磕头。李万达却偏把他的心事全说出来,"老太婆,你要保佑我们啊……让老三早点成个家……让我们能买一套大房子……让我中大奖,中五百万!"他这么一说,所有人才知道,这期间李万达没闲着,一直在偷偷地买彩票。

赖丽是吃饭中途到的。突然响起的一阵电话铃声把所有人都惊了一跳,李明起却抢先跳起来,冲到电话旁,这么听了五秒钟,一句话也不说就开始朝外面跑。舅舅问他,老三不吃饭啦?李明起脚步不停,嘴里说要吃的,人却早像一束追光那样射到门外。

李明起的怪异其实所有人都看出来了,坐在凳上子磨皮擦痒,就跟只猴子差不多,而且随着时间的推移他就越显得烦躁,不时地看表或看门,这时候答案终于自己冒出来,李明芳就冲着李明亮说,老三来精神呢——李明亮虽然心知肚明,却故意反问,来什么?李明芳说那个黄头发呗!话音刚落,就听到门响,李明起果然领着赖丽进来。李明起手里拎着两包水果走在前面,献宝一样冲着李万达说,爸爸,小丽来啦!进门后还故意扬扬手,生怕别人看不到。

这时候来客人总是让人高兴,李万达尽管还记得昨天的事,还是哼着说来啦吃饭吃饭——李明芳也说,来、来,吃饭。赖丽却径直走到沙发那儿,李明起把口袋放到茶几上,李明芳又催,老三你去拿副碗筷吧。李明起听命地预备去拿碗筷,赖丽却拦住他,不用了——我吃了才来的,你们吃!李明起一愣,忙问,你怎么吃了,不是让你过来吃吗?舅舅舅妈也开始加进来劝,赖丽反而更坚决了,你们吃你们吃——又对李明起说你去吃嘛。李明起看了眼桌上那半碗剩饭,因为赖丽不吃,他也不想再吃，于是坐下来陪赖丽聊了会儿天，不一会儿，两人就端着只铁盘到外面烧纸。

其实赖丽进门时就看清楚了，这顿饭其实已经快到尾声了，桌子上杯盘狼藉，显然并不像李明起说的是为了请她才准备的，甚至上面连她的碗筷和座位都没有预备，如果是从前她可能会计较，但现在好歹也算见过世面了，不至于这么没志气。

赖丽押着一张笑脸和李明起去门外烧纸，钱纸其实有些像从前的草纸，由于用机子压过纹路，再撕开就有些费力，而且必须三张三张折好后再投入火中。李明起一边小心地分着纸，一边眯缝着眼睛避着腾腾而起的浓烟。这边，赖丽却上下左右把一摞钱纸一抖，再用手掌在上面来回这么一搓，那些纸便像魔术师手里的纸牌一样，听话地分成一个扇面。李明起像发现了奇迹，忙惊喜地问，你——怎么弄的怎么弄的？教教我嘛。赖丽得意地不言语，只是绷着脸又照旧做了一遍，李明起学了几次都不得要领，她才骂道，笨，要用袖子压着。李明起依言果然把纸都顺利地分开了，乐得像捡到了钱包，一口气分了五六摞。

"你怎么会这个的，以前学过啊。"

赖丽听出他想夸自己，却不领情，"我们这些人嘛——自然是会的啦，天生就会！"

等屋里的人都出来烧纸，他们才退下。赖丽坐在客厅里听到李明起又在兴致勃勃地教别人怎样分纸，不露声色地啃着一只苹果。那天她总算给李明起面子，等大家都烧完纸后，才提出要回去。自然不会有人深留，这也在意料之中，只有李明起非常失望，说："你，非要走啊——"赖丽不理他，而是冲着几个老的一通客气，倒像别人在挽留。李明芳想别人到底是冲着母亲来的，也客气地跟着送到门口，高声地让小赖姑娘下次来玩。

出来后，赖丽一直没说话，走过院子里那段没路灯的地段时，李明起几次伸手去拉她，都被赖丽打开了。李明起虽然粗心，也能感觉到她在生气，只是什么原因一时间理不出头绪，有些懵头懵脑。

到了车站，赖丽却直直地过去了，最后停在车站前不远的一个地烤摊上。"老板，来十串鸡翘，十串豆腐皮，十串莲花白！"点完这些菜，赖丽才一屁股在一张方凳上坐下。

"哟，你还没吃饭，那你刚才说吃啦？"李明起也跟着她坐下来。

"我们不敢嘛，哪敢，那是你们家的饭了嘛！"

"怎么，我们家的饭有毒？"

"有毒没毒不清楚，就是不敢吃！"

李明起不明就里，只好不吭声了，摸出一支香烟点上，慢慢地等着赖丽点的烧烤上桌。赖丽也不说话，只是静静地啃指甲。李明起曾经听赖丽说过，她的手为什么会这么粗糙，全是因为那些染发药水咬的，有时候连指甲根都是痒的。他想问问赖丽是不是指甲又痒了，但看她眼光迷离的样子也不好开口。

烧烤好了，最先送来的是豆腐和莲花白，李明起也想拿一串吃。赖丽却说，"这是我点的，你要吃自家点！"

"搞什么嘛，我还不是没吃饱——"

"你还不是活该——那么多空盘子你怎么不吃？！"这么说时赖丽终于绷不住露出一脸怪笑，这一笑，李明起才弄明白赖丽为什么会生气，忙说谁喊你来这么晚，赖丽说来早了你家姐别说吃饭了，肯定先用气把我涨饱。李明起说他姐姐才不会这么坏。赖丽哼了一声，说等于还是我小心眼喽。李明起说你心眼不小，就是穿不过根线去。赖丽伸出筷子啪的一声在他头上拍了一下，却刚好敲到李明起的耳朵上，李明起故意龇牙咧嘴地捂耳朵，赖丽开心了，解气地说活该活该！就这么，一来两去地斗嘴，刚才的不愉快才被他们放过去。

李明起回家时，家里的客人都已经散了，哥哥姐姐也都回了家，他来到父亲的房间，却看到李万达正对着一口摊开的旧皮箱发呆，"爸，你拿皮箱干什么？"

李明起认出来那只皮箱还是他哥哥上大学时买的，上面贴着那个大学的名字，纸条已经开始发黄。

他父亲的答复更加出乎意外。李万达说我要拿些衣服，你姐姐让我和她去广东。

"去广东啊？"李明起惊喜地要叫，对他来说这当然是好消息，虽然一时间他还来不及分辨意味着什么，但幸福却早已像股电流那样涌起来，冲得他的牙根一阵阵发痒。"那你去多久啦？"李明起怕自己显得过于高兴，尽量克制着，但第二个问题李万达显然没注意，他正在想老太婆的照片要不要多带几张。

李明起决定给赖丽打电话。拨了两遍那头都是占线，他放下电话去厕所。快到阳台时，李明起却听到身后当地一声，因为夜已经深了，那声音显得十分清亮。他回过头，找了一会儿，才发觉是供桌下一只专门用来插蜡烛的瓶子倒在地上，供桌上还剩着两段蜡烛猛烈地燃烧，火焰扑扑地跳动。那瓶子好好地，怎么会突然间倒了呢——当时他和父亲都离得很远，没有任何人够得着。

李明起猛地想起这一天是回殃夜，也就是说这一夜他母亲要回来的，那瓶子该是他母亲碰到的？李明起站在阳台上喊父亲。李明起听到自己的声音有些凄厉，而且脖子上也好像冒了一层鸡皮疙瘩。

第二章

一

飞机的下面是一片蔚蓝色的海水，看上去就像一片漂亮又诱人的果冻，李明起很奇怪，自己怎么会坐在飞机上，而且飞机飞得这么高……这时候他就听到二姐李明芳的声音，"我们家就他算个废物，不把他赶下去，飞机都飞不动啦！"二姐夫听命揪着一根木棒冲了过来。二姐夫却不是高建平,而是楼里小四卖猪肉的哥哥,满脸胡子拉渣,凶神恶煞,李明起反问二姐,"你不是不喜欢他嘛,干吗还在一起?"但李明芳却冲着他狠狠地摇着一只铃,铃声一响,他就从飞机上掉了下去,他破开海水,一头朝着那些蓝色的果冻里扎下去……

是电话铃。李明起醒来后第一眼看到的就是赖丽披头散发地坐在床沿上接电话。

"喂——"赖丽刚一喂完就把电话挂了。"哟,是你家老者呢——"

这时候外面已经很亮了,凭经验李明起猜可能是上午十点,但他好像还停在那块大果冻里,看什么都觉得蓝阴阴的。

"我心里一慌——他再打你就说他刚才打错了嘛",其实赖丽是不想让李明起的父亲知道她睡在这儿,虽然她搬到李明起家已经两个星期了,周围邻居无人不知,但她却不想让李万达知道。

电话铃果然再次响起来,李明起从赖丽手里接过电话。是他父亲,"老三啊,刚才怎么是个女人接电话啊,一听到我就挂了。"李明起只好说可能电话串线,最近的电话老是串线。

"你还没起床啊——都几点钟啦?"

"爸,你在那边怎么样?"李明起赶紧把话岔开,他知道只要自己一证实,种种责备就会滚滚而来。

李万达却并不像准备教训他的样子,而是压低嗓子告诉他一个更惊人的消息,"老三,我想回来了呢……"

"回来?"李明起的瞌睡没了,一下子惊坐起来。他父亲到广东不过三个星期,按照事先的约定,他至少应当在那儿住大半年,到年底再由他大哥接回来。李明起对此显然没有足够的准备,这意味着好多事情都要泡汤。

"怎么啦,那边不好玩?"

"你不晓得那老厮儿有多讨厌——他现在就在外面坐着——"

后面的话李万达说得又急又快,声音也越来越低,李明起最初真没听清，还以为父亲说的"厮儿"是指姐夫，听到最后才明白是姐夫的父亲。李万达说那老头一开始还好，后来就对他横挑鼻子竖挑眼，三天两头找他吵架，搞得李明芳和高建平两口子也夹在中间跟着难受。

"我已经跟你姐说了，让她给我买后天的票，过几天我就回来啦！"这么说，这个电话应当是预告，他父亲不是来征求他意见的。

李明起放下电话，赖丽问："你家老者要回来啊？"

"大后天，老者说我姐的公公和他不过张①，多抱一下小希希都会吃醋，怪迷怪眼。"

"现在怪老头真多，原来我一直都以为老太婆难缠，其实老头裹起脚更厉害，"不过赖丽嘴里这么说，心里想的却是这世上难道还有比李万达更古怪更固执的老头？

两人这时候躺在床上，都没着急起来，各点了一支起床烟。李明起想的是老者回来这家怎么办。乘着李万达去广东，赖丽怂恿他把家里刮了遍磁粉，但这时候刚刮完李明起那间，东西也卷包顺到李万达的房间，两个人现在睡的也是他的床，再刮这边显然来不及。

最初的几天，李明起算是过了段神仙日子，刚把父亲他们送上火车，他就把赖丽请到家里，两个人一回家就开始挑灯夜战，第二天赖丽连商店都没开。晚上，楼里的小四两口子又寻他们打麻将，这麻将一开打，也是轮番作战，对手换了七八个，一连打了四五天，最后一结账，李明起输了三四百，也算应了那句话，情场得意，赌场失意。不过这样一来，李明起的赌瘾也算过足了。

刮磁粉其实和小四有关系，小四要结婚了，有一次请李明起和赖丽去家里参观新房，小四就向李明起建议也把家里弄一下。李明起说那要多少钱，搞装修可搞不起。小四说，那就刮刮磁粉嘛，这样家里看上去也亮堂些。小四这么说李明起才知道刮磁粉其实不算搞装修只是大扫除，可这毕竟也需要钱，所以当时他没接小四的话。赖丽却细心地问明

---

① 不过张，方言，合不来的意思。

了价钱，她想万一她和李明起要在这儿结婚呢，万一李明起的父亲在广东住得高兴，不回来了呢，房子不就是他们的？可在旧房子里刮磁粉总是个大工程，两个人光顺房间就用了一天时间，也是这么一整理，才知道年深月久地过日子，会过出多少垃圾。

"这个该扔了吧？"赖丽搜出一堆零件，好像是个烂收音机上的。

"这个呢……"她又找出一捆不知哪个年代的空白作业本。

"算了，还是给它堆着啰"，李明起嫌麻烦，也幸亏他这么一嫌麻烦，才不致惹出大麻烦。只是当时气得赖丽骂他是守财奴，他老者是大守财奴，他是小守财奴。

李万达一决定回家，大扫除当然只能中途夭折。李明起指了指房间，问赖丽怎么办，还要不要刮？赖丽知道李万达要回来，已经开始头痛，有些丧气地说，我不管，这是你们家的事，你自己拿主意！

李万达回家显然就在转眼之间，所以没等房间干透，李明起和赖丽就不得不重新把东西顺回去，他们又为这忙了两个晚上一个白天，才把家里恢复成老样子。赖丽不停地骂娘，说自己傻得要命，放着好好的生意不做，要来这儿玩搬箱子！

李万达回家前一天晚上，李明亮打来个电话，他问弟弟，"老者刚才说让我也去接站呢，但明天我们厅里开会，咋办？"李明起说："那么我去嘛，反正又不远，我们打个车就回来了。"

李明亮等的就是这句话，接着说，那你辛苦啦，有什么事再和我联系吧。李明起答应了。

火车是上午到的，准点到达。等见了面李明起才知道为什么他父亲会让他和哥哥都去站台。李万达除了随身的那只皮箱，还带回来三只大蛇皮袋，把整个卧铺底下都塞得满满腾腾。李万达朝李明起身后看了看，又四处张望，然后才意外地问，你哥呢？李明起说他们单位今天有事，可能来不了。李万达原本还像个凯旋归来的将军，这样一来兴高采

- 213 -

烈的脸也开始拉长,"我还专门乍呼(嘱咐)他,一定要来,一定要来,这么多东西怎么拿?我还喊他叫个车子的。"

"可能大哥有事情,要不——爸,我叫个背兜先把东西扛出去,我们打个的就回去啦!"李明起说着准备去扛包,他提了提,有些沉,也猜不出里面是什么。

李万达却跑开了,李明起以为他去找背兜,远远地却看到他拦着前面不及下车的一个中年人,跟别人借了手机开始打电话。过了会儿李万达又兴冲冲地赶回来,他脸上又恢复到火车刚到站时的表情,有些得意地朝李明起喊,明亮说他马上来!

但出站还得靠他们。本来李明起叫来两个背兜,站台上这种背东西的人多得是,简直像苍蝇蚊子一样围着,背到外面也不过两三块,但李万达不干,只留下一个,但这么多东西一个人肯定是背不了的,那个个头瘦小的背兜把两只口袋背在身后的背筐里,手里还提着皮箱,剩下的爷俩只好每人提一样。

李明起提着那只最小的袋子,还是掉在了最后,渐渐地就觉得手臂开始发沉,带子也像把刀一样勒进肉里,他倒了几次手,有些不高兴地问,里面是什么啊,这么重!但这时候已经临近出站口,人声嘈杂,李万达步子又快,早已经闪进前面的人流里。

他们在广场上等了会儿才看到李明亮。李明亮是打车来的,并没有找车子,他说急急忙忙的,单位上的车子都派出去了。李万达有些不高兴,故意拿话噎儿子,早知道我们自己就打车了,还害——你白跑一趟!李明亮看看这一地的行李,也觉得有些理亏,赶紧指着蛇皮袋问父亲,爸,你都带些哪样,我还以为没什么东西,晓得我肯定请假了。这时候李明起喊来一辆车,李万达忙着往车上送蛇皮袋,故意不理他。李明亮见状只好帮着父亲往汽车上送包,这些东西行李箱竟然放不下,那只最小还要放在后座上。

等车子开起来,李万达才踏实下来,心情一好,就拍着旁边的蛇皮袋告诉身边的李明亮,"我带了些衣服回来,有大人也有小孩子穿的,等一会你给小苏苏也带一件回去!"

李明亮却像听到天底下最荒唐的事,扭头指着车尾:"爸,这些都是——你买的衣服啊?!"李明亮的眼睛一下子瞪得溜圆。

"是啊",李万达打开那只小包,露出包里的衣服,原来都是些名牌运动夹克,但李明亮一看就知道是仿冒的。

李明亮原以为父亲在妹妹家受了点气,回来应当有些沮丧才对,可他神采飞扬,不仅如此,还弄了几大包衣服,最初他还把这些当成李明芳送给他们的什么东西。

"这种衣服青年路满街都是,卖都卖不出去——再说你也不想想,现在天都要热啦,谁还会买?!"

"质量很好的,你看——",李万达顺手从里面抽出一件,顾自地说。

"再好街上都有,而且你又没铺子咋卖?!"李明亮说着说着就有些气愤,他老子显然不开窍。

"你不管嘛——"

"不管?!"李明亮想说你卖得出去我就不管。

李明起这时候把衣服接过去看,他问父亲多少钱,李万达却要他猜。

"一百吧",李明起对衣服也没什么概念,李万达于是得意地说那我全部给你。

李明亮兀自生气,忍不住调侃弟弟:"好了,老三现在可有事情做了,你干脆就在门口摆个小摊摊卖衣服!"

李明起知道他其实说的是父亲,便对李明亮笑了笑。

家里的情况显然出乎李万达的意料,在他想象中家里不定脏成什么样,但结果比他预料的更坏,虽然没变成猪狗窝,却乱七八糟。

其实变化是李明亮先发现,"哟,老三把家里打整了一下呢。"他这么一说李万达自然也发现了。

"你妈的照片呢？"

齐慧兰的遗照临走时还挂在客厅的墙壁上。

"我们刷墙就取下来了嘛。"其实，那张照片是李万达去广东的那天晚上从墙上摘下的，被赖丽塞到抽屉里。李万达顿时有些不安，家里似乎也隐藏着让他不安的东西，他的动作频率开始加快，调门也忍不住升高，在李明亮两兄弟看来，他们的父亲就像走错了家门一样不自在。

"找出来，去找出来！"李万达搓着手，在房间里来回走了两圈，可能他自己也说不清想干什么，"好好的刷哪样墙嘛！"李明起拧着脖子反驳，等于我刷墙还刷错了。李明亮知道弟弟不可能有这种创意，便问他花了多少钱，果然李明起支支吾吾地答不上来。

这时候李明起从蛇皮袋里取出一件夹克，"哟，还是两面穿的呢。"李明亮的情绪显然不像路上那么激动了，便也好奇地从弟弟手上接过衣服来看，这一看还真看出些庆幸，于是对弟弟说，"幸亏老者没买女装，那些东西买回来也是死鸡脑壳①。"说完俩兄弟又一起吭哧吭哧地坏笑，一下子他们就像回到了小时候，那时李万达从外边带回来的东西哥俩都会抢着去翻拣一通。

李万达却又一次在屋里喊起来，"老三，我的那双皮鞋呢？"

兄弟俩一怔，李万达已经率先冲出来，神色紧张，他的表情不像在问皮鞋，倒像在找一个比皮鞋大得多的东西。

"什么皮鞋？"

"就是那双黄的反帮的，你妈前年在青年路给我买的，花了三十块钱。左边还有个洞，补过一次。"

李明起一脸茫然，李万达知道再说也说不清楚，急得跺了一下脚，重新跑回房间。李明起还是懵懵懂懂，说坏了就买一双吧。李明亮却猜到了原委，对李明起说，好喽，你把老者的命根子都搞不在啦。李明起问什么命根子？边问边预备站起来去父亲的房间，李明亮却冲他摇摇

---

① 死鸡脑壳，方言，意为卖不动的东西。

- 216 -

手，但还没等他作进一步的解释，就看到李万达慢条斯理地从里面摇出来，脸上淤积的红晕已经舒展，唯有那只正在捏鼻子的手承认自己刚才弄错了。

"爸，什么皮鞋？"李明起却不甘心。

李万达还在捏鼻子，不吭声。

李明亮却知道那双"皮鞋"已经找到了，忙告诫父亲以后值钱的东西不要乱塞乱放，这屋里进进出出的人多，到时候找谁去。他这么说，李明起也恍然大悟，同时委屈得厉害，附和道，你那些金戒指金项链收好点，找不到就说我！继而他发现，其实真正让他委屈的还是他父亲宁愿把金戒指金项链藏在烂皮鞋里也不告诉他，父亲防着他，和防贼差不多，而且他一想，刮磁粉前一天差点就听赖丽的话要把这些东西都处理掉，难说就会把这双破鞋扔给收破烂的，这么一想，李明起还真有些后怕，真要那样，他大概也别活了。

李万达自然不清楚这些事故，他一手捏着鼻子，一手拿着本电话簿，做出打电话的样子说，该给明芳打个电话啦。通常遇到类似的尴尬他都会这样混过去。

报完平安，电话被李明亮接过去，李明亮显然对父亲带这么一大堆衣服回家不满意，所以在话筒里对妹妹也有些不客气，"你是咋搞的吗，让他带这么多衣服，哪卖得出去，卖给谁去嘛！你这不是找事嘛！"

那边李明芳却诉起苦来，说是老者自己的主意，与她无关。到这儿再责怪谁当然都没用，李明亮只得说算啦算啦，大不了我找几个熟人来买。

李万达其实一直在听儿子女儿的对话，等李明亮刚挂话筒，连忙说，"我这些衣服，你不要拿走啊！"他怕意思还不够坚决，又补了句，"我的事我自己管！"

听他的声音，倒像李明亮已经准备把衣服拿出去送人了。

李明亮的好心被父亲这么一搅，只觉得无趣，忙说，"好、好，我不管，爸，你放宽心，我也是跟李明芳这么说，你放心，不会有人来抢你的，你要卖的话，自己慢慢地卖……"

二

十点钟，学校的课间时间，师范学院里的钟楼正在响起一串悠扬的钟声。这时候李万达出现在大门口。

李万达下车的地点有一溜专门做学生生意的小吃店，饭馆当然不到开张时间，但那些卖早点的铺子还仍旧红火，不时有一些起晚了不及过早的学生进出。这时候当然也是学校管理最松散的时候，李万达观察了一下，也没见有什么人被拦阻。他埋着头跟在几个刚吃完早点的女学生背后，经过门房时也没遇到他所担心的盘问，稀里糊涂地就混进去了。当然即使遇到李万达也会有应对的办法——从前他就做门卫，知道门卫的权限，他甚至编好了个名字，到时候就说是替某某学生送点东西——他迅速地朝门房里瞟了一眼，里面的两个人一个正在看报，一个在接电话，所以连编瞎话这一环也替他省略了。直到走过一块篮球场，李万达才茫然地停下脚步，因为这时候在他面前出现了两条路，李万达也不知道应当选择那条路才能找到那些买衣服的人。

那天李万达提着一只旅行包，包里塞了三件运动夹克，考虑到高矮胖瘦，他带了两件大号的一件中号的。在李万达看来大学生应当是最喜欢穿运动夹克的人，甚至批发衣服时，他首先想到的顾客也是这群活泼好动的大学生。本来他还想多带几件，要是突然间要衣服的人多了呢，这当然是他期望的，但一转念，万一被人收走呢，这种事并不是不可能发生。所以李万达想，要是衣服抢手的话，他不妨下午再跑一趟。

李万达在球场边站了会儿，几个老师样的人正在打半场篮球。他们的年龄都不小了，跑几步就呼哧呼哧地开始喘粗气，尤其那个大肚子，头发也快掉完了，一条破运动裤不停地往下掉，跑几步就得伸手去提一提。但这种人肯定不会买他的衣服，李万达猜他也许比自己还精，而且说不定他就情愿穿这种烂裤子。几个叽叽喳喳的女学生从他身后走过

- 218 -

去，她们看篮球时眼睛也照顾到他，但更多的目光还是投向那几个比他年轻的老男人身上。显然她们也不是最佳人选。

又过去几分钟，一个高个子年轻人走了过来，从瘦弱的身材上判断应当是个学生。李万达赶紧咽了口唾沫，润了润嗓子走过去。

"同学——请问学生宿舍怎么走？"

被他叫做同学的年轻人停了下来，"学生宿舍？有好几个呢，你找哪个系的？"

李万达看着年轻人脸颊上的几粒青春痘，支吾着反问，"同学，是哪个系的？"他想起李明亮曾经读过历史系。

"我——是历史系的。"

"是嘛，这么巧，我孩子也读过历史系！"

"是吧，那你跟我走吧，我刚好要回去。"年轻人显然把他误会成哪个同学的家长，热情地几乎就要伸手替他提手里的包，但仅仅过去几分钟，他便发觉这是个错误。

"他是哪一级的？"

"谁？"

"你孩子啊？"

"噢，他早了，毕业都快十多年啦。"

"那——"年轻人没说下去，脸上的表情分明开始怀疑他的目的。

"我是想来看看，带了几件衣服来，看看你们那儿有没有人喜欢……"李万达拉开手里的提包，抽出一只塑料袋递给学生。

尽管有种上当的感觉，但突然间建立的熟稔，还是让学生拉不下脸，他把那件衣服接在手里看了看。学生的表情有些不屑，而且他看衣服的姿势给李万达的印象就像在验鸡蛋或者伪钞，他赶紧说，这衣服很好的，都是世界名牌，而且，便宜。大学生听了仍旧不吭声，慢慢地把衣服交还到李万达手里。

"怎么样，很便宜的，要一件吧，我只收你一百块钱。"

学生摇了摇头。"我也是没办法，小孩三十好几了，没有工作，连家都成不了。"

"你刚才还说他是历史系的！大学生还会没工作？"年轻人显然以为自己抓到了要害。

"那是老大，我现在说的是老三，老三连个工作都没有，现在的物价这么高，我养他都养不起……"

这段话年轻人倒挑不出什么毛病，只好继续不吭声，其实他心里早已经厌烦，不迭地责怪自己多事，而老头又固执得讨厌，就像块粘在鞋底的口香糖那样讨厌！经过一个自行车篷后，他们走进文科男生宿舍楼。

楼道里很黑，一进来就闻到走廊里那股浓重的尿臊味，显然是那些起夜又不爱上厕所的人干的，尽头的水房里则远远飘来一股混合了牙膏味的潲水桶味，让人闻着有些恶心，可奇怪的是它偏偏有种提神醒脑的功能，李万达虽然皱着眉头，脑子反倒比刚才清醒了。

年轻人的宿舍就在一楼。本来李万达以为进了房间可以远离潲水味，可屋里迎面而来却是更加强烈的汗酸味，臭袜子味，像豆豉作坊一样满满腾腾装了一屋子。李万达的眉头皱得更紧了，"哟，你们这儿也没人打扫一下？"他摸了摸鼻子。年轻人没理他，把手里的书往桌上一顿，应声就有个脑袋从靠窗的一幅蚊帐里伸出来。

"你又逃课嘛！"

"听那种破课，还不如梦周公。"床上的人看到李万达显然有些意外，忙揉着眼睛看他。

李万达把包放到桌上，又从包里把衣服拿出来，递给第一个年轻人。"你试试看嘛——合适了你再决定买不买……"

年轻人被缠得没了主意，接也不是不接也不是，只好说，我没那么多钱。

"没关系，你要试了觉得好，我可以再便宜一点的。"

年轻人只得试衣服，他问床上的怎么样，本指望室友说不好，可以乘机推辞。床上的同学却说还行。

"多少钱？"

"你给90块吧，这衣服在青年路至少要卖一百八，你看，全是世界名牌！"

"80吧，80我就要！"

最后85成交的，年轻人付完钱，拿着一本书走了。李万达却没急着走，他留下来准备做第二笔生意。躺在床上的年轻人显然比他的同学要滑头，一直靠在床栏上和李万达东扯西拉地聊闲天，就是不肯下来试衣服。最后等李万达同意把价格降到75，他才作出不情愿的样子从床上跳下来。

两件衣服没赚多少钱，却给李万达极大的信心，所以下午他又跑了一次师院，100块钱卖了第三件衣服。照这样估计，这堆衣服不光很快就能把路费赚回来，而且还能像他希望的那样赚到一点。

晚上，李万达特意找出个小本子煞有介事地记账，完事后他对李明起说，老三，你看——你哥哥还打击我，说我卖不出去，你看嘛，过不了几天我就可以全部卖完！虽然李万达从没做过什么生意，也没有门面，但事实，铁的事实还是让他一下子变得自信满满——可惜的是，事情并不像他想像的那么简单，第四天发生的一个意外，一下子就把他所有的计划都打乱了。

同样是上午10点，同样是课间时间，同样有许多过早的学生进进出出，所不同的是，那天门卫们既没有看报纸也没有听电话。事后李万达想，也许他犯的最大的一个错误是不该跟在一个卖文具的小贩子身后，那小贩子肩背手扛，一只手里拿着个计算器，还夹着一台简陋的电子琴，走一步问一声，计算器要吧？他跟在后面还不像个小贩子？门卫朝他们喊，喂、喂，去哪里？别人都是看一眼继续走，李万达心虚，和小贩子一起留下来。"去，去，卖东西出去卖！"小商贩悻悻一笑转身走掉，李万达却怀着侥幸继续朝里走。

"喂，喂，说你啦，还走，还走！"门卫冲出来。

李万达只得站住，说我找人。

"找哪个？"门房的口气显然把他看穿了。

李万达一愣，就这么一愣，就再也想不起那个早已编好的名字，他只得说找我儿子。

"他叫啥，哪个系的？"没等他开口，门卫又说，这还用想啊。然后伸手把李万达拉进了门房。

"我儿子，真的是我儿子！"

"好嘛，这儿有电话，你让他出来接你！"

李万达看着那台电话，一动不动。

"老人家，你就不要骗我们了，我都注意你好几天，说——你到学校干什么？"

"最近我们这儿老丢东西，知不知道？！你不说清楚嘛，我们就请你去保卫科……"

门外不时有人经过，他们都会朝门房里瞟一眼，还有那些取报纸信件的，打开信箱后，也留意地看着。他站在那儿真像个做贼的，和学校丢的一切东西有关系，李万达有种无地自容的感觉，他忽然有些担心，不知道最后要不要通知家属。

"包里是什么？"

"没什么，就两件衣服。"

包是他的，却被一个胖子接过去，提出来的自然是那几件运动夹克。"你看小孩，用得着带这么多衣服？"

李万达有些发懵，那天他有些贪心地往包里塞了五件衣服。李万达从前也做门卫，但他更大的权利还是打钟和收发，他不记得自己是否这么神气过，可以呵斥，乱看别人的提包，李万达开始想一个脱身的办法，最后他咽了口唾沫说了实话："卖点东西总不犯法吧？"

"那你说是看儿子？"

"卖点东西总不犯法嘛？！"

"老人家——在家里好好待着不好，要到处乱跑？"

"以后你再来，我们可全部没收啦……"

李万达不记得怎么离开门房的，他摇摇晃晃地，在回家路上，脑袋里翻来覆去全是这句话，这当然也意味着他今后再也不能来卖东西了。提包最终还握在手里，这是他庆幸的理由，但离开学校越远，心情也就越低落，他安慰自己：有什么好神气的？不就是个烂学校，不去就不去嘛！问题是他必须卖衣服，把剩下那一百来件衣服通通卖出去，一想到这里他或多或少开始有点沮丧。一下子李万达还想起大儿子那张略带嘲讽的脸。

经过青年路时，李万达试着拦住两个路人，但别人一听他开始说衣服，还不等他开始诉苦就急急忙忙闪开了，就像他有什么传染病，就像他是个老骗子，衣服只是骗人的幌子。他追上去，答复立即有些不耐烦，不要、不要，听到没有？李万达觉得自己很赖皮，也很可怜，他好像从来没这么让人嫌弃过。

那天下午，对李明起来说也充满了某种悲剧色彩，中午他从赖丽那儿回来，先在院里那家中老年活动室看了会麻将，才回到家。屋子里照例黑漆漆的，起初李明起以为屋里没人，但喝水时却听到里面有响动。过去一看，发现李万达正在里面翻东西。他看了会儿，确定父亲是在整理。那些从广东带回来的名牌运动服被他父亲顺到一个角落里，他把它们像一堆粮食或者水泥那样堆起来。

"爸，你在搞什么？"

"我收拾一下，收拾一下"，李明起注意到他父亲开始弄一些乱七八糟的小杂物，他用塑料袋装好后再一个挨着一个摞着。最后李万达直起腰，这时候他大概也发现自己其实是站在一堆五颜六色的塑料袋中间。

"怎么都收不好……"李万达转过身对着儿子重复了一遍。

李明起一下子看到了父亲的红眼圈，他吓了一跳，父亲眼眶里转动的泪水转眼间就要落下来。

"你怎么啦,谁惹你啦?!"也许他不问还好,他的话音刚落,父亲眼睛里那些伤心的液体也从脸庞上滑落下来。

"怎么都收不好——你妈要是还在该多好,家里就不会这么乱啦……",李万达指着他周围的塑料袋,好像是它们不好,让他这样的。

三

晚上,李明亮站在阳台上抽烟,他已经在那儿抽了半个小时烟了,边抽边想李明起刚才的电话。

虽然父亲的遭遇被他言中,他却找不到一星半点得意的感觉。理由很简单,就因为那个失败的人是他的父亲。只是父亲还会哭,这一点也多少让他有些意外。从前,他父亲可以是个倒霉的人,无用的人,脾气很坏的人,但至少在李明亮的印象中并不软弱,父亲为了一堆衣服流眼泪,光这一点就让他心酸。慢慢地,李明亮感觉到,他父亲受到的那种挫败感也像一团乌云一样转移到他头上,其实他从来就没有从这种感觉中挣脱出来,从小到大,无论是他们家还是他自己从来就没有摆脱过,他至多可以把它放在一边,忽略掉,但父亲的哭泣却把它像一件旧物那样翻了出来。

那一堆衣服自然成了新问题,这也是首先要解决的问题,当然李明亮也把话说清楚了,既然要他处理,当然就要按他的意思办。

他从一大堆名片和电话簿中间找到了刘卉。刘卉是他大学的同班同学,现在是一所小学的校长。上学时他和刘卉有过一段急风骤雨似的爱情,这种爱情来得急去得也快,毕业之前他们分了手。

星期五他给刘卉打电话。"谁?"刘卉一下没反应,或者没有料到,接着她就笑了,"你怎么找到我的?"

他只能说实话,号码是从一个同学那儿抄来的。

"有事情吗?"他们寒暄了几句,刘校长就单刀直入,好像料定他有事情找她。

是这样。李明亮一下子变得有些惭愧，因为被刘卉猜中了心思，这么多年了，他都只是想回避这段往事，回避这个人，但现在他不得不把父亲稀里糊涂买运动服的事告诉刘卉。他在求她。

"也不知他哪股筋涨了，从来没做过生意，我们家也没谁做生意，不知道他怎么想的……"李万达开始骂父亲，其实已经在等刘校长主动提出帮忙。

刘卉想了想才说，我先看看再跟你联系吧。这当然是李明亮需要的，而且她的答复并不为难，这说明有把握。挂上电话，李明亮就想起年轻时做的那些事，虽然很幼稚，现在回想起来还是有些暖意的，如果不是因为衣服，他可能永远都不会有机会再去翻拣。

刘卉的电话却打到了家里，恰恰他在卫生间洗澡。那是个周末，周末是他和老婆铁定的亲密时间。电话铃响时，他心里一个激灵，他怀疑是刘卉，因此希望不是。但这时候他再抢出去已经来不及了，他听到老婆在接他的手机：

"喂……他在洗澡呢，你是——噢，有什么事吗……"

他出来应当比平时要快，裹着条毛巾被使劲地搓着头发，用最无所谓的口吻问，"谁的电话？"

"叫刘卉吧，她说星期一让你去一趟"，老婆的口气是平静的，也许并没有想起这个名字的特殊性。结婚之前他们彼此都交代了各自的经历。

晚上他们却没过生活，两具干干净净的身体无法纠缠到一起。他老婆的解释是头痛，于是他知道老婆前面的平静都是伪装出来的，她和他一样都没有忘记。李明亮只好说都是为了衣服，如果不是为了那些倒霉该死的衣服，他怎么会去找刘卉，这么多年他都没去找过刘卉……

他老婆用后背对着他一动不动，不说信也不说不信。他用手抚着她肥厚的手臂也没有反应。"都十多年了，怎么可能呢？"但他想起来，也是这样一个漆黑的夜晚，他用手抚摸着另一个女人，那一天他成了男人。他的想法中有过这样的企图，他在假公济私，十多年来他一直在等的就是这个机会。老婆还是没表态，这说明他还没过关，李明亮只得压着身体里腾腾燃烧的欲火……后半夜他却被老婆摇醒了，老婆一边哭一边擂他，他有些得意，这是她示弱的表现。他一边安抚一边赎罪一样把自己送进那具身体里。

星期一见到刘卉时，李明亮才知道事情并不简单，刘卉应当是想帮他的，至少从她的态度上可以看出来，但她把所有的工作做下来，得到的结论是没有人想买这种衣服！而且，刘卉说现在不比从前了，现在的人动不动就跑到教育局告状，打人告状，多收点费告状，连学校卖个早点也要告状，还有人不到教育局，直接跑到报社去告，可恶不可恶嘛……李明亮出来时感觉是悻悻的，这种滋味就像没吃到羊肉反惹了一身骚，而脑子里感触更深的还是刘卉的胖，从前校舞蹈队的女生竟然也可以让自己胖得像座肉山？还有她嘴角飞舞的唾沫星子，倒像他来的学校不是卖衣服，而是专门听她骂那些告状的人。他情愿不要再遇到她了。

从学校出来后，李明亮站在大门口等着李老三，按他的安排，李明起应当带着一堆衣服朝这边赶着。大概二十分钟后他才看到那辆车子。

出租车停在校门口，李明起正提着一只蛇皮袋准备出来。李明亮喊了声，又摆摆手示意他不要下，跟着他抢了几步上了车。

司机和李明起几乎同时问他上哪儿，他说了个名字，是这儿最大的一个服装城。李明起说不是到建和小学嘛。李明亮闷闷地不想说话，决定不吭声。李明起就这点好，别人不想理他了，他就会立马知趣。

车子在服装城的一处出口停下来。李明亮付了钱，下车后袋子仍旧由李明起提着。这时候李明亮才开始掏出手机打电话。

这一次他们找的是个叫曲六的人。从前他们家的邻居，小时候调皮捣蛋，干尽了坏事，李明亮记得有一回，他还骗李明起偷家里的粮票去打麻将，结果一下子输掉了家里半年的口粮。后来，曲六据说开始做生意，专门卖童装，早已经有上百万的身家，有一次李明亮偶然在街上遇到曲六，还能互相认出来，彼此打趣后又留下了对方的电话。李明亮当时还认为这个电话不定用得上。

"你来嘛"，曲六问明了情况，告诉李明亮现在正在商店。不一会儿，李明亮和李明起就走到那个叫红孩儿的童装店。商店里人来人往，中间堆着几大包刚从车站拉来的货物，正是最忙碌的时候。

曲六已经是个中年人，当年的坏模样只剩下嘴唇上那条一字胡，穿着倒不见有什么突出，举止慢条斯理，有种中心人物的派头。"哟，两兄弟都来了，来这么整齐，又不是打架。"那次李明起输钱后，李万达曾领着两个儿子去找曲六的父亲讨还粮票，所以曲六忍不住想调侃调侃兄弟俩。

说到正题时，曲六说他现在也不管进货的事，都是他的小姨妹在打理——这么说，李明亮就觉得没戏。当然他本来就没什么期望，所以也不至于太失落，反正死马当活马医，大不了，他已经想好，如果这儿也不行的话，就干脆先给父亲一笔钱算了。曲六把他的小姨妹喊来看衣服。原来正规的进货还要估价，曲六的小姨妹过来时并没有看他们，完全是公事公办的样子，看看衣服，用手摸摸质地，然后很干脆地说40一件。就这么轻松——衣服交出去，然后数钱。等厚厚的一叠钞票交到李明亮手里时，他多少有些发呆，他记得父亲告诉他这衣服是30块钱买的，这么说一转手他们不仅没亏，还赚了。出门时，李明亮对曲六的感觉几乎是感恩戴德，他摸出一包红塔山，准备发烟。曲六却拦住了，告诉他现在是不抽国产烟的，他只抽三个五。

分手后李明亮直接回单位。时间还早，也许心情转好了，不知不觉中，他嘴里开始小声地在哼新近流行的一首歌。

"你回来了？"办公室的打字员小马还在电脑边打字，声音清亮，带着尾音。

他嗯了声。其实，单位上直接称呼他"你"的人不多，别人都叫他李处或者老李。

李明亮把手里弟弟带给他的那件样衣拿出来,扔在桌上,"小马,你来看看这件衣服怎么样?"

"你去买衣服啦?"小马早已看出他的心情不错。

"你看看——"没等小马表态,他就把事情的原委告诉她,现在就剩下那堆大人的衣服了,"怎么样,会有人喜欢吗?"李明亮真实的意思是想让她买一件。

"这好办,交给我好啦,我让他们都买一件。"小马拿着衣服跑出去,又跑回来问李明亮价钱。李明亮故意支吾着,"55吧。"

"那就60!我就说是我拿来卖的。"小马兴冲冲地出去,连李明亮都不得不佩服她的考虑周全。

其实单位上也时常有人会拿自己多买的东西来卖,李明亮就买过几件T恤,只是不知为什么,轮到他自己卖东西就这么困难,好在小马善解人意,愿意为他出这个头。不一会儿,疯丫头就跑了回来,兴奋地告诉他至少有五六个人要买衣服。李明亮也很高兴,答应第二天就带十件衣服过来。

三天后,大部分衣服就这么被李明亮的同事,一人一件或几件处理干净。晚上,他到父亲那儿去送钱时,才知道父亲没把所有的衣服全交出来。

"60?太便宜了,一分钱都没赚着!"李万达的思路已经从那堆焦头烂额的衣服中间跳出来了,他为那部分没赚到的钱开始心痛。这一点也在李明亮的意料之中,所以他不生气,反而劝父亲:"反正二妹在广东,你要赚呢,让她再给你寄百把件好啦。"也是这句话使他知道,父亲手里还窝着几件衣服不肯撒手。李明亮不说话了,不怒反笑,他知道,父亲算是活过来了,只要活过来当然要忘记前面的狼狈,他一辈子都是这样过来的嘛!李明亮了解父亲的为人,所以才不会再为这些破事情去生气。

四

李万达又恢复了晨练，像从前一样，一起床他就直奔邻近的灵山公园。因为到了夏季，夜短昼长，所以五点钟他就醒了，踏着晨雾，在周围的一切都还处于模糊混沌的时刻，李万达遛进公园半山腰那片林子里。

当然他并不是来得最早的，这方面总会有人赶在他前头，公园里有不少像他这样的老人，或者独自一人或者夫妻结伴，而单身的那些往往都是死了伴的，对于死了伴的人来说，晨练当然不是锻炼而是消磨漫长的时光。李万达对着一棵两人粗的巨杉做完了两遍操，他开始吸纳树林里无主的新鲜空气，第一缕阳光照射下来时，就像一个信号，他也终于有了点与人聊天的愿望，然后李万达就和树林里那些遛鸟的老人聊上一会儿，九点左右再慢慢地踱出去，从菜市上买一点时令蔬菜，十点半左右就可以回到家。

比起出门的匆忙，晨练后的李万达显得从容了许多，通常他走的都是同一条路，这条路贯穿他住的那个小区，当然这并没有什么特殊，他只是遵从一种习惯，如果非要找出区别，那就是那些沿途的景物和来的时候相反，刚好形成对称。

从前，他们这个小区是个了不起的地方，八十年代率先富起来的人都聚拢在这修起了别墅，也就是说这地方曾经还算得上一个富人区，只是接下来它才被政府划为拆迁地，东一榔头西一棒，在这些别墅之间，修起了各式各样的经济住房，等那些拆迁户聚齐了，也把这儿弄得面目全非，变成一个彻头彻脑的贫民窟。

小区里最醒目的特征就是脏，随时随地都是那种灰尘扑面的感觉，街边的餐饮店、洗烫店、理发店排出的脏水顺着街道迅急而下，一个四川裁缝的孩子正撅着屁股在人行道上拉屎，小家伙拖着长长的鼻涕，开始玩起了大便,而一个穿睡裤的女人正往垃圾车上倒炉灰,再往下就是菜市场了,那里龌龊的气味,远远地就让李万达皱起了眉头。

走到菜场后面那块空地时李万达又停了下来,这也是他平时喜欢待的地方,往往天一放晴,树阴下就有五六副棋盘摆着,十几二十个老头或下棋或聊天,通常爱玩麻将的人会去老年活动中心,只有不爱玩麻将的才会选择这块空地。有时候李万达也忍不住感叹,其实这个世界能让他去的地方还真是不多。当然,他并不是不喜欢麻将,有时候他也能在一旁看得上瘾,不过,他这个人受不了刺激,赢钱的刺激,输钱的刺激他都受不了。

在空地上李万达先看到老常伯,其实首先应该看到那条狗,老常伯正领着他那条价值八千多的德国牧羊犬遛弯。那条狗通身漆黑,没有一根杂毛,正在几棵女贞树下来回地绕圈子。除此之外,场地里还有两个下棋的老头,这个时间那些看棋的人还没出来。

"老常伯,出来遛狗?"

"老李,又去锻炼啦——哎,瞎走一下,昨天黑黑不晓得都吃了啥玩意,差点死翘翘……"

"哟,那样不是可惜啦。"

"现在好啦,你看这狗家伙,又人模狗样啦!"

黑黑停在他面前,忧郁地闻了闻他手里的提包,里面只有几根胡萝卜,黑黑显然不感兴趣。

这个老常伯也是李万达认识的为数不多的几个富人朋友。朋友这个词可能有些过了,他们的交情不过限于这块空地。早年老常伯开了个铝合金厂,靠经营防盗窗发的财,到了岁数后让位给他的孩子。其实,这个老常伯还曾经帮过李万达一个忙,他曾经答应让李明起去他铝合金厂上班。

有一次,那是李万达和老常伯刚认识不久,两人下完棋后,顺口聊起了正在演的一部反贪电视剧,对时下的贪污腐败他们一样都是深恶痛绝，一阵胡批猛侃，又开心地大笑。接下来的话题当然是各自的儿子——李万达得意的自然是老大，单位里最年轻的处级干部，前途无量，但到底比不过常伯的儿子。李万达一听别人一天的利润就在万数以上，心里不禁骂了句娘，那可是老子一年的工资！当然再说下去语气也发生了变化，李万达开始感叹他的三儿子，这小子连个工作都没有，三十多了还要让爹妈养着，不知哪个时候才是头……他一连抱怨了几遍，常伯只好说，实在不行，你就让他去我儿子那儿干嘛。李万达求之不得，自然喜出望外。那次是李明起自己不争气，去没两天，就嫌弃搬三角钢的活太苦太脏，借故跑了。

前不久，李万达从广东回来，常伯还请他专门到家里去坐了坐。他们家就是旁边不远一幢像积木一样的小房子，那房子只能说是他们家的反面，他们家朝北，常伯家朝南；他们家潮湿，常伯家干燥；他们家黑暗，常伯家明亮。还有面积及开间都是没法和别人比的。

常伯的老婆他也是头一次见到，正坐在一间佛堂里念佛，年岁比齐慧兰大，甚至比他都大，但看上去却不过五十出头。看到那女人礼佛的神情，李万达忍不住想起了齐慧兰，齐慧兰活了不到六十六岁，而别人七十几岁都还活着。李万达心里一阵酸楚，这时候老常伯开始说他的房子的造价，现在的市价，都是天文数字。于是李万达暗暗地骂，不就有钱嘛，等我有钱了，盖的佛堂比这还大！与老常伯不同的是，除了贪官污吏，他还恨那些自以为是的有钱人。

离开常伯家，李万达当即在一个彩票点买了一注彩票，此后他就一直在买彩票，这一点他一直坚持着。他会发财的，他一定会中五百万的，老太婆既然已经死了，老天爷就不会再亏待他，他不相信自己会一直这么倒霉下去……其实在李万达心里这五百万的分配方案都已经有了，老大五十万，老二五十万，剩下的他会给老三买一套大房子……从前他喜欢老大，现在，可能更喜欢老三，老三的眉眼和他妈简直一模脱壳。

这一天亭子里只有两个人下棋，平时都见过。李万达拎着那几根胡萝卜,背着手,站在老常伯的对面。

已经到了残局阶段,红方的双炮一卒,对黑方一车一马。红方老头显然不善于用炮,被黑方逼得方寸大乱,眼看就要认输。

支仕,支仕嘛,李万达开始着急。红方老头恨恨地看他一眼,李万达却不领会,接着万分投入地说,"你看你炮拉到这儿,他的车就上来了嘛。"说着他急不可耐地伸手去移炮。

红方老头却不干了,把炮拿起来,丢到个不相干的地方。

李万达叹口气,"哎,你不相信,这样肯定死路一条!"

结果证明了这一点,接下来红方老头无论怎么挣扎,都被将死了。他的脸涨得通红:"我就是不相信,行不行,我就是愿意这么走,行不行?!"

红方老头出了急相,就冲老常伯告状,"也不看看自己的水平,老喜欢指手画脚的,昨天也是的,我好好一盘棋让他说输啦!"

"那跟我有什么关系——可笑……"

"也不晓得是哪路正神,就指手画脚的,什么东西?……"

"人没用怪卵痛!"

"算啦算啦……",老常伯和黑方老头都开始劝。棋局重新摆开,红方老头仍赤着脸,拼命往棋盘上砸棋子。

"算啦算啦,我走啦!"李万达气呼呼地朝老常伯说。

"走啦?"

"唉,这种鸟水平有什么看头?还不如买彩票去!"李万达丢下这句话揪着那几只萝卜一甩一甩朝外面走。远远地他还听到红方老头说,也不知道他算哪棵葱?

"哪棵葱,你家祖坟上的那棵!"李万达在心里骂道。他调了个头,他准备去飞山街一家小超市去买彩票。其实如果仅仅是为了买彩票,他们家不远的一家商店里就有,但他买了这么久的彩票,唯独在飞山街买的那注中过一个四等奖。李万达虽然不是迷信的人,但彩票买得多了,也就多了些讲究，他想就是从长相上看，飞山街那个也长得富态，所以他宁愿舍近求远。

路上要经过一个鞋料批发市场。李万达记得从前这儿总冷冷清清的，散发着一股劣质皮革和染料混合的气味，今天的惨状更让他吃了一惊，因为不光门面空了，外面还拉了一圈绳子——他早听说鞋料城要拆，却没想到动作这么快。

鞋料批发市场的前身是个保温瓶厂，垮台后才成了鞋料集散地，没想到变成鞋料市场后还要继续垮。李万达记得李明亮他们小时候，他还领着兄弟俩到厂里去采过槐花……这么一想，他的脚也不知不觉动了起来，他想看看里面变成什么样子了，从前那个闪着高温的熔炉还在不在？

他的脚迈过了红绳子的界线，并没有人阻止，于是李万达又大胆地往里走了几步，这样一来，他终于看清楚了，院子里那个庞大的屋顶已经完全消失，是被人砸掉的，只剩下四围的红砖墙，但又不知为什么，它们会像座废墟似的摆放着。

他终于看到那棵槐树，竟然没有死，几十年过去，也没有显出多少老态，因为周围的衰败，反而衬出它的欣欣向荣。

这时候小路另一头有个戴红袖套的年轻人朝他走了过来，"老人家，你不能进来的呢。"年轻人朝李万达喊着，显然没摸清他的底细，态度有些含糊。

"噢，是吧，这儿怎么拆了呢？"

"要修楼了。"

"是吧，那可惜了嘛，搞房地产啊？"

年轻人点点头。李万达则摇起头来，"几十年前我还在这儿——你看这棵树，那时候，我还带着娃娃来采槐花，那时候又没什么吃的"，李万达说着笑起来，他这么说就像一个老厂长在告诉别人他和这个厂从前的奋斗史，至少语气上会让人这么误解。果然，年轻人误会了，他客气地问李万达厂子从前是干什么的，等李万达弄清年轻人的老家，来城里打工的时间，他们已经顺着那条小路在厂子里转了一圈。

这时候李万达看到脚底的一堆碎砖下露着一条胶皮线，显然是段废弃的电线，伸手一扯竟不知道去处。他心里一喜，忙对年轻人说，"这个你们不要了吧，我能不能拿回去，扎点东西？"

可能这并不属于年轻人的保护范畴，他大方地点头，说您需要就拿走吧。那段线竟然有几十米，终点还是挂在一个屋檐上，李万达用力一扯，橡皮都跟下一块，灰尘立即像受惊扰的蚊蝇那样四处飞散。

李万达有些兴奋，他决定再要点什么，他朝四周围看看才说，这些废木材呢，也不要了吧？冬天时发火最好了，到用的时候又找不到……

年轻人同样点头，还帮他用纸箱包好，捆成捆。到这时李万达自然有些惋惜，因为他一个人又没带工具，实在带不走多少。所以他慌慌张张回家，又在一种掘宝的心情下拿着一辆拖行李的小拖车回到了鞋料城。这一次他收获颇丰，足足拉了一小车一人多高的木材和纸箱……

是那个收破烂的提醒了他，也许一开始李万达还沉浸在发掘的心情里，他只是想把这些杂物拉回去，还不及细想它们的用途。这些东西自然只能先堆在煤棚里——一个收破烂的这时唱着站到了他身后，"有破布烂衣服收来卖噢！……老人家有哪样破烂卖没有？"

"没有没有，去、去——"对这些人他总是警觉的。

"这电线你卖不卖嘛，还有这些纸盒？"

李万达心里一亮，他怎么就忘了，他还以为只有废报纸，空酒瓶可以卖，这些东西不都是钱吗？

晚上，他又去了次老鞋料城，白天的年轻人已经不知去向，鞋料城里黑洞洞的，几乎就像个闹鬼的凶宅。李万达小心地走了几步，前面有树枝断裂的声音，好像还真惊动了什么，起初他以为是只野猫，等站起来他才发觉是个孩子。一个拾荒的孩子，背着一只蛇皮袋，在暗处晃悠。李万达被她惊得着实不轻，立即喊起来，"你是搞哪样的，出去——这里哪是你来的？"

当然，他喊得很压抑，手里的电筒却增加了他的威力。女孩显然在暗处久了，似乎很害怕这种强光，忙用手遮住眼睛。这时候女孩的身后又走出一个女孩，接着是个老太太，她们一律都扛着一只蛇皮袋，埋着头急冲冲地朝外面走。

"以后，看你们还敢来！"李万达用手电把那一老二小三个背影一直送到院门口。等确定她们离开，他才开始寻找，这一次，他没费多少力气，因为拾荒者原本就是发掘高手。李万达在老太太出现的位置发现了一个圆圆的东西，敲上去竟铛铛作响，仔细再看，原来是机床上带皮带的那个圆盘，他心里一阵狂喜，这东西应当值二三十块钱吧，只要滚出那道红线，他就会成为铁盘的新主人！

第三章

一

上午刚上班，李明亮就接到陈副厅长的电话。陈副厅长要他没什么要办的急事就先到他办公室去一趟。

李明亮答应了，搁下电话，慢慢地点了支烟，并没有着急着慌地下楼，而是借吸烟的功夫理了理，他要先找到个理由，陈副厅长找他的理由，他必须先把这个问题想想清楚。

现在无疑是个非常时期。两周前，李明亮和厅里四个副处长一起成为了正处干部的候选人。按照新的干部任用条例，他们五个人的名单也一起在大会及宣传栏上公示，单位同事的意见将在两周内汇总，而他们中异议最大的将会落选。李明亮感到陈副厅长的电话很可能和这件事情有关系。

陈副厅长在单位并不负责人事，虽然此次任命他肯定会参与，但如果有了结果，找他谈话的无疑更应当是张书记或者负责人事的王副厅长，如果这一点已经足以让他觉得奇怪，那么让他迟疑的还是陈副厅长的态度，他印象中陈副厅长的措辞并不是"你马上来一趟"，相反他问他手里有没有事，这在他们的接触中并不多见。

因为厅里人事复杂，平时除了工作需要，李明亮和单位的最高层来往并不多，私交更谈不上，虽然他的年纪不大，却知道政治的复杂性，跟错了人，站错了位置，影响都将是致命的，比如这个陈副厅长，他知道是常厅长的人，张书记的死对头。李明亮最大的优势是年轻，既然年轻他就比任何人都耗得起，所以他打的是消耗战，他的宗旨就是不偏不倚，不左不右，哪一方没有绝对的实力他就不会主动靠上去。

李明亮走到三楼陈副厅长办公室门口，开始敲门，其实门是虚掩着的。"进来——"他敲第二遍时里面的人才喊道。

李明亮尽量让自己露出笑模样："陈厅长——找我啊？"

"来，来，小李，坐坐——"里面的人也还他个笑模样，同时指着对面的靠椅，就像刚刚为他准备的。

他开始摸烟，陈副厅长也是个烟鬼。

"抽我的，抽我的，一样一样……"

"那可不一样，你这个烟，可抵我两三包了"，李明亮把烟接下来。有时候领导的小恩小惠还是要接受的，他替陈副厅长把烟点上，然后自己也点上，深吸一口，"是不错，味道更醇一些！"他赞叹道。

"小李一天抽多少？"

"一包多吧。"

"比我少，我怎么也要两包，有时候事情多，弄不好还三包……"陈副厅长的表情和他说自己如何如何忙是一样的。

"哟，那还是要控制点……"

烟雾迅速地占领了他们以外的空间，在早晨的阳光下，它们像蓝色的飞絮一样多变而可疑，从一个人的鼻孔里喷出，很可能再吸入另一对鼻孔。

"小李今年三十几啦？"陈副厅长喷了口烟，在他的前面迅速垒起一道雾障。

来了，李明亮心说，正题开场了。"马上就三十八了——"他笑了笑，好像对这个年龄有些抱歉。

"家里——还有什么人啊？"

调子也是拉家常的调子，和蔼可亲，但一清早这应当不是个适合的话题。李明亮扼要地介绍了一下，说到母亲过世时，他看到陈副厅长脸上有痛心的表示，他想起来，那次追悼会陈副厅长并没有到场。

"怎么样——生活上有什么难处吗？"

这句话就不知道该怎么理解了，李明亮暗暗吃惊，也因此很费解地望着陈副厅长。

"是这样——"陈副厅长把手一摊开，露出桌面上的一摞资料，他点着它们说："这次干部任命，关于你的反应总的来说还是不错的，看来你的群众基础很好嘛……"

李明亮咧了咧嘴，他知道这不是核心。果然，陈副厅长略微停顿，看着他继续说："只是——有人反应，看到你父亲——在外面拣渣渣……"

"拣渣渣？"陈副厅长虽然说得很犹豫，但这个谜底怎么说还是来得太突然了，李明亮想控制都无法，"这怎么可能，开玩笑吧！"李明亮首先笑了笑，他想把它当成个笑话。

陈副厅长的表情却绝不是开玩笑，"有人这么反应——所以，我请你来问一下……"

李明亮激动起来，既然不是玩笑，那当然就是真的，"是谁在这么乱嚼舌头？这怎么可能嘛，你也不想一想，我父亲是退休的老师，他有工资的——每个月我还给他一两百，我妹妹也给——这怎么可能呢？如果是为了这次提干栽赃我，那我可以告诉他，我李明亮也不是什么非当处长的人！问题是——这些人的用心是不是也太险恶啦！"

一口气说完这些话，李明亮还是有种芒刺在背的印象，气愤和委屈让他觉得身上每一只毛孔都在朝外喷着怒火。陈副厅长赶紧做了个下压的手势，他站起来，把门微微掩了一下，但显然来不及了，有人正从这儿走过去，也许用不了半个小时所有人都会知道他在陈副厅长办公室里发火。

"你要冷静点——"陈副厅长回来后压低了语调。

"我怎么能冷静——"虽然这么说，李明亮的声音还是不知觉地软下去。

"我知道，这种事换哪个身上都不会好受"，李明亮显然又想说什么，被陈副厅长制止住，"我也是不相信这种东西，才找你嘛——你想啊，如果这些事情拿到那边——不就上了桌面，一般人是没什么，但当干部就不好说了，你说外单位一传，我们这儿一个处长的父亲……不管什么原因吧，在外面拣渣渣——传起来也不好听……"

李明亮不吭声，他脑子里已经用排除法开始寻找谣言的出处。

"找你来，我就是想把这些事情在我这里就消化掉！你回去看看，是事出有因呢，还是捕风捉影——你现在也不要急着答复，回去看一看，弄弄清楚，事实胜于雄辩……"

李明亮看着陈副厅长潮湿的嘴唇，前面他跟着那串声音频频点头，这时候脑子里忽然间一亮，他想会不会这是常厅长的意思？他们已经意识到他的存在，借这件事来拉拢他？离开时李明亮特意和陈副厅长握了握手，说实话，他心里还是感激的，毕竟这是在拯救他的政治生命！当两只手握在一起时，李明亮显得很用力，他虽然没说，但他的行动无疑表明了他的谢意。

父亲没在家。李明亮在外面敲了半天门，对门的邻居露出头说，你父亲会不会在楼上麻将馆？麻将馆就是中老年活动中心。李明亮跑到四楼，远远地就听到哗啦啦流水一样的洗牌声，伸头朝里一望，里面乌烟瘴气，连老太太的嘴上都叼着根纸烟，虽然同样是狭小的单元房，却摆了四张桌子，加上看客足有二十来人，但里面好像没有看到父亲——李明亮又看了一遍，确定没有。

他从四楼那个出口走出去，正在想父亲这时候能上哪儿，却在前面那堵红砖护拦上看到了弟弟李明起。李明起的装束显然有些滑稽，脚上趿了双拖鞋，一件小背心，最可笑是他下身还穿着一条条纹睡裤，就像一个从精神病院逃出来的病人。李明起旁边有四五个十七八岁的小年轻，每人嘴里叼着支烟，正冲着面前空地上一个学自行车的大喊大叫，"倒、倒、倒——"那车子一阵七扭八歪果然应声倒了，于是所有人都开心得大笑。李明起虽然没跟着喊，却是笑得最厉害的一个。

李明亮喊了几声李老三，李明起起初没注意，等看到哥哥赶紧把烟屁股一丢跑了过来。

"你看你怎么穿成这样，这么大的人了，还跟一帮烂崽混在一起！"

哥哥的埋怨李明起早已习惯，只是笑笑，并不答。

李明亮来的目的当然不是为了检查弟弟的穿着或者结交什么朋友，所以他把李明起拉到一边，就直奔主题："老者最近在忙什么，他是不是在外面拣渣渣？"

"拣渣渣？怕不会噢——"现在，轮到李明起惊讶了，他双目圆睁，惊愕的样子应当比李明亮初次听到还要夸张。

李明亮对弟弟的反应感到满意，这说明前面的谣传只是空穴来风，这样一来，他心里也踏实下来。

"哪个说的吗？"

"我听单位上的人在说，所以回来看一下。"

"打死这些狗杂种，拣他妈拣……"

两兄弟这么聊着一起回到家。李明起开门时，李明亮突然发现门边有两只箱子，它们放在一摞煤饼上，煤饼是冬天生铁炉子时用的，现在是夏天，刚好用来堆放杂物。李明亮叫住弟弟：

"老三，这箱子是哪里的，家里的？"

李明起站住了，表情却和他一样的狐疑，这说明每天他从这儿经过同样没有注意到。李明起打开那两只箱子，一只木头的，一只是皮的，里面都空着，木头的缺了合页，皮箱的锁是坏的。如果是家里的旧物，他们俩应当认识，但李明起翻过来看了看，也不认识。

李明亮刚踏实的心重新悬起来，他走进家，反手打开灯，里面乱糟糟的样子让他顿时来气，桌上堆着一堆脏碗，剩菜则随手用张报纸盖上，旁边那只单人沙发现在成了堆脏衣服的地方，上面扭曲成团的脏衣服正散发着一股呕人的气味，沿着墙根是一堆五颜六色的塑料袋，看上去漫不经心，实际上明显有人故意这么堆着。

李明亮皱着眉头，指着那堆脏衣服，又指着那堆脏碗对弟弟说："老三，你又没事，在家就收拾收拾嘛——"

李明起忙在哥哥苛责的眼光下飞快地把沙发上那堆衣服卷作一团，边卷边说，"收的嘛，我收的嘛。"

李明亮原本就有些气，被弟弟这么一顶更是动了肝火，他拿起一只脏碗重新往桌上一顿，"这也叫收，这也叫收？"脏碗没站住，在桌上打着旋儿，几乎凶险地落到地上。

李明起不敢再说下去了，赶紧把那包衣服送到卫生间，也就是一个他大哥暂时看不到的地方。李明亮在腾出的沙发坐下，心里一阵沮丧：这个家完啦！他默默念了两遍，老妈才死了几天啊，就这样啦……他开始摇头，也许真正让他难过的还是他父亲竟在外面拣渣渣，这一点已经越来越像是真的。

二

半个小时后李万达回来了，一副走了远路的样子，气喘吁吁地出现在门口。他脸上布满了汗水，但显然已经顾不上擦，他的一只手抱着两根木方，另一只手则提着一只鼓鼓囊囊的垃圾袋，从里面伸出可辨别的宝特瓶，还有一只空暖水瓶——一切都是真的！李明亮想起陈副厅长说的那句事实胜于雄辩，别人安慰他的话却成了预言一样灵验，除了啼笑皆非，这句话只能唤起他心里一种空前的痛苦和绝望。

李明亮站起来，走到门口，他脸上的表情应当像庙门口里的金刚，李万达当然认得出来，但他决定不理，对儿子说，来啦？李明亮同样不理他，眼睛仍然愤怒地看着——这也在他的意料之中。也可能这时候李万达多多少少有些后悔，如果不把东西带上来，放在后面的煤棚就好了。李万达把木方丢在煤堆上，却从垃圾袋里拣出卷电线，就这么他抓着那卷电线开始换鞋子。可笑吧，这么脏的地方，还需要换鞋，这应当是他们的母亲还活着时养成的习惯了。

"你这是干什么？！"李明亮并没有让父亲的意思。

"这个好啊，很值钱的，两块三一斤——那边有家厂子，就是小时候我带你们去过的那个厂子垮了，现在里面全是人，好多人都去拣东西！"

李万达听上去兴致勃勃，甚至他把电线举给儿子看，丝毫没理会他的愤怒。

"我是说你拣这些破烂干什么，你当真少那几块钱——还有这两只箱子，哪里拣的？！"

"这又不是拣的，是四楼李妈家的，她那天要丢，我看还挺好的，就跟她要来了……"

果真如此，李明起顿时觉得一阵阵怒火开始朝嗓子眼喷涌，与父亲拣垃圾相比，他更恨他这种轻描淡写的态度，就像这是应该的，正常的，他努力压制着才不至于去摔这些破铜烂铁，但他指着它们，"你这是干什么，好好地去拣这些破烂？！你又不是——"

"我就是穷嘛！你看我那点工资，再看看现在这物价？！"

"穷——你就去拣渣渣？当拿抓①？！"如果在单位李明亮可能还有些顾忌，那么现在他却是种无所谓的态度，他的嗓门高得保证连九楼的

---

① 拿抓，方言，乞丐。

- 241 -

人都听得见。

"我就是穷嘛，怎么——丢了你的脸啦？！"

李万达终于被他撩拨起来，像只受到刺激的斗鸡那样，他把脖子一梗，如果前面他还有些心虚，有些奇怪的内疚，那么他现在已经变成天王老子——他不欠谁的！

果然，李万达这么一嚷，李明亮就哑了，他看着父亲，看着他不停抖动的嘴唇，一下子所有义正辞严的话通通消失干净。他没料到父亲还会发火，他居然还敢发火，有脸发火？李明亮在屋里转着，现在唯一的想法就是快点离开这个地方，这个恶心、不可理喻的地方，这里是地狱，是魔鬼——奇怪的是，就在他决定走的时候，李明亮却一头扎进弟弟的房间里。

李明起这时候正躺在床上看画书，看到哥哥怒气冲冲地进来，慌忙从床上跳下来。李明亮不理他，一屁股在床沿上坐下，从口袋里掏烟。他是有些气过头了，两只手都有些颤抖，他想不起还有谁能把自己气成这样——打火机也不争气，打了几次都不燃，是李明起替他点着的。

李明亮一气抽了三支烟，直到嘴里发苦发麻，还是没想明白自己为什么会这么倒霉，为什么会摊上这么个父亲——他想起小时候，院子里只有他们家，扫大街的许疯子家的大门是用几张烂木板钉成的，门板的缝隙可以伸进一只手指头，而且他们家可能连许疯子都不如，至少别人的门还用红漆刷过一遍。后来，他知道他们其实可以不这样，他们家的屋顶就堆着很多很好的方子……李明亮的红眼睛望着天花板，一时间有些万念俱灰，这真是个让他头痛、伤心的地方，其他人可以死的死，逃的逃，只有他跑不掉。

外面已经没声息了，屋里很暗，就像夜晚提前来临。有时候这样的平静是好事，这说明冲突已经过去，而有时候也意味着大的灾难就此降临——李明亮当然希望是前者，否则他就不会留下来。李明亮为自己继续滞留寻找理由，他注意到从父亲房间里传出一种咔咔的声音，后来他知道那是他父亲在处理那卷电线外层的胶皮。

李明亮走到父亲门口，从表情看，他父亲显然也注意到他。李明亮看了会儿，才说："好好的，干吗要绞开？"

李万达不吭声。李明亮等了等，他看着父亲那头早已经花白的头发，决定换种腔调说话：

"爸，你知道我今天为什么来吧？"

"我一不偷，二不抢，我有哪样好怕的——笑话！"他父亲显然对他刚才的发火耿耿于怀。

"你知道我为啥回家吧？"李明亮又说了一遍，他不再指望父亲来回答这个问题。"单位里，我们单位上的人都在说李明亮的父亲在捡渣渣——这种人，这种让老者到外面捡渣渣的人——有什么资格升处级？！"

"升处级？！"

李万达第一次把头抬起来，显然"升处级"三个字引起他的注意，这也在李明亮意料当中，他故意不去看，"我升不升官其实都无所谓，但你想一下，换到你，有人说你家老者在街上拣渣渣，爸——你会怎么想？"

李万达把电线丢到一边，看着儿子，停了停才说："你跟领导讲嘛，那都是别人造谣。"

能这么说当然证明他还没有糊涂到底，李明亮松了口气。

"我们头儿就是让我回来搞搞清楚——如果是真的，这官也别想当了，"说到这儿，李明亮用一种无奈的表情笑起来，他甚至想让自己笑得很残忍：

"爸——我们那个部门你是晓得的，如果我升个处级，求的人会有多少？不说别的，就是你我抽的烟可能都不用再自家买吧，你说和你拣一堆渣渣比会怎样？现在——"他又笑了一次，才说，算啦，算啦！李明亮摇起头连说几个算啦。

- 243 -

"那——你能不能找找领导,你就说——我家爸爸没有拣渣渣,他只是——收了几个旧箱子,也是别人非要送给他!"

李万达纠正错误的速度倒是够快的,李明亮知道他父亲正等着他的答复,于是从鼻子里哼了声。他就是要让他难受,结果他的目的达到了——这时候李明亮看到他父亲腾地从小板凳上站起来,急冲冲地往门外走,弄得李明亮也狐疑地追着问他干什么?

"我去把这些——渣渣,这几个箱子全丢啦!"

李明亮哭笑不得。一瞬间,他觉得父亲真像个孩子,他的头脑中,这世上任何事情大概都是可以像搭积木那样推倒后重来的。李明亮知道在这场小规模的冲突中,胜负已绝,他赢了。

"丢也不用现在丢嘛,以后不拣就可以啦——你看看家里为什么这么乱,如果你拣垃圾拣多了,慢慢地这个家也会变得像个垃圾箱,这才是为什么我不让你去拣垃圾……"

"好的好的。"

"你看,一个汽水瓶子就一毛钱吧,十个也才一块钱——以后,我每个月多给你五十,你看哪种划得来?"

"好的,好的。"

"还有老三,你也不要再给他哪样钱了,这么大的人噢,自家不会去挣?!"

"好的,好的。"

李明亮仰躺在沙发上给妹妹李明芳打电话时,李万达已经开始做晚饭了,这时候他正用一种内疚和恕罪的心情,开始准备一顿丰盛的晚餐。阳台那边是叮叮当当的敲铁锅的声音,油烟味、菜香接二连三地飘过来,李明亮的心情也格外地好。这样看来吵这么一架还是值得的,经过一个小小的纷争,他们家反而空前的团结。

李明芳的电话通了,李明亮把今天的事告诉她。"知道吧,老者在拣渣渣嘞!"

李明芳在那边愣了愣神才开始喊，"天，他干嘛要这样，他没钱啊？我们不是都给了他钱……"

"折腾嘛——还不是为了他那个宝贝儿子继续折腾——"这个宝贝当然是指老三。

"他到底要干什么吗？"

"我们的——那点钱够干什么？老者想给老三买房子！"

李明芳不吭声了。她本来在这边有工作，上班也上得好好的，二十四岁那年李明芳却非要去广东打工。李明亮记得当时他们的母亲身体不好，刚出院，李明芳却走得毅然决然……李明亮想起这件事，想起她当时不管不顾的轻松，忍不住就想恶心她，"还是你好啊，跑得远远的，什么都可以不用管了，我是没办法，又是求又是劝。还是你好啊，什么都可以不用管，呵呵……"

答复他的当然是电话那边敌意的沉默。

到了吃饭的时间。李明起却没有回来，李万达讨好地说，算啦，管他，你先吃，我们先吃！于是摆碗吃饭，吃着吃着，李万达从旁边一堆烂布里抽出个发黄的本子，摊到儿子面前。李明亮问是什么？李万达说你随便给我写几个数字吧，从1到33任选7个数字都可以。

那个小本子李明亮翻了翻，上面记着体彩，福彩每一期的中奖号码。

这种要求当然合理合法，没有指责的必要，所以李明亮很痛快地给父亲写了七个龙飞凤舞的数字：

23　33　8　21　17　19　1

三

这件事情中最受刺激的人却是李明起，虽然他父亲和哥哥吵架时他早早地就逃之夭夭，但那个争执的场面还是极深刻地印在他的脑子里。那些四处飞溅的唾沫星，还有父亲、哥哥因为仇恨而变形的面孔一时间都很难从他的眼前彻底消失。

李明起有些难过，总的来说，他是个温和的人，这一点很像他那个懦弱的母亲，他不喜欢，甚至有些害怕争执，这一点他可以用躲闪来回避，但有一点又是他无论如何躲闪都无法回避的，这就是他父亲在外面拣渣渣的事！他心里的反应其实并不在李明亮之下。当然他心里首先的感触还是难过，更多也是难过，好像所有的东西都在让他难过。

李明起跑到黄金路，一屁股坐在美丽发屋的那张长沙发上就没再动窝，他看上去神情阴郁，一支烟夹在指肚上转着，烟丝落了一裤腿，也没想起要将它点燃。

赖丽本来和客人有说有笑，她正在给一个老熟客洗头，不时揪起一把白花花的泡沫摔在地上，她边和顾客开玩笑，边还要照顾这个不知又受什么打击的男人。她从镜子里看他不是一会儿了，确定是这样。

"你今天到底是咋的吗？"其实这句话李明起刚进门时她就问过一次。

"没什么——"李明起摇了摇头。

赖丽等了等，知道他不会说了，兀自开起了玩笑，"肯定又是和你家老者吵架啦——你不知道呢，我家这个老公公呢，三天两天就拿他这个儿子出气——这个家伙啦，又是个闷葫芦，你有什么说出来也好嘛，他就是打死了都不给你说！"

客人听到这儿，也会心地笑起来，说老年人都是这样子，有时候要将就点。

"哟，他家老者，难将就得很……"接着就把老头懵头懵脑从广东带回一堆衣服的事说了，又如何卖不出去，只好折磨两个儿子。

李明起听赖丽说起这件事，从前他当然也能把它当笑话来对待，这时候再听，尤其是客人一阵快活地反应，却让他有种说不出的难受。是啊，父亲还不是为了这个家，为了他们，这个他们中当然有他，也有赖丽的。李明起实在听不下去了，站起身顺着墙角那架木梯上了二楼，他的动作大了点，连旁边放着的几本发型书也被他带到地上。

赖丽盯着他的背影，问他去干什么？自然没有回答，这时候赖丽才证实发生了什么不寻常的事，但嘴里她还是调侃地说，"好啦，踩到他痛脚啦，老虎屁股摸不得——"

等给客人洗完头，赖丽让小工冲皂液，自己忙爬上楼。李明起这时已经在床上躺下来，一双脚架得高高的，那支玩了半天的烟卷也终于点燃了。

"到底怎么了吗？"赖丽挨着他坐下，这一次她问得很小心。

"没哪样——"

"屁，你骗得了我？"一时间无数个念头在她脑子里飞过去——他老者又不同意他们的事了？还是逼他还上次偷领的工资？或者，李明起又有了别的女人？好像都不像。

"讲嘛，有什么天大的事会吓死人？！"

李明起的头摇晃了一下，又在烟缸里弹了弹烟灰，才对着赖丽说："你说——我要不要去找个工作？"

赖丽看着李明起，几乎像不认识，她忍着笑，把手伸到李明起的额头上摸了摸，"哟，没发烧嘛。"

"我说真的，你又嬉皮笑脸……"

李明起脸上果然是少有的郑重，太阳从西边出来了，"那为什么啰，总得有个原因吧？"

原因是——本来他不想说的，但终于架不住盘问，便把父亲在外面拣垃圾的事告诉了赖丽，"如果不是我家哥回来，我还不晓得——两个人都吵翻天了，现在可能还在吵——我家哥那人你知道的罗，我从来还没看到他发这么大的火……"

李明起说的没错，如果不是他哥哥，他大概永远都不会发觉父亲在外面拣垃圾，就算他父亲不停地把一只只空瓶子，一只只破纸箱抱回家，就算他周围全被那些五颜六色的塑料袋包围着，李明起大概都会觉得这是正常的，它们只是空瓶子、空纸箱，而不是什么垃圾。

赖丽叹了口气，说："你老者也是，做点什么不好……"

"你看嘛,我家哥肯定又要把这笔账算到我头上——"

"关你哪样事,那是你老者要去拣!"

"他还不是为了我……"换到平时李明起很难有这种觉悟,但这时候毕竟不同,李明起心里受到了少有的震动,这种震动是他母亲过世都没有发生过的。

"那好嘛,你就来给我帮忙嘛,先做做小工怎么样,你帮客人洗洗头……"半真半假的,赖丽借着这个话题开起了玩笑,其实她平时对李明起也有点恨铁不成钢的意思,但自己的男人到了真痛下决心的时候,又让她感到心痛。

李明起听了这句话,恨恨地看了她一眼,没有吭声。

赖丽知道他不高兴,赶忙说,"那就等等嘛,既然都有这种想法了,还怕找不到事做?我外婆就老是说——有多大的斗,就有多大的口!"

其实以赖丽对李明起的了解,他闲了这么多年,肩不能扛手不能提,既不能累也不能脏,这种轻闲的活路又上哪儿找去,赖丽只是不说。

但事情很快就来了,这也应了她的那句话,既然都有这种想法了——有一天赖丽的一个熟客来剪头时,无意中提起想卖掉自己的摩托车。那车赖丽是见过的,是辆六七成新的大洋,赖丽于是做出很随意的样子,问明了价钱,竟也在估算之中。客人问谁想买,她说我啊,你不再少点?客人说你买当然可以再少点,熟人熟事的。于是赖丽就赶忙打电话把李明起喊来了。

其实赖丽的意思是想让李明起学门手艺,开车当然也算门手艺,至少可以去替矿泉水公司送水,她怕李明起不同意,就鼓动他,替他分析送水的种种好处,因为送一桶水得一块钱,一天送个二三十桶水,几个月后车钱就回来了,关键这个活路也不会太累……其实,李明起得知赖丽准备为他买辆摩托车,早就心花怒放了,至于买车子为什么,是后面的事情。和所有男孩一样李明起从小就对机器有着极大的兴趣,学单车不过是两三个钟头的事,摩托车与单车相比差距不大。

试车选在一个中学运动场。赖丽请了一个中间人先试车，中间人点头后，才轮到李明起。李明起在这方面可能真有些天赋，天生就该与速度结缘，具体点说就是与摩托车结缘。十几分钟后，李明起不仅记住了车子的要领，在那个泥地运动场上，他还会突发奇想，玩起了高难度——李明起用一只脚立在地上，在快速的行进中忽然间来了个急转弯——这一点不光得到了两个熟人的认可，赖丽更是看得兴奋，李明起这么厉害，她竟头一次发现！

　　付钱时赖丽却留了一手，她少给了车主一千块钱。并答应一个星期后把余款全部交齐。其实这笔钱赖丽还是有的，只是出于女人特有的小心，她希望李明起家付剩下的这部分，此外赖丽认为这样也有益于培养李明起的责任心。她装模作样的搜了半天柜子，里面的确没钱了，然后赖丽才叹了口气，对李明起说："要不，你回去跟你家老者要点嘛！"虽然是商量，却更像是命令，对李明起来说，这自然再正常不过，既然赖丽出了这么多，那么当然他就要出剩余的，他可没料到赖丽会跟他玩心眼。

　　车子推进家门时，李明起一脸喜气，李万达心里却一咯噔，反正每次有什么坏事情发生他都有这种反应。

　　"爸——我们买了辆车呢！"

　　"告诉你，我可是没钱的啊！"李万达抢先警告。

　　"不贵的——其他的赖丽付了，还差一千。"李明起不吃他这套，也许他们彼此都有对付对方的办法。

　　"我一分钱都没有，我哪来的钱？"李万达知道一千块钱保不住了，但还是顽强地支撑着。

　　"我不管，你们口口声声要我去找事做，现在事情不是来了——等于你们都是花口花嘴骗我？"

　　"找事做又不是喊你去乱买车？"

　　"怎么是乱买，这车子好得很……"

赖丽在一边也帮着解释李明起买车的意图，有个矿泉水公司要人帮着送水，条件是必须要有车。

"那买个单车不行啊？我看好多人都是用单车送水！"

"单车？"李明起气得要跳，"你不给拉倒，我找哥哥要。"

"你去要嘛"，但真等李明起开始打电话，李万达却咬紧牙关答应下来。不过，和赖丽猜测的一样，老头说他现在没钱，银行的存款最快的也要一个星期后才能到期。

四

车子最终却并不是用来送水，几天后，李明起已经能在大街上自由地来去，他于是做出个大胆的决定，准备跑摩的。

这个选择应当具有一定的风险性，至少比起送矿泉水是这样。其实取消摩的的消息，早在两年前就铺天盖地地宣传过，那些报纸上登的摩的翻车后的惨状，李明起也还有印象，但这并不等于说摩的就消失了，甚至比起两年前，现在摩的需要量还在悄然地增长。出租车一上至少就是十块钱，并不是所有人都坐得起，有心痛钱的人就有摩的存在的理由。当然摩的优势并不仅仅因为便宜，它走街穿巷的功夫也是一流的，简单点说，不管你想去哪儿，它差不多都能送到，只要你愿意，它甚至可以直接送你上床。

李明起跑摩的是从自己家不远的一个小车站上开始的，以他的认识，那地方是个出生意的地方。

李明起有这个印象主要是因为车站旁总有几辆摩托车停在那儿，那几个常年戴着头盔，脸上永远都是一层洗不净的灰黑色，冬天穿一身皮衣皮裤的师傅自然就是摩的师傅。李明起推着车很小心，很谨慎地和他们站在一起。

见来了新人，那几个家伙脸上都明显起了反应，那种敌意李明起一开始就觉察到了，对于来抢生意的他们总有对付的办法，只是他们会怎么对付他，李明起还不知道——他见他们几个交头接耳说了几句话，其中那个岁数最大的就走了过来，李明起心里惴惴的，那人却从口袋里拿出盒烟，是他们这儿最便宜的一种纸烟，弹出一支递过来。李明起当然受宠若惊，忙点头哈腰接了。点着火后，这个后面他知道姓常的中年人说，"兄弟，生意咋样——以前好像没看到过你嘛！"

"我还没跑过呢——头一回跑……"

"这样啊，你要是从来都没跑过，还是要小心点呢。"常哥皱着眉头，像个前辈那样告诉李明起应当注意的事项，比如怎么对付交警，怎么在不同天气下刹车……李明起最初还以为别人是来把他赶走的，结果却与他的猜测相反，所以他一边忙诚惶诚恐点头，一边也坚信自己遇到好人了。谁说这世上没有好人了，那是他没遇到！接着等他们开始聊昨天开演的《射雕英雄传》，李明起看到旁边那个胖子已经带着一个客人，在摩托车腾起的蓝烟中突突地走了。等轮到李明起给常哥发烟时，他又听到有人要车子，这一次，生意是被那个岁数和他差不多的年轻人接去的。二十分钟后，胖子回来，接替常哥和他聊起有一次被人打劫的经历，而常哥自然不见了……

到下午四五点李明起都没接到一桩生意，这时候他才悟出常哥他们用的是车轮战法，尽管如此，他却也没怎么怨恨，毕竟，他也并非一点收获都没有，常哥他们说的那些事毕竟让他长了见识，很可能他都会遇到。

那天，李明起就接到一个特殊的客人。那是一个下午他在街上乱窜着时碰到的，是个四十来岁的大姐，说她去五眼桥。那地方，李明起当然很熟悉，因为离他家不远，具体说，就是夹在灵山公园和他们住的小区之间。五眼桥有个极大的蔬菜批发市场，李明起家吃的菜有很多都是他父亲从那儿买来的。

印象中那天女人穿着一件黑底素花的裙子，抹了一嘴大红色，一笑就露出牙龈——平常李明起对露牙龈的人总有些反感，所以他对女人的脸也是一晃而过，没去注意她被劣质口红污染的牙齿。

谈好价钱，就在他等女人上车时，李明起问，"你姓什么？"

"咦，兄弟，坐你的车还要说姓哪样？"女人这么说倒没什么不高兴的，更多的像社会上的人的一种调侃。

"我倒不想问，这几天查得有点凶——我是怕一会儿警察问呢"，上次常哥告诉他，交警有时候会拦住他们，把客人分开后，问彼此的姓名。

"那你——叫我红姐吧"，红姐戴好头盔，斜斜地在他身后坐下，她的手一只应该落在后面的扶手上，另一只手却搭在他腰上，其结果是车子是一启动，红姐就在前冲力的作用下扑到他的后背上。红姐喊了一声，他没听清，微微扭头问什么事，红姐只好重复说，我说你人长得帅嘛，车子也开得猛——这当然是句调笑的话，李明起跟着一乐也没有答，在他成人前不少女人都在他身上寻过这种开心，李明起也算见过风浪的，有些不以为然。

所不同的是这个叫红姐却有进一步的行动。李明起也是接过女客的，但她们总是正经危坐的样子，身体绷得笔直，生怕和他有什么接触，绝不会像这个红姐这么放肆——李明起数了数，那两团软肉至少在他的后背上贴了三四回了，一次比一次时间长，这个他当然不会反对了，但那只搭在他腰间的手却慢慢伸到前面，他的裤裆上。接着，李明起又听到她说什么，他微微扭头问什么，听了半天才听出女人在说她没带钱。

"那你坐哪样车啰？！"李明起来了个急刹，女人又像股波浪一样结结实实地拍到他背上。

"没有就不能坐啊？你帮我——开个张嘛，不就行啦？"

女人的声音近乎撒娇，但脸上的表情又分明有些无耻——李明起恍然大悟，他遇到鸡婆了。

李明起半天才把张着的嘴巴合上，哼了一声，黑着脸说："我都想开张噢，没钱就下去！"他怕女人坚持，故意说得斩钉截铁。

女人知道无望了，立即换了副面孔，"是啰，是啰，一点意思都没有！"

　　李明起才不管有没有意思，接着又追问有没有钱，红姐终于有些恼了，把皮包一拍，说要不要打开给你看！这样他们才重新上路。到了五眼桥，红姐跳下车，掏出五块钱丢给在表盘上，然后恨恨地盯了他一眼，才转身离开。

　　李明起看着红姐扭来甩去的背影，心里一阵快活得想笑。他看着这个老女人顺着桥朝河对岸走着，本来桥面两边都是卖菜的摆放的箩筐或者板车，一眼看过去，不过就是个违章的菜市场，可跟着女人看过去，李明起就发现了异样。女人在人流中竟像块扔到铁屑中的磁铁，立即引得几个正靠在护栏上的女人同她招呼，她们开始说笑时，几个半大不小的老男人就在一边定定地看着，那种眼光李明起自然是懂的。

　　原来这地方不光是个菜市场，还有个人肉市场，李明起只听人说现在录像厅里有人干这个，竟然这里也有——这时候他就看到红姐和一个胖子勾搭上了，他们也不说话，一前一后朝不远处一片平房走去……如果不是这时候有人要车，李明起大概还有兴趣深究下去。

　　回来后，李明起把这件告诉赖丽，谁知赖丽眉毛一拧，表情也不像平时说笑惯了的样子，恶狠狠地说："我警告你噢，那些烂货哪样病没有，你去乱整嘛！"倒像他真的"整"过了。

　　李明起反唇相讥，"有个鸡婆坐我的车，就等于我干过她啦？等于我以后遇到个女的，我都要问人家，你是不是鸡婆？"

　　赖丽被他逼得哑口无言，却是不依不饶，非要他把后座用消毒水清洗一下。李明起不动，一边看报纸一边让她不要做怪。结果赖丽一赌气，自己抬着盘水去"消毒"。

五

　　那是个初秋的下午，天气闷热，仿佛随时都可能来场大雨——这种感觉李明起已经持续体会一段时间了，可过了午后这场意料中的大雨却迟迟没有落下来。

　　李明起站在一块阴凉地里，四周围一丝一毫风都没有，闷热的空气像刻好的模子一样将他严丝合缝地套起来，让他失掉了移动的欲望，尤其那场迟迟落不下来的大雨，也让他心情变得烦躁，其实那时候李明起就有了种要出事的感觉。

　　他的手机在裤腰上响了起来，是个陌生的电话。手机是赖丽为了方便联系，刚替他配的，知道他手机号的人并不多，所以最初李明起以为是打错了，最近他老接到打错的电话。

　　"喂——"他打开手机开始听电话。

　　一个男人的声音，不清晰，他又喂了一声，同时从那幢建筑物下走出来，果然好了点。

　　"李万达是不是你家老者？"一个男人的声音，问话的人明显有些无礼。

　　"哪个，你是哪个？"李明起也不客气。

　　"我是灵山派出所——你是他家儿是不是，李明起是不是？"

　　他赶紧嗯了声，同时，第一反应是家里没有人认识灵山派出所的。听筒里尽是杂音，信号时好时坏，可能手机也有问题，赖丽替他配的是个二手机。

　　"什么事？"他问。

　　"……你马上来一趟，把你家老者接回去……"

　　他把手机拿下来看了看，又对着话筒喊喂，但那边已经没声了，显然已经挂了。

　　李明起呆呆地站了会儿，心里忽然有些恐惧，他想不出什么理由父亲会跑到派出所，难道为他跑摩的的事？应该不像，但是为什么呢——李明起实在想打个电话过去问问清楚，但他又不敢，万一是个圈套呢？……这么动动脑筋，他只觉得嘴里发干，走回车子那儿，从后备箱拿出瓶水喝了几大口下去，李明起才觉得踏实了，于是他决定还是先把这件事告诉他哥哥李明亮。

李明亮果然吃惊了，"什么，在派出所？你没搞错吧？！"

"他们刚才给我打的电话——"

"他又在搞什么名堂？他还在捡渣渣是不是？！"李明亮心里已经笃定他父亲是拿了别人什么重要的东西，然后被事主人赃俱获。"那你先去看一下，有什么事再给我打个电话！"

李明起不吭声，他不吭声是因为他不敢，长这么大他没进过派出所，他最怕的就是警察，所有穿制服的他都害怕，现在还要连人带车送上门去。但这些话他是无法告诉李明亮的。

李明亮却一下子猜出他的意思，他又何曾想去惹这种麻烦，没准谜底揭开，足以把所有人都吓个半死——李明亮心里也是一阵烦乱，他父亲就像个祸根一样，一个大祸根！折腾他们，不死不休……但没办法，谁让他是李万达的儿子，是长子，老大，于是他对弟弟说，那你先过去，在门口等着我吧。李明起等到这句话才答应下来。

那段路李明起就像在梦境中开过去，太阳很模糊，躲在一片云层的背后，但它的威力仍不可低估，很快李明起就觉得头盔像一块烙铁，他顶着一块烙铁朝前飞驰着，前面的热风就像一堵厚实的墙，他像挖地洞一样费力地前行……李明起在派出所对面一个小烟酒店前足足站了十分钟，才看到他哥哥从一辆出租车上下来。

"你还没进去啊？！"当哥哥的对弟弟只有责备，李明起则不吭声。

他们一起走进灵山派出所，那幢二层小楼里竟很安静，李明亮找了个人问，"刚才——是哪位喊我们来的，刚才打的电话——不知道，没有？"

问题问得有些滑稽，别人也无从答复，如果是愚人节就好了，一个可恶的玩笑，李明亮宁愿这是一个玩笑，但这一天不是愚人节。

"打电话？"第二个人想了想，说："是不是蔡明？"然后他朝楼上喊起来，蔡明蔡明——有人答应，跟着一个胖子把头伸出来，"哪个？"

他像是刚解完手的样子,匆匆地从厕所里出来,一边提裤子,嘴里还叼着本书,所以声音是含混的。

"你姓李吧?"蔡明的手伸到下面拉拉链。

李明亮和弟弟一起冲着楼上点点头。

等他们来到办公室先作自我介绍,"这是我兄弟,刚才就是他接到你们电话的。"

叫蔡明的警察点点头,眼睛还在他们俩脸上锐利地扫荡,似乎在分辨这句话的真伪,又或许是分辨他们哥俩有多少程度的相似,也可能他在想,两兄弟为什么差别这么大?

"是吧,你家弟,我还以为是跑摩的——"

李明亮摸出一包中华烟递过去,叫蔡明的警察却摆摆手,随即自己摸出一支点上了。然后说道:"喊你们来,是我们今天搞了个扫黄打非活动——就在五眼桥附近,你们知不知道,那有一片民房,有许多都是被租来搞嫖娼卖淫活动的——今天我们就在一间房子里面揪到你家老者和一个女的——"

"我们老者?!"虽然已经有这方面预感了,李明亮还是忍不住吃惊。

蔡明不理他,"老人家我看也算是个老实人——听他讲,你家妈也过世了,又有个儿子,三四十岁了,还没成家,又没个工作——讲的是你吧?"蔡明说到这儿,拿烟的那只手点了点李明起。

"不会吧,我家老者都快七十啦!"

"七十,八十岁的我们都揪到过——我们也是为你们好,现在这么乱,要是遇到那些设着圈套害人的,怎么办?那就不是几十块钱的事了,搞不好还要出人命!"

蔡警官看着他们,目光再次轮番扫荡,等他确信面前这两兄弟认可了这件事,才进一步说老年人平时还是要多关心爱护,如果家里有寄托,也不至于跑到外面胡来!这段话听得李明亮脸上红一阵白一阵,在他看来别人的话无非是说,就是因为你们让老人没有寄托,他才会出来胡来的！李明亮心想也是你没这种爹，你要有这种爹，你看看……李明亮开始擦汗，他真够倒霉的，天这么热，还要摊上这种事情，他无法咒他老子死，只好巴不得自己死掉，死掉算啦，活着有什么意思？！李明亮的眼睛一直盯在地板上，就像准备在那里找到一条缝隙……

他们终于见到父亲。但经过这一下午，李万达已经不成样子，也可以说他被自己弄得不成样子，衬衣的一片衣襟塞在裤腰里，另一片却挂在外面，头发像刚洗过澡一样潮湿、凌乱，脸上的灰也被眼泪冲出两道泪痕，要命的是见到两个儿子时，他还放声大哭，这一点尤其让李明亮觉得接受不了。这一天他算是把脸丢尽啦！

"我是冤枉的啊——她骗我啊，我来买菜啊，她就骗我……我们只是聊天，没做什么啊……"

李明亮的眼睛仍留在地板上，李明起则看着父亲，有些不知所措。

"我对不起你们的妈妈啊——"李万达见一招不灵，又来招狠的。李明亮眉头一皱，他恨父亲一眼，真想说：你还有什么脸提妈？

还是那个警官厉害，"你还委屈得很啰，要不要把那个女的喊来，你都干了什么？"这么说，李万达的号啕才变成一阵压抑的呜咽，在晚辈的眼里，他更像一个无辜的孩子。

"你们去楼下办个手续，把罚款交了，就可以走啦。"蔡警官伏案给他们开了张罚单。

听到罚款二字李明亮心里还是剜痛了一下，他不理父亲，黑着脸从蔡警官手里接过罚单，才转身下楼。他要赶紧离开这儿，永远从这个让他丢尽颜面的地方离开，所以他走得毅然决然，走得气势汹汹。李明起却不知道该不该跟着走，他看到蔡警官一直不理他，才挽着父亲的手。走吧，他小声地对父亲说道。那时候李万达才确定自己没事了。

靠近楼梯口的那间屋子里蹲着不少男女，上楼时李明起并没有注意，这时候他忽然看到一个熟悉的身影，那影子在他们经过时还扭过头瞟了他一眼，脸上是他早已经见识过的不以为然，自然是红姐。李明起心里一惊，难道刚才和父亲在一起的女人就是红姐？但他更怕红姐认出他，赶紧走过去。走在他们身后的蔡警官却冲着窗口吼起来，看什么看，想不想出来看？！

李明起和父亲在大门口站了会儿，才看到李明亮从里面急冲冲地冲出来，看到他们时他并没有停，而是冲着马路上招手，刚好有辆出租车经过。车子停下来，上车前李明亮朝这边喊了句，"你送他回去，我回单位啦！"然后也不管他们是不是听见，飞快地一低头，钻进车里。

李明起点点头，等那辆车子走远了，才和父亲走到自己的车子前。他打开后座上的工具箱，取出一顶头盔递给李万达。

"老三，是他们骗我的——"李万达把头盔接到手里，小心地说。

"好的"，李明起点点头，他先骑到座上，然后等父亲上车。李万达却想起了什么，"老三，我的菜还在里面呢！"

"什么吗？"

"有一斤萝卜，两棵白菜——"

李明起眉头皱起来，想了想说，"算了吧，这点东西。"他的口气是商量的口气，他当然害怕父亲让他再回去取萝卜白菜。他们都顺利地出来了，又交了罚款。其实李万达心里也害怕，虽然这么说，也只是说说，于是顺着李明起的意思说算啦。

李万达却没有让儿子感觉到他的存在，就像没有分量，没有体积，甚至李明起载过的女人，最谨慎的女人都可能会触碰到他的身体，但李万达却没有触碰到，他小心地蜷着身体，尽量让自己卑微得就像不存在，好像这样一来那个刚刚犯下的错误也会不存在。

李明起本来想问父亲坐好没有，但他没问，所以尽量把车速放得很慢，就像他们不是骑着摩托车而是一辆很破旧的单车，就像小时候，父亲带着他，那时候他总是坐在车前的横梁上，他父亲握扶手的两只手臂于是也像两堵护栏一样把他包围起来。

起风了，云层正在加厚，天色也逐渐转暗。快到他们那个小区时，一辆警车，两个交通警把他们拦住了。过两天要来什么大人物，所以到处都在整顿。交警把他们分开，负责李明起的那位交警先看了他的行车执照，接着问他知不知道不能跑摩的？

"那是我家老者！"

"他叫什么？"

"李万达！"

但很快，警察和李明起都被另一边发生的事吸引住。那时候李万达正在街的另一头，冲着另一个警察暴跳如雷，"他是我儿子，这还有假？你不相信可以去问——他现在是送我回家！"

他父亲头上还顶着那只红色的头盔，表情看上去就像一个愤怒的斗士："你们讲不讲道理，开摩托车就是跑摩的啦？如果我身上有把刀子就是杀人犯啦？！……"

他父亲的愤怒显然有些过头了，连两个警察都放下权威忍不住笑。李明起也没料到他最担心的场面是以这种方式出现的。无疑他们成了赢家，成了最后的胜利者！

后来他们一直在谈论这件事，这时候李万达变得眉飞色舞，很可能这时候他脸上的泪痕都没擦干净。快到家的那个路口，李万达又让儿子载着他去买一张6+1，等他们刚进家门口，那场久违的大雨才追着他们的步点落了下来。